Ruhrschnellweg

Dir, Muschan,
in Liebe

Ursula Sternberg

Ruhrschnellweg

assoverlag

Werner Paschke ist die Stufenleiter ziemlich weit hinauf gekommen. Mit Outsourcing, Stellenabbau und Lohnsenkung liegt er ebenso im Trend wie mit der großzügigen Hege und Pflege geschäftlicher Beziehungen. Nun liegt er auf der A 40. Tot.

Helena Schmiedenberg ist Paschkes Sekretärin und man munkelt, mehr als das. Die tüchtige Schöne gibt sich sehr zurückhaltend.

Ralf Echsenstein kocht sein eigenes Süppchen, obwohl er als Betriebsratsvorsitzender einen anderen Auftrag hat. Die Frage ist nur, warum.

Max Schulze hat Spaß am Knacken fremder Systeme und mit der Sache eigentlich nichts zu tun.

Wanda Paschke sitzt selbst fest im Sattel und scheint vom Tod ihres Mannes nicht sonderlich berührt.

Reinhold Schütte ist nicht so wichtig, wie er tut und eigentlich sogar ganz nett.

Bea Hellebrosch als ermittelnde Beamtin hat die Nase voll von Tonis Eskapaden und keine Lust, ihren Job für sie zu riskieren.

Toni Blauvogel führt als leicht verschrobene Akteurin wider Willen die Leser durch Essens Szenerie und einen Teil des Ruhrgebiets. Als Ich-Erzählerin nimmt sie dabei kein Blatt vor den Mund.

Nacht vom 3. auf den 4. Dezember

Kalt war es geworden. Schweinekalt. Der Schlüssel im Schloss der Fahrertür rührte sich nicht. Keinen Millimeter. Ich rieb meine tauben Finger und fluchte, weil ich keine Handschuhe dabei hatte. Es half nichts. Das Reiben nicht und auch nicht das Fluchen. Letzteres machte die Sache nur ein wenig erträglicher.

Ein Blick über das Parkdeck bestätigte mir, was ich ohnehin schon wusste. Keiner hier um diese gotterbärmliche Zeit. Niemand, der mir mit Enteiser hätte aushelfen können.

Seufzend öffnete ich die Heckklappe meines Ford und begann, den ganzen Krempel wieder herauszuräumen, den ich im Laufe der letzten Stunde dort hineingestopft hatte. Ein paar kleinere Pflanzen. Drei gerahmte abstrakte Drucke, großformatig und schwer. Ein ausladender Eukalyptus, ebenfalls schwer. Vier Umzugskartons voller Bücher und Aktenordner. Schwer natürlich. Eine Lampe, wie sie in den Filmen der Schwarzen Serie auf den Schreibtischen der Kommissariate zu finden ist. Ein Sitzball. Mehrere Tüten voll mit Zeugs. Becher. Schmuckdosen. Teebüchsen. Besteck. Mitbringsel aus diversen Urlauben. Keramik. Handschmeichler. Fächer. Holztiere. Zeugs eben. Nie wieder, schwor ich mir, nie wieder würde ich irgendeinen Arbeitsplatz noch einmal mit meinem persönlichen Müll so voll stopfen.

Ich kletterte über die nun frei geräumte Ladefläche meines verbeulten Kombis und tastete über der Lehne des Vordersitzes nach dem Knopf der Verriegelung. Nach kurzem Ruckeln gab der Knopf nach und die Tür war frei.

Als ich zurück kroch, riss ich mir die Hand an etwas Scharfkantigem auf. Eine Klemme von einem der Bilderrahmen, vermutete ich, während ich das Blut aufsaugte. Es war eindeutig nicht mein Tag heute.

Eine halbe Stunde später fuhr ich über die A 40. Das Gebläse verbreitete lautstark einen Hauch von Wärme. Olli Briesch klotzte ein paar freche Sprüche. Nickelback wurde gespielt. Ich drehte das Radio auf und röhrte lautstark den Refrain mit. »How do you remind me…« Schlagartig besserte sich meine Laune.

Ich trat das Gaspedal durch, spornte mein altes Möhrchen zu Höchstleistungen an und trieb es am Kreuz Bochum vorbei, jegliche Geschwindigkeitsbeschränkung ignorierend. Durch den Tunnel hindurch und vorbei an der Baustelle, die bereits seit drei Tagen die linke Spur im Tunnel blockierte. Wusch! Köstliche Rache für all die Stunden, die ich damit verbracht hatte, mich Zentimeter für Zentimeter von Essen nach Dortmund zu quälen. Oder nach Mönchengladbach. Oder nach Köln. Hin und zurück. Tag für Tag. Mal besser, mal schlechter. Aber nie gut.

Aus diesem Grund nannte ich die in den achtziger Jahren zur Autobahn beförderte ehemalige Bundesstraße 1 nach wie vor nur Ruhrschnellweg. Den Begriff *Autobahn* verdiente sie einfach nicht. Autobahn impliziert schließlich ein schnelles Vorankommen.

Das Licht der Scheinwerfer erfasste etwas. Groß. Liegend. Eindeutig nicht dort hin gehörend. Ich stieg voll in die Bremsen und brachte den Wagen schlingernd auf dem Seitenstreifen zum Stehen. Angestrengt spähte ich zurück ins Dunkel. Nichts zu erkennen.

Fahr nach Hause, brummelte ich. Da ist nichts. Fahr nach Hause, leg dich schlafen und vergiss endlich diesen gottverdammten Tag. Der Gedanke war verlockend.

Dennoch legte ich den Rückwärtsgang ein. Setzte langsam auf dem Seitenstreifen zurück, Meter für Meter, bis ich es wieder im Blick hatte, dort, in der sanften Biegung der Rechtskurve.

Es befand sich auf dem Mittelstreifen, dessen langwieriger Bau im vergangenen Jahr sehr zur Freude der Berufspendler beigetragen hatte.

Der Mittelstreifen der A 40 ist hier eigentlich kein Streifen mehr. Betonelemente erheben sich bis auf Kinnhöhe, und oft habe ich mich gefragt, warum sie nicht noch fünfzig Zentimeter höher hätten gebaut werden können. Dann wäre mir ihr Zweck wenigstens klar. Ein Blendschutz. Allein das konnte der Grund jedoch nicht sein für diese aufwändige Baumaßnahme, denn selbst mich mit meinen nur knapp einseinundsechzig blendet der Gegenverkehr nach wie vor.

Um diese Uhrzeit jedoch blendete nichts. Kein Schwein war auf dem Ruhrschnellweg unterwegs. Nur ich.

Es lag da wie aufgebahrt. Ägyptische Mumie oder so was. Wegen der Füße, die exakt parallel ausgerichtet in die Höhe ragten, und der Arme, die offensichtlich über der Brust gekreuzt lagen. Eindeutig menschlich. Reglos. Platt auf dem Rücken, auf der Grasnarbe des aus Betonelementen gebauten Mittelstreifen der A 40, auch B1 genannt. Oder Ruhrschnellweg. Um drei Uhr morgens.

»Hallo«, rief ich hinüber. »Kann ich Ihnen helfen?«

Die Frage kam mir ziemlich bescheuert vor.

Es regte sich immer noch nicht. Also vergewisserte ich mich, dass kein Scheinwerferlicht ein nahendes Fahrzeug ankündete, rannte über die Fahrbahn und stemmte mich auf den Betonstreifen hinauf.

Ich erstarrte vor Schreck. Der Mann trug weder Schuhe noch Mantel. Sein Körper wirkte, als wäre er gerade aus einer Gefriertruhe geholt worden. Schnäuzer, Augenbrauen und Haare waren von hellen Eiskristallen dicht bestäubt, so dass sie wie Zuckerwatte aussahen, das Gesicht schien unter der dünnen Eisschicht verzerrt und dadurch bizarr entstellt.

Schnell ließ ich mich in die Hocke nieder, rüttelte leicht an der Schulter des Mannes und registrierte die frostige Kälte, die dieser Körper verströmte.

Hier konnte ich nichts mehr tun. Ich kramte mein Handy hervor und wählte die 110. Der Wind schnitt mir eisige Furchen ins Gesicht.

Endlich kam einer, der was zu sagen zu haben schien. Leider einer von den Typen, mit denen ich in Windeseile aneinander gerate. Wir brauchen uns nur anzusehen und schon geschieht es. Unaufhaltsam. Eine Art Selbstläufer. Ich weiß nicht, warum. Das heißt, wenn ich mit so einem gesprochen habe, weiß ich im Regelfall schon, warum. Aber mit diesem hier hatte ich noch kein Wort gewechselt, und bereits jetzt war mir klar, dass das kein erfreuliches Gespräch werden würde. Es musste an diesem dünnen, geschwungenen Oberlippenbärtchen liegen. Oder an der eckigen goldgefassten Brille. Oder an den sorgfältig nach hinten gegelten Haaren. Oder an diesem Flair von Mr. Wichtig, das ihn umhüllte wie ein zu schweres After Shave. Oder einfach nur an diesen paar Zentimetern, die er mir zu dicht auf die Pelle rückte.

Er richtete den Strahl einer Taschenlampe unverschämt direkt in mein Gesicht. »Name?« Sein Tonfall war brüsk.

Ich schob die Lampe ein paar Zentimeter beiseite. «Toni Blauvogel.« Dann erst trat ich einen Schritt zurück.

»Toni?« Sein Blick wanderte über meine Brüste, die sich unter der dicken Winterjacke abzeichneten. Er grinste sarkastisch.

Schützend verschränkte ich die Arme vor meiner Brust. Ich mochte es nicht, wie er mich taxierte. »Antoinette«, korrigierte ich widerwillig.

»An-to-i-net-te«, flötete er melodiös, jede Silbe einzeln betonend. »Ist doch viel schöner als Toni.«

Ich zuckte mit den Schultern. Was ging es ihn an. »Sonst noch was?«, fragte ich.

»Alter?«

»Vierundvierzig.«

»Wohnort?«

»Essen.«

»Postleitzahl?«

Der Kasernenton ging mir auf die Nerven.

»45130. Hören Sie …«

»Straße?«, unterbrach er mich brüsk.

»Jawoll!« Zackig riss ich meinen Körper in die Senkrechte und imitierte den militärischen Gruß.

»Rellinghauser 111.« Dann schüttelte ich befremdet den

Kopf. »Sagen Sie mal, können Sie eigentlich auch normal reden?«

»Beruf?«

Ich atmete tief durch.

»Was tut denn das hier zur Sache!«

Er fixierte mich mit strengem Blick. »Beruf?«, fragte er erneut.

»DV-Organisatorin … nein … arbeitslos … hm … nein, auch nicht.«

»Also was denn nun?«, fragte er gereizt.

Mir platzte der Kragen. »Demnächst arbeitslos«, blaffte ich zurück. »Bald eventuell selbstständig. Oder wieder irgendwo angestellt. Suchen Sie sich was aus, irgendwas wird schon passen. Aber ich weiß verdammt noch mal nicht, was das mit diesem Menschen da auf dem Mittelstreifen zu tun hat. Ich habe ihn im Vorbeifahren dort liegen sehen. Ich habe angehalten und den Notruf angerufen. Und jetzt sitze ich seit über einer Stunde hier, beobachte Ärzte und Polizei bei der Arbeit, friere mir den Arsch ab und muss mir auch noch Ihren bescheuerten Feldwebelton reinziehen. Mir reicht es für heute. Ich fahre jetzt nach Hause!«

»Das werden Sie nicht tun!« Drohend richtete er den Strahl seiner Taschenlampe erst direkt in mein Gesicht, dann auf das Chaos im Innern meines Wagens.

»Ach ne«, höhnte ich aufgebracht. »Werde ich also nicht?« Ich öffnete die Fahrertür. »Ich habe aber nichts mehr zu sagen. Und deshalb werde ich jetzt fahren, bevor hier der morgendliche Berufsverkehr anrollt. Falls Sie noch Fragen haben – Sie haben ja meine Adresse. Aber bitte zu einer angemesseneren Tageszeit, wenn's recht ist, und in angemessenerem Ton!«

Der Escort, wieder kalt geworden, protestierte hustend gegen den neuerlichen Start. Hoppelnd fuhr ich in Richtung Essen davon.

»Mensch Vogel«, fluchte ich. »Was für ein Scheißtag!«

Mittwoch, 4. Dezember

Das Klingeln des Telefons drang in meinen morgendlichen Dämmerschlaf. Ich hörte, wie der Anrufbeantworter ansprang, warf einen Blick auf den Funkwecker und schauderte. Acht Uhr zwanzig. Viel zu früh nach dieser Nacht!

Ich kuschelte mich tiefer in meine Decken und versuchte, wieder einzuschlafen. Aber es half nichts.

Da war dieses Etwas auf dem Mittelstreifen der Autobahn. Da war dieser Mr. Wichtig. Kripo Bochum? Wahrscheinlich. Und auf der Straße stand mein voll gepacktes Auto im Halteverbot.

Grunzend rollte ich mich aus dem Bett, kletterte das fragil wirkende, leiterähnliche Gebilde aus Drahtseilen und Holz hinunter und verschwand im Badezimmer.

Ein Parkplatz in unmittelbarer Nähe wurde gerade frei. Dankbar setzte ich den Ford in die Lücke. Dann ging ich zwei Häuser weiter.

»Hallo, Bertold!« Ich klopfte an das Fenster der Bude. »Gibt es noch Vollkornbrötchen?«

»Hi, Toni. Biste nicht arbeiten?« Bertold zog die Scheibe beiseite und schob seinen polierten Schädel in mein Blickfeld. Massig und kahl, wie er war, hielt manch einer ihn für einen Skin. Der Eindruck täuschte. Bertold hatte sein ohnehin schon spärliches Haar vor drei Jahren bei einer Chemotherapie verloren. Seitdem wuchs es nicht mehr.

»Was willste denn drauf?«

»Mit dem Arbeiten ist es vorerst vorbei. Brie und rohen Schinken, ein Croissant und eine Milch. Und Butter, bitte.«

»Warst wohl mal wieder nicht einkaufen, was?« Bertold lächelte mich an. »Toni, kannst bei mir einsteigen, wenn du willst. So ab und zu könnt ich 'ne Entlastung brauchen.«

Ich lächelte gerührt. »Dank dir, Bertold, das ist lieb. Aber im Moment geht es noch. Bis die Tage!«

Während das Kaffeewasser heiß wurde, schleppte ich die Pflanzen nach oben. Die Kälte war ihnen nicht gut bekommen. Ich stellte sie in den kleinen Raum gegenüber meiner Wohnung, den ich bisher als Abstellraum benutzte. Auch hier war es eiskalt. Die Heizung gab glucksende Geräusche von sich, als ich sie aufdrehte. Ich würde sie entlüften müssen. Aber das musste warten.

Ich trug einen Becher Presskaffee mit aufgeschäumter Milch zu meinem Stehtisch unter dem Fenster, schwang mich auf den Barhocker und hakte die Füße um die hohen Beine. Genüsslich biss ich in das Schinkenbrötchen.

Der Spielplatz auf dem Isenbergplatz war leer. Eine verfrorene Mutter schob einen Kinderwagen hin und her. Vier Schritte auf, vier Schritte ab. Sobald sie stehen blieb, öffnete das Kind die Augen und verzog sein Gesichtchen zu einem Greinen. Also weiter. Vier Schritte auf, vier Schritte ab.

Die Regional-Nachrichten auf WDR 2 brachten die Meldung, dass heute in den frühen Morgenstunden ein männlicher Toter auf der B1 gefunden worden war. Die Polizei bat um Unterstützung von Autofahrern, die in der Zeit zwischen ein und drei Uhr morgens zwischen Bochum

Hofstede und dem Bochumer Kreuz etwas beobachtet hätten.

Der morgendliche Anruf fiel mir wieder ein und ich hörte den Anrufbeantworter ab. Ein Kommissar Schütte bat um Rückruf zwecks Terminvereinbarung. Na also, geht doch, dachte ich zufrieden. Ich lehnte es dankend ab, dass sie bei mir vorbeikommen wollten und vereinbarte stattdessen einen Termin im Essener Polizeipräsidium. Hübsch unpersönlich. Wer will schon die Bullen in der Wohnung haben.

Auch bei ihm hatte die Nacht Spuren hinterlassen. Seine Nase war gerötet, die gegelten Haare lagen nicht mehr ganz so glatt, seine Augen waren vor Müdigkeit geschwollen und das Flair von Wichtigkeit schien ihm abhanden gekommen.

»Bitte folgen Sie mir«, sagte er knapp und reichte mir kurz die Hand.

Also stieg ich die geschwungene Treppe hinter ihm hoch.

Er klopfte an, bevor er die Tür öffnete.

»Kollegin Hellebrosch von der Kripo Essen«, stellte er vor.

Verblüfft starrte ich auf die zierliche Frau hinter dem Schreibtisch. Ich wusste nicht, was ich sagen sollte. Auch sie wirkte überrascht.

»Mensch, Toni«, sagte sie schließlich. »Das ist ja ein Zufall!«

»Bea, was machst du denn hier? Ich wusste gar nicht, dass du bei der Kripo bist!«

Mr. Wichtig sah zwischen uns beiden hin und her. »Die Damen kennen sich?«, fragte er etwas steif.

»Ich kenne Frau« – Bea warf einen Blick in ihre Akte – »Frau Blauvogel von einem gemeinsamen Sportkurs«, antwortete sie freundlich. »Damit erschöpft sich unsere Bekanntschaft auch schon.«

»Ja, Qi Gong«, fügte ich erklärend hinzu. »Dienstags abends.«

»Ach so.«

Und ab und zu begegneten wir uns im Bahnhof Süd. Nicht sehr oft, aber wenn, dann wechselten wir ein paar Worte miteinander. Das jedoch ging ihn nun wirklich nichts an.

»Herr Schütte ist von der Kripo Bochum«, erklärte mir Bea. »Wir arbeiten zusammen an dem Fall.«

Ich setzte mich auf den Stuhl vor ihrem Schreibtisch.

»Kannst du mir noch mal erzählen, wie du ihn gefunden hast?«

Ich nickte und fasste mein Erlebnis auf der Autobahn zusammen.

»Ist dir irgendetwas aufgefallen, Autos, die unterwegs waren oder auf dem Seitenstreifen parkten, Menschen auf der Fahrbahn, irgendwie so was?«

Bedauernd schüttelte ich den Kopf. »Es war so wunderbar leer«, sagte ich schließlich. »Das war auffällig. Ich glaube, auf der ganzen Strecke habe ich keine zwanzig Fahrzeuge gesehen. Aber ich habe nicht auf sie geachtet. Ich war so begeistert, dass ich ein bisschen zu sehr auf die Tube gedrückt habe – soweit das bei meiner Karre möglich ist.«

»Was haben Sie dort überhaupt gemacht um diese Zeit?« Schütte richtete die Frage an meinen Nacken.

Ich drehte mich zur Seite, um ihn im Blick zu haben. »Ich habe meinen Arbeitsplatz geräumt.«

»Mitten in der Nacht?« Sein Ton implizierte Misstrauen.

Schon wieder war er aus meinem Blickfeld verschwunden und ich verrenkte erneut meinen Hals. Dann gab ich es auf. »Bea, muss der so in meinem Rücken herum stehen? Das ist verdammt unbequem.«

Beas Mundwinkel zuckten. »Herr Schütte, sie hat recht. Das ist sehr unhöflich. Bitte setzen Sie sich hier hin.« Mit dem Kinn wies sie auf den freien Stuhl an der Längsseite ihres Schreibtisches.

Ich sah Wut in seinen Augen, als er sich niederließ. »Also«, schnappte er. »Sie wollen uns erzählen, dass Sie mitten in der Nacht Ihren Arbeitsplatz geräumt haben. Fristlos gekündigt, ja! Was haben Sie denn ausgefressen?«

Was für ein Kotzbrocken! »Wir haben weit über vier Millionen Arbeitslose und eine nicht unerhebliche Dunkelziffer auf diesem Gebiet, Herr Schütte«, sagte ich eisig. »Leider scheinen auch Sie das weit verbreitete Vorurteil zu teilen, dass die Ursache für die Arbeitslosigkeit bei den Betroffenen selbst zu suchen ist.« Damit wandte ich mich an Bea. »Ich wurde freigestellt. Den Brief fand ich im Kasten, als ich von der Arbeit nach Hause kam. Ich hielt es für eine gute Idee, noch am selben Abend meinen Krempel zu packen und zu verschwinden. Deshalb war ich um diese Uhrzeit dort unterwegs. Ich denke, das reicht zu diesem Thema.«

»Wer ist dein Arbeitgeber?«, fragte Bea leise.

»Die Exapta«, antwortete ich arglos.

Mr. Wichtig straffte sich und holte Luft, doch Bea schnitt ihm mit einer klaren Geste das Wort ab. Die Art, wie sie mich jetzt ansah mit leicht gerunzelter Stirn und schräg gelegtem Kopf, löste ein seltsames Gefühl in meiner Magengegend aus.

»Geh nach Hause, Toni«, sagte sie schließlich. »Aber ich muss dich bitten, in der Stadt zu bleiben. Wir haben bestimmt noch weitere Fragen an dich.«

Es war immer noch bitter kalt. Dennoch ging ich strammen Schrittes eine Runde um den Haumannpark, der an das Polizeipräsidium angrenzt. Ich wollte den Wichtig-Mief loswerden. Und Beas gerunzelte Stirn vergessen.

Ein Köter, ein kariertes Deckchen um den kleinen Leib gezurrt, rannte wild kläffend auf mich zu.

»Pfui, Peedy«, schimpfte sein Frauchen. »Die nette Dame hat dir doch nichts getan. Entschuldigen Sie bitte.« Wie verloren lächelte sie mich an.

Spärlich lächelte ich zurück und ging zügig weiter. Ich wollte nicht nett sein. Ich wollte nicht mit einsamen alten Frauen sprechen. Ich wollte nicht über mumienhaft aufgebahrte Tote auf dem Ruhrschnellweg nachdenken. Ich wollte nicht an meinen Arbeitsplatz denken und schon gar nicht daran, dass ich keinen mehr hatte. Ich wollte einfach nur meine Ruhe haben.

Also beschloss ich, auf dem Heimweg einzukaufen und mir etwas zu kochen. Ein ruhiger Abend. Ein leckeres Essen. Ein paar Gläschen Wein. Eine schöne Vorstellung.

Für das Fleisch machte ich einen Umweg über die Gemarkenstraße. Der Türke dort bietet neben gutem, preiswertem Lammfleisch frisches Gemüse zu halbwegs fairen Preisen. Okraschoten. Knoblauch. Ungespritzte Zitronen. Sonnengereifte Tomaten. Knackigen Salat. Und scharfe luftgetrocknete Paprikasalami. Bei Backbord besorgte ich noch ein Vollkornbrot.

Mit einem schweren Beutel an jeder Hand wanderte ich schließlich heimwärts. Das Plastik drückte Riefen in meine behandschuhten Finger und störte die Blutzirkulation.

Im Haus waren nur noch die beiden Putzfrauen. Außer meiner Wohnung befinden sich nur Büros in dem Gebäude. Abends und am Wochenende kann ich tun und lassen, was ich will. Ich störe niemanden und ich werde von niemandem gestört.

Meine Wohnung befindet sich im ausgebauten Dach des Hauses. Neben einer relativ kleinen Küche und einem noch kleineren Bad hat sie nur einen weiteren Raum, der sich über zwei Ebenen erstreckt. Der untere Bereich geht auf den Isenbergplatz hinaus. Die Fenster sitzen in den ausgebauten Gauben des Daches. Sie beginnen erst auf Brusthöhe und ziehen sich als schmales, nur durch schulterbreite Mauerstücke unterbrochenes Band fast über die gesamte Front des Wohnraums.

Ich grillte das Lammfleisch und zwei Tomaten, dünstete die Okraschoten mit viel Knoblauch, Zwiebeln und geriebener Zitronenschale an, häckselte die glatte Petersilie mit einem schweren Küchenmesser und streute sie über Lammfleisch und Tomaten. Der Duft ließ mir das Wasser im Mund zusammenlaufen. Zum Essen gönnte ich mir ein Glas Rotwein und beobachtete von meinem Barhocker am Stehtisch aus, wie das De Prins unter mir zum Leben erwachte.

Gesättigt stand ich schließlich auf. Ich packte Rotwein, ein Stück Manchego und ein Messer in meinen Rucksack, löschte die Lichter und kletterte über die grazile, aber nicht sehr praktische Konstruktion aus Drahtseilen und Buchenholz in die zweite Ebene hinauf.

Wie immer, wenn ich im Dunkeln hier oben ankomme, hielt ich für einen Moment die Luft an. Denn die Front dieses Spitzgiebels besteht komplett aus Glas und gibt den Blick frei auf ein Lichtermeer: Den erleuchteten RWE-Turm vor dem gläsernen Karree der RAG und einen Teil der Essener Innenstadt.

Im Sommer fluche ich über die Hitze, im Winter über die Kälte. Aber diese zweite Ebene der Wohnung, so unbequem sie auch ist, ist der Grund, warum ich vor fünf Jahren hier eingezogen bin. Hier oben schlafe ich. Hier oben habe ich meinen bequemen Sessel stehen. Hier oben höre ich Musik, beobachte die Vögel in den Baumkronen beim Nisten und blicke über die Lichter der Stadt. Hier oben senkt sich die Pulsfrequenz. Hier oben werde ich ruhig, hier treffe ich Entscheidungen.

Und nun dachte ich bei Rotwein, Käse und der transparenten Stimmgewalt von Marie Boine darüber nach, wie es weitergehen sollte, eine Frage, vor der ich mich bisher weitestgehend gedrückt hatte.

Donnerstag, 5. Dezember

Meine Entschlüsse setzte ich gleich am nächsten Morgen in die Tat um. Ich öffnete den zu meiner Wohnung gehörenden Abstellraum gegenüber, räumte ihn bis auf die Regale leer, schleppte das Gerümpel in den Keller, putzte Regale und Fenster und saugte den Boden. Die kleineren Pflanzen drapierte ich auf der Fensterbank, die große in einer Ecke auf dem Boden. Meine Aktenordner, Bücher und der Krempel aus dem Büro kamen in die Regale.

Aus dem Keller schleppte ich eine Hartholzplatte und die zugehörigen zwei Böcke hoch und montierte daraus den Schreibtisch zusammen, den ich in meiner Studentenzeit gehabt hatte. PC und Drucker aus meiner Wohnung vervollständigten schließlich mein Vorhaben.

Dann rief ich Willi an.

Willi – ganz branchentypischer Tüftler und Bastler – hat einen kleinen Laden in Bredeney, eine Art Servicestelle für sämtliche Probleme rund um Netzwerke, PCs und Telefone.

Er versprach, nach Ladenschluss vorbei zu kommen und mir von meinem ISDN-Anschluss in meiner Wohnung Leitungen nach nebenan in die Kammer zu legen. Ich wollte Telefon, Modem und Internet in meinem neuen Büro haben.

Schließlich hängte ich noch meine beiden Drucke auf und drapierte ein großes, bunt gemustertes Stück Stoff als eine Art Volant um das Fenster. Auf meinem Sitzball nahm ich hinter dem provisorischen Schreibtisch Platz und betrachtete mein Werk.

Toni, nickte ich zufrieden, das hier ist ein guter Tag.

Ich belohnte mich mit Cappuccino und einem großen Stück Apfelkuchen im Café Click. Vereinzelte Studenten saßen lesend, rauchend und Kaffee trinkend im gläsernen Wintergarten herum. Auch ich holte mir eine der ausliegenden Tageszeitungen.

Die Schlagzeile im Regionalteil sprang mir sofort ins Auge.

Mysteriöser Todesfall auf der A 40, stand dort in fetten Buchstaben. *Die Polizei bittet um Ihre Mithilfe. In der Nacht zum Mittwoch wurde um drei Uhr früh nahe dem Bochumer Tunnel eine Leiche auf dem Mittelstreifen der Autobahn gefunden. Der Tote lag auf dem Rücken und zeigte keinerlei Spuren von Gewalteinwirkung. Wie der Mann dort hin gelangt ist, ist zurzeit noch unklar. Aufgrund der seltsamen Umstände, unter denen der Tote gefunden wurde, geht die Polizei zurzeit jedoch nicht von einem natürlichen Tod aus. Autofahrer, die in der Nacht vom 3. auf den 4. Dezember zwischen ein und drei Uhr morgens dort vorbei gekommen sind, werden dringend gebeten, sich mit der Kripo Bochum oder Essen in Verbindung zu setzen.*

Bei dem Toten handelt es sich um Werner Paschke, einen der beiden Geschäftsführer der Exapta GmbH, einer Tochtergesellschaft der Krippenhagen&Goll Unternehmensgruppe. Er hinterlässt seine Ehefrau in Essen.

Langsam ließ ich die Zeitung sinken. Mit einem flauen Gefühl in der Magengrube schob ich den Rest des Kuchens beiseite. Ich legte einen Fünfer und etwas Münzgeld auf den Tisch und trat auf den Platz. Ein paar Tauben pickten unter einer Platane an einem Stück Brot herum. Es dämmerte bereits, und vor dem De Prins ging die rote Lichterkette an.

Der Anrufbeantworter blinkte böse durch das Halbdunkel meines Wohnzimmers. Donnerstag, 05. Dezember, 14 Uhr 43, modulierte das Gerät. Mr. Wichtig bellte, dass ich mich umgehend im Präsidium melden solle. Sie hätten noch ein paar Fragen an mich.

So nicht, dachte ich wütend. Nicht in diesem Ton. Aber ich wusste, dass es besser war, sofort anzurufen.

Eine Sekretärin teilte mit, dass Frau Hellebrosch und Herr Schütte derzeit in einer Besprechung seien. Sie zitierte mich für neun Uhr des folgenden Tages ins Präsidium.

Immer noch zornig stöpselte ich den Anrufbeantworter aus und trug ihn hinüber in die Kammer.

Willi hatte bis halb neun die Leitungen verlegt und die Telefonanlage programmiert, die er mir mitgebracht hatte, und bis halb zehn eine Flasche Wein geleert. Meine Wohnung stank nach den Selbstgedrehten, die er in einem fort rauchte. Dafür war mein neues Büro mit ISDN, Telefon und Anrufbeantworter versorgt. Ich musste nur noch bei der Telekom zwei weitere Nummern frei schalten lassen, die ich bereits bei meinem Einzug vorsorglich im Fünferpack beantragt hatte.

Als ich Willi endlich losgeworden war, hatte »NRW am Abend« leider schon begonnen. Ein Polizeisprecher bestätigte, dass Werner Paschke keines natürlichen Todes gestorben war. Um eindeutig zu bestimmen, ob es sich um

Freitod oder Tod durch Fremdeinwirkung handele, müsse der Obduktionsbericht abgewartet werden. Erneut wurde die Bevölkerung um Hilfe gebeten. Ein Foto von Paschke im Großformat wurde eingeblendet.

Der Druck in meinem Magen verstärkte sich. Mit einigen Gläsern Malt Whisky bekämpfte ich ihn und zählte die erleuchteten Fenster von RWE und RAG. Schließlich fielen mir die Augen zu.

Paschke schlug mir mit einem dicken Prügel in die Kniekehlen, sodass ich hart auf dem Boden aufschlug.

Dann demolierte er mit dem Knüppel in aller Seelenruhe meine Einrichtung. Meinen alten Schreibtisch. Meinen Nippes. Meine Bilder. Meine Pflanzen. Meinen PC. Er zerstörte, was mir lieb und teuer war. Er ruinierte meine Existenz.

Als ich mühsam auf ihn zu kroch, schlug er noch mal zu. Hart traf mich der Schlag im Kreuz.

Sie sind entlassen, höhnte er. Und Sie wissen ja, wer mit vierundvierzig arbeitslos wird, ist raus. Ene mene mu und raus bist du! Mit spitzem Zeigefinger stach er mir zu jeder dieser absurden Silben in die schmerzenden Rippen.

Dann stierte er mich mit seinen seltsam überquellenden basedowschen Augen an. Drohend wackelte er mit dem Zeigefinger. Und wenn ich Sie damit noch nicht klein habe, dann jetzt mit meinem Tod.

Schweißgebadet wachte ich auf.

Freitag, 6. Dezember

»Du warst also bei der Exapta angestellt. Eine der Top-Ten-Firmen in Sachen System- und Unternehmensberatung?«

An dem neutralen Tonfall, in dem Bea ihre Frage stellte, merkte ich, wie verfänglich die Frage eigentlich war.

»Ja. Ich habe dort als Organisatorin gearbeitet.«

»Und dann ist dir gekündigt worden«, stellte Bea fest. Sie schlang sich den strengen Zopf, in den sie ihre herrlichen Haare gebannt hatte, fest um ihr Handgelenk. Es sah aus, als wolle sie etwas strangulieren.

»Ja«, antwortete ich. »Ich habe dagegen geklagt. Und ich bekomme noch drei Monate Gehalt. So schnell geht das alles nun auch nicht, selbst wenn die Gesetzgebung sich heutzutage große Mühe damit gibt, es den Unternehmen wieder hübsch einfach zu machen mit dem Rausschmeißen von Leuten.«

»Warum wurde Ihnen gekündigt?« Mr. Wichtig mischte sich von der Seite her ein. Immerhin hatte er gleich brav Platz genommen auf dem ihm zugewiesenen Stuhl.

Der Traum der vergangenen Nacht war plötzlich wieder unangenehm präsent.

»Ich bin nur eine von vielen«, sagte ich leise. »Die Exapta hat beschlossen, hundertzwanzig Arbeitsplätze abzubauen.«

»Aber viele Kündigungen sind bis jetzt noch nicht ausgesprochen worden. Und keiner hat sich so dagegen gewehrt wie Sie. Einige haben einfach eine Abfindung eingestrichen. Was ist eigentlich Ihr Problem, Frau Blauvogel?«

Er brachte mich schon wieder auf die Palme. In Windeseile. Er brauchte nur den Mund aufzumachen, und schon passierte es. »Bea, mit dem da rede ich nicht mehr«, motzte ich. »Das muss ich mir wirklich nicht anhören!«

»Leider doch, Toni. Es ist eine normale Methode. Wir lernen es in der Polizeischule. Provozieren nennt sich das. Und anhören musst du es dir leider auch. Wenn du bei der Exapta gearbeitet hast, kanntest du dann nicht auch Herrn Paschke?«

»Verkauf mich nicht für dumm! Ich habe gestern Zeitung gelesen, ich habe die Lokalnachrichten gesehen und mir ist vollkommen klar, dass das alles ausgesprochen merkwürdig aussieht. Natürlich kannte ich den Paschke. Er hat die Kündigungswelle in Gang gesetzt, und mir ist gekündigt worden. Und? Ich wurde freigestellt. Und? Ich habe mein persönliches Zeug aus dem Büro geholt, meine Schlüssel in der Bürotür stecken lassen und bin nach Hause gefahren. Dabei habe ich den Paschke gefunden. Wie aufgebahrt auf dem Mittelstreifen der A 40. Ja, Scheiße, das habe ich, auch wenn ich zwei Tage später erst überhaupt mitbekommen habe, um wen es sich da eigentlich handelt. Und mehr kann ich dazu nicht sagen!«

Wütend stand ich auf. Ich band mir die Gürtelstrippe meines Mantels um die Taille, schnappte mir Rucksack und Handschuhe und verließ Türen knallend das Büro. Wie in einem schlechten Film.

Ich wusste, dass mein Verhalten falsch war. Ich wusste aber auch, dass ich in dieser Stimmung, in die ich mich gerade hinein gesteigert hatte, nur noch mehr Mist bauen würde. Also war es besser, zu gehen. Und das tat ich.

Ich rief bei der Telekom an und sorgte für die Freischaltung meiner beiden zusätzlichen Telefonnummern. Nur so zum Trotz, weil mir die Energie dazu eigentlich völlig fehlte und ich mir das nicht eingestehen wollte.

Dann klappte ich zusammen, gerade so, als hätte mir dieser Anruf das letzte Quäntchen Kraft aus den Muskeln gesogen. Die Wut, die sich seit dem unerquicklichen Gespräch im Präsidium in mir eingenistet hatte, wich einer dumpfen Niedergeschlagenheit, und der unangenehme Druck hinter meinen Augen breitete sich nun in rhythmischem Klopfen bis in die Schläfen hinein aus.

Also ließ ich die nachtblauen, mit schemenhaft eingewebten Sternen versehenen Stoffbahnen herunter, die ich über dem Fensterdreieck meiner zweiten Ebene als eine Art Vorhang angebracht hatte. Mit den dunklen Stoffen schirmte ich mich gegen das Licht ab, mit den kleinen gelben Schaumstoffkegeln aus dem Drogeriemarkt gegen die Geräusche der Stadt. Nichts hören, nichts sehen, nichts reden.

Ich weiß nicht, ob ich geschlafen habe. Aber als ich aus dem Dämmerzustand wieder auftauchte, ging es mir besser. Nicht gut, aber besser. Entfernt drangen die Stimmen der Putzfrauen aus dem Treppenhaus zu mir hoch. Dann fiel die Haustür zu und wurde abgeschlossen. Ich war allein.

Später, nachdem ich ein paar Bissen gegessen hatte, später, nachdem ich die Stoffbahnen wieder beiseite gerafft und das Lichterspiel eingelassen hatte, später, nachdem ich in meinem Sessel zur Ruhe gekommen war, sehr viel später also klingelte es.

Spontane Gäste sind nicht gern gesehen bei mir, und eigentlich weiß das auch jeder. Dennoch tappte ich durchs Treppenhaus nach unten. Ich öffnete die Klappe in der schweren Haustür und spähte hinaus.

Es war Bea. »Darf ich reinkommen?«

»Als Bulle oder privat?«, fragte ich grantig.

Bea seufzte. »Beides, Toni. Das lässt sich im Moment nicht trennen. Aber du siehst, ich bin alleine gekommen. Als Arbeitszeit werde ich das auch nicht anrechnen. In Ordnung?«

»Schön blöd von dir!« Ich schloss die Tür auf. »Ganz nach oben«, murmelte ich und folgte ihr die Treppen hinauf.

»Nette Wohnung«, sagte Bea. Sie warf einen Blick auf den Isenbergplatz. »Und alles Wesentliche im Blick. Das Click, das De Prins ...«, grinste sie. Sie löste das Gummi aus ihrem strengen Zopf und schüttelte die üppigen Haare auseinander.

Aus einer spontanen Eingebung heraus dirigierte ich sie noch eine Ebene höher.

Leise pfiff Bea durch die Zähne. »Exklusiver Logenplatz mit Blick auf den RWE-Pimmel. Das ist umwerfend. Wie viel zahlst du für das Prachtstück hier?«

»410 Euro warm. Zur Wohnung gehört noch ein kleiner Raum gegenüber. Setz dich in den Sessel. Möchtest du Wein?«

»Gern.« Bea nickte. Amüsiert beobachtete sie das Prozedere, mit dem ich Flasche und Gläser nach oben beförderte.

»Alles in allem ist die Wohnung verdammt unpraktisch, und das weiß der Vermieter auch ganz genau. Diese Treppe hier würde keine Baubehörde genehmigen.«

Ich wies auf das fragile Gebilde aus Drahtseilen und Buchenholz. »Vorher war da wohl auch eine andere, solidere, sagte er mir. Damit war jedoch unten ein Drittel des Raumes weg. Außerdem habe ich den Mietpreis drücken können, weil ich die Idee hatte, die Balustrade hier mit einem Geländer zu versehen und das kleine Flachdach dort links zwischen den Giebeln als Balkon auszubauen. Fliesen und das Geländer habe ich selbst anbringen lassen. Das war ziemlich teuer. Und für diese Schrankwand hier und die Küche unten musste ich ordentlich Abstand zahlen.«

Mit dem Kinn wies ich auf die Stirnseite des Raumes, die komplett mit matt schimmernden Metalltüren ausgestattet war.

»Abgefahren«, kommentierte Bea.

»Bestimmt nicht jedermanns Geschmack. Aber mir gefällt es.« Ich lachte. »Die Schränke in der Küche sind grasgrün! Und die Arbeitsplatte bestand aus einer Art Kunstrasen. Die habe ich dann allerdings doch durch eine Buchenplatte ausgetauscht. Der Vermieter wusste ganz genau, dass sich nicht viele auf so eine Wohnung einlassen würden. Ich habe mich in sie verliebt.«

Ich hatte mich auf dem dicken Sitzkissen niedergelassen, auf dem ich sonst immer die Füße hochlege, und lehnte mich gegen den Wandschrank.

»Schräger blauer Vogel.« Bea lächelte mich an und nahm das volle Weinglas entgegen, das ich ihr reichte. »Dein Nachname passt zu dir.«

Ich schnaubte leicht durch die Nase. »Ja. Scheint so. Also, Bea. Worüber wolltest du mit mir reden?«

Augenblicklich wurde sie wieder ernst.

»Toni, ich will dir keine Angst machen. Aber irgendwie

scheint dir der Ernst der Lage noch nicht so bewusst zu sein. Der Paschke wurde höchstwahrscheinlich ermordet.«

»Was soll denn das nun wieder heißen?«, fragte ich. »Höchstwahrscheinlich? Das müsst ihr doch wissen! Rede nicht um den heißen Brei herum.«

»Der Kerl ist erfroren, verdammt noch mal. So einfach ist das. Er war vollgepumpt mit Alkohol und Barbituraten, nicht so viel, dass es ihn umgebracht hätte, aber genug, um ihn tief und fest dort schlafen zu lassen auf diesem merkwürdigen Mittelstreifen. Wir hatten neunzehn Grad Minus in dieser Nacht!«

Verwirrt schüttelte ich den Kopf. »Den muss doch aber jemand gesehen haben, wie er dort lag. Das ist eine der am dichtesten befahrenen Autobahnen von ganz Deutschland. Obwohl, viel war nicht gerade los um die Uhrzeit. Aber ich habe ihn doch schließlich auch gesehen. Wie lange braucht ein Mensch denn, um zu erfrieren?«

»Bei solchen Temperaturen und diesem scharfen Ostwind? Maximal eine dreiviertel Stunde, bewegungslos und in solch einer exponierten Lage, sagt die Expertin. Bekleidet war er nur mit Seidenhemd, Anzughose und dünnen Socken. Außerdem war die Kleidung vereist …«.

Ihr Blick wanderte zu den Lichtern hinüber, während sie den Satz ausklingen ließ. Ihre Brillengläser funkelten im Licht der Hochhäuser. »Das bedeutet, dass sie nass war, als er dort abgelegt wurde. Er war noch nicht lange tot, als du ihn gefunden hast. Eventuell war er da sogar noch am Leben.«

»Verdammter Mist!«

Nachdenklich sah Bea mich an. »Wie lange hat es gedauert, bis der Notarzt kam?«

»Ungefähr zehn Minuten«, schätzte ich zögerlich.

»Und wie lange hat es gedauert, bis du angerufen hast?«

»Schwer zu sagen. Ich habe eine ganze Weile gebraucht, um zu begreifen, dass da tatsächlich ein Mensch liegt, der sich nicht rührt. Drei, vier Minuten vielleicht?«

»Warum hast du nicht sofort gesagt, wer er ist?«

»Es war dunkel. Wenn seine Augen offen gewesen wären…«. Ich zuckte mit den Schultern. »Aber so habe ich ihn überhaupt nicht erkannt. Sag mal, kann es wirklich sein, dass er noch gelebt hat, als ich ihn gefunden habe? Auf mich wirkte er mausetot!«

»Es wäre möglich. Aber selbst, wenn er sofort Hilfe bekommen hätte, hätte er da kaum noch eine Chance gehabt.«

Schweigend nippten wir am Rotwein.

»Es ist schon seltsam«, sagte Bea schließlich. »Drei Jahre lang machen wir Qi Gong zusammen, laufen uns ab und zu im Bahnhof Süd über den Weg und klönen über die verschiedensten Sachen. Aber nie über unsere Jobs. Weil uns das auch gar nicht interessiert hat aneinander. Du hättest nicht mit mir an der Theke ein paar Bierchen gezischt und über diesen unerträglichen Hartmut mit mir gelacht, wenn du gewusst hättest, dass ich ein Bulle bin, stimmt's?«

Ich sah sie an. Bea, klein, zierlich, mit tiefen Lachfalten um einen weichen Mund und wundervoll dickem, honigfarbenem Haar. Das Licht des Turmes spiegelte sich in ihren runden Brillengläsern. Ich hatte sie spontan gemocht. Aber das wäre mit Sicherheit ganz anders gewesen, wenn mir ihr Beruf bekannt gewesen wäre.

»Stimmt«, gab ich also zu.

Bea nickte. »Jetzt müssen wir uns allerdings über unsere

Jobs unterhalten. Vielmehr über deinen. Weil mein Beruf das verlangt. Und weil du einen Toten gefunden hast, der mit deinem Job eine ganze Menge zu tun hatte. Du musst das akzeptieren, Toni. Wir können es jetzt hier auf unsere Art tun. Es wäre mir lieb, denn ich denke, es ist die bessere Art. Oder … « Mit vager Geste beendete sie den Satz.

Mr. Wichtig tauchte vor meinem inneren Auge auf. »Ist schon in Ordnung«, brummelte ich. »Wie bist du eigentlich an diesen Schütte geraten?«

»Ein harter Brocken.« Bea grinste. »Ich arbeite dran. Wir wurden uns zugeteilt für diesen Fall, eine Art interstädtische Zusammenarbeit. Der Tote wurde in Bochum gefunden und wohnt in Essen. Aber glaub mir, es gibt Schlimmere.« Dann wurde sie wieder ernst. »Toni, ich möchte, dass du mir von ihm erzählst. Du kanntest den Paschke ziemlich gut, stimmt doch? Erzähl mir alles von Anfang an. Bitte.«

Ich nickte zögernd. »Dazu muss ich etwas ausholen«, begann ich. »Ich bin seit neun Jahren in der Unternehmensgruppe. Wenn ich von der Unternehmensgruppe spreche, meine ich das heutige Konstrukt Krippenhagen&Goll, das durch die Fusion der beiden Unternehmen Krippenhagen und Goll entstanden ist. Eingestellt wurde ich von einer der Unternehmensgesellschaften, der Krippenhagen Handelskompanie, als Organisatorin. Wir haben Software für einzelne Bereiche innerhalb der Unternehmensgruppe gemacht.«

Ich musste niesen und schnäuzte mir umständlich die Nase. »Mit Paschke wurde ich erstmalig durch ein Projekt konfrontiert. Er war damals in der Führungsgesellschaft Leiter des Bereiches Interne Verwaltung, eine Art Mädchen für alles, wenn man es brutal ausdrücken will.

Er kümmerte sich nämlich wirklich um alles.« Ich suchte Beas Blick. »Vom Organigramm des Hauses und der Planung von Kongressen bis hin zur Regelung höchst privater Angelegenheiten der Bosse.«

Fragend hob Bea eine Augenbraue.

»Dabei ging es um das Besorgen von Geschenken für Geburtstage oder Hochzeitstage, um Limousinen mit Chauffeur für die Vorstandsgattinnen, um das Suchen von feudalen Unterkünften zu Urlaubszwecken – mit Garage, damit das teure Auto nicht gefährdet wird, versteht sich … so ein Zeug eben.«

»Das klingt sehr nach Klischee«, warf Bea ein.

»Das tut es«, gab ich zu. »Aber es ist wahr. Und es hatte absurde Züge. Chauffeur fährt Pudel in Limousine nach Portugal in den Urlaub hinterher, weil der arme Kleine Flugangst hat… Das ist so blöd, dass es fast wieder komisch ist. Natürlich nur fast, wenn man bedenkt, welche Summen für so einen Mist verschleudert werden. Ich will damit nicht behaupten, dass die Firma das alles bezahlt hat – zumindest unterstelle ich das jetzt mal gutwillig. Aber allein, dass Angestellte dafür abgestellt werden, die privaten Angelegenheiten sämtlicher Familienmitglieder der Chefetagen zu regeln, finde ich ziemlich krass.«

Zustimmend schnaubte Bea durch die Nase.

»Die Regelung dieser privaten Angelegenheiten war nicht so leicht strukturierbar. Um die ging es aber eigentlich auch nicht.« Ich schenkte Wein nach, während ich weiter erzählte. »Paschke kümmerte sich ebenfalls um den organisatorischen Rahmen für die so genannte Pflege der Geschäftsbeziehungen. Und das, was in diesem Rahmen so alles als selbstverständlich betrachtet wird, fand ich noch viel krasser.«

»Was da wäre?«

»Du weißt, dass ich einen Wisch unterschreiben musste in Sachen Datenschutz, ja?«

»Das gilt nicht bei einer polizeilichen Ermittlung«, sagte Bea. »Ich muss aber gestehen, dass mich das privat auch ziemlich interessiert.«

»Da kommt dir bloß die Galle hoch. Ich gebe dir nur eine Kurzdarstellung. Über jeden hohen Gast des Unternehmens gab es eine Art handschriftliche Karteikarte. Darauf wurden die persönlichen Vorlieben der Geschäftsfreunde peinlichst genau festgehalten. Das erstreckte sich von der Information, was jemand gerne isst, raucht, trinkt, wogegen er allergisch ist, welche Geschenke er mag, ob er sich durch Abholen per Hubschrauber beeindrucken lässt oder eher durch einen Logenplatz im Aalto-Theater, bis hin zu den sexuellen Neigungen eines jeden Geschäftspartners. Und diese Karteien sollte ich ablösen, EDV-technisch betrachtet, zwecks einfacherer Verwaltung und besserer Auswertbarkeit.«

»Hast du die Karteien gesehen?«

»Zwei exemplarische Fälle. Ich denke mal, das waren noch harmlosere Beispiele«, sagte ich. »Am Erstaunlichsten fand ich dabei jedoch, dass Paschke das alles völlig normal fand. Der hielt sich noch für besonders pfiffig, dass er so genau Buch führte über Art und Umfang dieser Geschenke und den ganzen Rotz.«

Bea betrachtete mich nachdenklich.

»Ich sagte ihm ziemlich vehement, dass er sich seine Software sonst woher besorgen könne, nicht jedoch über mich. Erst da ging ihm auf, dass da erstens eine Frau vor ihm steht, und zweitens eine Gehaltsempfängerin mit relativ mittelprächtigem Einkommen, die es gar nicht normal findet, wenn die Einladung einiger Geschäftsfreunde an einem einzigen Abend ungefähr so viel kostet, wie wir in einem verdammten Scheißjahr verdienen.«

»Ziemlich übel«, sagte Bea trocken.

»Ja und nein. Wie schon gesagt, es klingt so nach Klischee, dass es keiner so recht glaubt. Aber es ist gängige Praxis. Tatsache ist auch, dass Paschke mir eine Sonderprämie anbot, wenn ich den Job gut und vor allen Dingen diskret machen würde. Und die war gar nicht ohne.«

»Aber du hast dich nicht verhalten wie erwartet. Du hast den Auftrag abgelehnt«, fasste Bea zusammen.

»Ja. Damit habe ich meine Kompetenzen natürlich weit überschritten. Es gab intern ziemlich viel Theater deswegen. Erstens durfte man nicht drüber sprechen, offiziell schon gar nicht, zweitens war der Auftrag mit viel Geld für die Abteilung verbunden und drittens mit einem Folgeauftrag, nämlich der Verwaltung der hausinternen Konten für die Außertariflichen. Auch ein spannendes Thema. Je höher der Dienstrang, desto mehr finanzieller Spielraum, wenn ich es richtig verstanden habe.«

Bea blickte schweigend aus dem Fenster.

»Nach einigem Hin und Her, bei dem auch das Stichwort Abmahnung fiel, hielt mein Chef es dann jedenfalls doch für klüger, mich in Ruhe zu lassen und einen männlichen Kollegen mit dieser – höm höm und schmunzel – prekären Aufgabe zu betrauen. Besagter Kollege ist ein ziemlicher Großkotz. Wahrscheinlich hat er seinen Spaß bei der Entwicklung der Software gehabt.«

»Das war also deine erste Begegnung mit Paschke?«

»Ja. Dann hatte ich drei Jahre lang nichts mehr mit ihm zu tun. Vor etwa einem Jahr dann tauchte er als Geschäftsführer bei der Exapta auf. Die Verwaltung der Geschenkstrümpfe hat sich für ihn gelohnt. Jetzt kann er sich selbst bedienen lassen. Na ja, jetzt ja nun auch nicht mehr…«. Ich strubbelte mir durch mein Haar. »Ich meine, er war bestimmt nicht schlimmer als die anderen. Das habe ich nie behauptet. Es war für ihn einfach selbstverständlich, und ich wusste es nun mal recht detailliert, was da abging. Ein ganz normales Geschäftsgebaren, so einfach ist das, und genauso widerlich!«

»Als dir jetzt gekündigt wurde, kam dir bestimmt wieder die Galle hoch.«

»Natürlich. Die Entlassungen werden nämlich mit der Argumentation durchgeführt, dass die Gewinnmarge nicht so hoch ist wie erwartet. Fazit: dem Unternehmen geht es schlecht!«

Bea runzelte ihre Stirn. »Ich verstehe nicht ganz, worauf du raus willst.«

»Worauf ich raus will?« Ich sprang auf und begann, vor meinem Bett auf und ab zu marschieren. »Ich will auf gar nichts raus. Das hat man sich nur in etwa so vorzustellen: Irgendjemand setzt ein Ziel an – zwanzig Prozent mehr Gewinn als im Vorjahr, so was in der Art. Jetzt wird dieses Ziel nicht erreicht. Und ab da wird es spannend. Da geht es nicht um Miese, nicht um rote Zahlen! Es wird von Gewinnen gesprochen, die sich gegenüber dem Vorjahr nicht in dem Umfang steigern lassen, wie die Firma sich das vorgestellt hat. Nach jahrzehntelangem Scheffeln ist plötzlich nicht mehr so viel Steigerung beim Scheffeln drin – oder wohlmöglich gar keine. Schlimm, schlimm!« Ich blieb abrupt stehen. »Und schwupp, wird über hundertzwanzig Leute das Urteil gefällt, dass sie zu teuer sind für das Unternehmen, weil es dem Unternehmen schlecht geht! Und – wenn sie überhaupt wieder einen Arbeitsplatz bekommen, was leider mittlerweile selbst in der IT-Branche nicht mehr so ausgemachte Sache ist – den nächsten Arbeitsplatz müssen sie zu sehr viel schlechteren Bedingungen annehmen.« Wütend stürzte ich einen großen Schluck Wein in mich hinein.

Bea verfolgte jede meiner gereizten Bewegungen mit sachlich kühlem Blick.

Plötzlich fühlte ich mich sehr erschöpft. »Nur noch ein kleines Schmankerl am Rande«, fuhr ich fort. »Ich kenne Abteilungen in meinem Laden, da wissen die Leute nicht mehr ein noch aus vor lauter Arbeit. Die arbeiten fünfzig, sechzig, siebzig Stunden in der Woche. Aber Stellen werden nicht freigegeben, Mitarbeiter nicht umbesetzt. Stattdessen wird entlassen, werden Menschen in eine existenzbedrohende Situation geworfen. Die haben nämlich in absehbarer Zeit keine Kohle mehr. Während ein Unternehmen wie die Exapta davon spricht, dass sie, nachdem in der vergangenen Zeit Profite eingefahren wurden, die sich gewaschen haben, die erwarteten Gewinnmargen nicht einhalten können. Ich finde das maßlos. Die Relationen stimmen absolut nicht. Wundern tut mich das allerdings nicht«, schloss ich, verlegen über meinen Ausbruch. »Ich bin auch nicht enttäuscht. Das würde ja voraussetzen, dass ich es anders erwartet hätte. Es bestätigt einfach nur ein Urteil, das ich ohnehin schon habe. Aber dennoch regt es mich auf.«

»Das merke ich«, sagte Bea trocken. »Und ich verstehe es. Wenn ich das höre, bin ich doch ganz froh, dass ich Beamtin bin, wie nervig ich meinen Job auch manchmal finde. Mit so was haben wir Gott sei Dank nichts am Hut, selbst wenn wir manchmal Stunden kloppen ohne Ende. Schlimmstenfalls könnte ich strafversetzt werden.« Sie nahm noch einen großen Schluck Wein. Dann sah sie mich forschend an. »Mehr hattest du mit dem Paschke nicht zu tun?«

Energisch schüttelte ich den Kopf. »Reicht das nicht? Mir war es mehr als genug.«

»Doch, es reicht.« Bea stand auf und reckte sich ausgiebig. »Ich gehe jetzt heim, bevor ich deine Leiter hier nicht mehr runter komme. Ich fand es gut, dass wir hier miteinander geredet haben.«

»Stimmt. Finde ich auch.« Überrascht stellte ich fest, dass ich mich besser fühlte. »Und wie bringst du das alles dem Mr. Wichtig bei?«

»Wem?« Bea runzelte die Stirn. Dann lachte sie. »Ach dem! Mal sehen.« Sie überlegte kurz. »Sagen wir, du seiest in mein Büro gekommen – morgen früh. Den Schütte treffe ich nämlich erst nachmittags in Bochum.«

»Es ist bereits morgen«, warf ich ein. »Und außerdem ist Samstag.«

Bea seufzte und zuckte mit ihren Achseln. »Eigentlich hätte ich frei an diesem Wochenende. Aber jetzt sind mal wieder Überstunden angesagt.« Sie gähnte ausgiebig. »Ich sollte jetzt wirklich los.«

Ich brachte sie nach unten. Zum Abschied umarmten wir uns.

Samstag, 7. Dezember

Voller Elan machte ich mich am nächsten Morgen daran, meine Homepage einzurichten.

Sie können Fliesen verlegen? schrieb ich. *Oder nähen? Oder Büsche und Bäume beschneiden? Sie haben eine elektrische Stichsäge, die Sie verleihen oder mit der Sie selbst gut umgehen können? Vielleicht haben Sie ein Händchen bei der Organisation von Festen?*

Sie brauchen Hilfe beim Streichen? Oder jemanden, der Ihnen einen Brief übersetzt? Jemanden, der Excel beherrscht oder der Sie zu einem Arztbesuch begleitet?

Tauschen Sie doch einfach Ihre Fähigkeiten und Arbeitsmittel aus!

Tonis Tauschbörse macht's möglich.

Gegen eine geringe Gebühr – erst zu entrichten nach erfolgreicher Vermittlung – führe ich Ihre Angebote und Ihre Anfragen in meiner Datenbank zusammen und stelle für Sie die Kontakte her.

Je mehr Menschen sich beteiligen, desto besser funktioniert es. Teilnahme nur möglich, wenn man sowohl etwas anbietet als auch benötigt.

Schicken Sie eine E-Mail an die Adresse tonis-tauschboerse@web.de oder rufen Sie einfach an unter der Telefonnummer 0201-6329019.

Sollte ich nicht erreichbar sein, sprechen Sie bitte auf den Anrufbeantworter. Ich rufe zurück, sobald ich kann.

Das war meine Geschäftsidee. Den Text gab ich in verkürzter Form auch noch als Anzeige in Reviermarkt, Coolibri und Südanzeiger auf, packte ihn zwei Mal auf ein Din-A4-Blatt, druckte ihn dreihundert Mal aus und schnitt die Seiten in der Mitte durch.

Die nächsten Stunden verbrachte ich damit, Datenbank und Dialogprogramm in Access zu generieren, um die Anfragen zu verwalten.

Nun hatte ich drei Monate Zeit, die Machbarkeit zu überprüfen. Drei Monate, in denen die Exapta mir noch Gehalt zahlte. Zumindest einen Versuch war es wert.

Mein Magen knurrte heftig. Überrascht stellte ich fest, dass es bereits weit nach fünf Uhr war. Ich ging hinüber in die Wohnung und brutzelte mir Rührei mit Tomaten und Käse.

Gesättigt machte ich mich schließlich mit einem Rucksack voller Flyer auf den Weg und klapperte die umliegenden Kneipen, Szene-Restaurants und Kioske ab. Die meisten hatten eine Ecke für Monatsmagazine wie Coolibri oder Heinz, für Programme der diversen Kulturzentren, Kinos und Theater, für Kursangebote und Sonstiges. Dort platzierte ich meine Werbung. So arbeitete ich mich durch das Südviertel bis nach Rüttenscheid vor und erreichte schließlich das Girardetzentrum.

Im Café Cult mit seinen hohen Decken, der mediterranen, fast aquarellartigen Wandbemalung und dem netten, spanisch-indianisch aussehenden Wirt liefen mir zwei Freunde über den Weg. Da ich das ein oder andere

Bierchen mit ihnen trank, wurde es später als beabsichtigt. Feuchter Schneeregen klatschte mir ins Gesicht, als ich endlich den Weg nach Hause einschlug.

Sonntag, 8. Dezember

Pünktlich um viertel nach sieben wachte ich auf. Schließlich war ich sechzehn Jahre lang um diese Zeit aufgestanden – von Urlauben und Wochenenden mal abgesehen. Nicht, dass ich es als gesund für mich empfunden hätte. Ich hatte mich einfach daran gewöhnt. Nun konnte ich es mir so schnell nicht abgewöhnen, trotz der nicht unerheblichen Menge an Bier, die ich gestern getrunken hatte.

Ich kramte ein Aspirin aus der schwarz gelackten, mit roten Ornamenten verzierten Holzkiste, die mir den Nachttisch ersetzte, und spülte es mit einem großen Schluck Wasser hinunter. Dann schlief ich wieder ein.

Immerhin war es halb zehn, als ich das nächste Mal wach wurde. Ich hatte vergessen, die Volants herabzulassen. Ein Blick aus dem Fenster zeigte mir, dass es sich nicht lohnte, auch nur an Aufstehen zu denken. Grüngrau der Himmel, schneeregenschwanger die Wolken. Ein feuchter, nebeliger Dunst hing in der Luft, gerade so, als würde es in dünnen, feinperligen Schleiern nieseln.

Sonntag, dachte ich. Zweiter Advent. Zeit für Schmökern, Fernsehen, Tee und Plätzchen. Ich musste nicht raus. Ich war nicht verabredet. Mit Besuch war nicht zu rechnen. Zufrieden kuschelte ich mich in meine Decke und döste weiter, bis sich die deutlichen Signale meines Magen nicht mehr ignorieren ließen.

Ich hatte es mir gerade mit einem Becher Kaffee, Vollkornbrot, der scharfen, türkischen Luftgetrockneten und einem Stück Käse an meinem Stehtisch gemütlich gemacht, als das Telefon klingelte. Herr Schütte meldete sich betont freundlich und fragte höflich, wann ich Zeit für ein Gespräch hätte.

»Heute noch?«, protestierte ich entsetzt. »Es ist doch Sonntag!«

»Spricht was dagegen? Sie sind doch arbeitslos.« Die Höflichkeit war wie weggeblasen.

»Ich bin krank«, nuschelte ich. »Bestimmt was Ansteckendes.« Dann hörte ich, wie es im Hörer raschelte und knackte.

»Toni, erinnerst du dich noch an unser Gespräch vor, hmmm… nein, gestern früh?« Die Stimme, mit der ich jetzt konfrontiert war, wirkte leicht gereizt.

»Hallo Bea«, stotterte ich überrascht. »Klar erinnere ich mich.«

»Dann erinnerst du dich sicher auch daran, was ich dir über den Ernst der Lage gesagt habe. Wäre es dir also möglich, an dieses Gespräch anzuknüpfen und von dieser lächerlichen Privatfehde Abschied zu nehmen, die du mit meinem Kollegen austrägst?«

Ich musste schlucken. »Heute noch?«

»Ja, heute noch«, sagte Bea unerbittlich. »Und zwar möglichst bald. Du kannst es dir aussuchen, ob wir zu dir kommen oder du zu uns.«

»Dieser Kerl in meiner Wohnung? Nein!« Ich hörte ein Seufzen am anderen Ende der Leitung. Versöhnlich fuhr ich fort. »Können wir uns nicht im Liebling treffen?«

Bea lachte leise. »Gute Idee. Unsere Kantine hat sonntags sowieso zu.«

»Muss der wirklich mitkommen?«, machte ich einen letzten Anlauf.

»Ja«, sagte Bea fest.

Jetzt war es an mir zu seufzen. »Also gut. In einer halben Stunde.« Ich packte die Lebensmittel wieder zurück in den Kühlschrank, trank meinen Kaffee und machte mich auf den Weg.

Liebling… Ich mag diese Theke mit ihrer wunderbar roten, warmen Beleuchtung, vor der sich die Barhocker wie schwarze Schattenrisse ausnehmen. Sofort stelle ich mir halterlose, schwarzsamtene Strümpfe vor, eine Hand, die dem Lauf eines Beines folgt. Passender Name zu einer schönen Theke. Was ich ausgerechnet dort mit dem Schütte zu suchen hatte, war mir nicht so recht klar. Aber ich hatte es schließlich selbst vorgeschlagen. Man muss die Suppe selbst auslöffeln, die man gekocht hat… die Feste feiern, wie sie fallen… den Stier bei den Hörnern packen … du, Großmutter, du halt dich gefälligst raus!

Das Liebling liegt direkt gegenüber dem Amtsgericht. Vom Polizeipräsidium aus kann man es zwar nicht sehen, man braucht jedoch nur die große Kreuzung des Haumannplatzes zu überqueren, und schon ist man da.

Für mich bedeutete die Verabredung einen zwanzigminütigen Fußmarsch. Die eisige Kälte der vergangenen Tage war über Nacht einer schweren Feuchtigkeit gewichen und drang trotz der wetterangepassten Kleidung bis tief in meine Knochen hinein. Dafür war mein Kopf endlich frei, als ich beim Liebling ankam.

Sie saßen an einem der Tische direkt hinter dem großen Fenster.

»Hi«, sagte ich betont lässig. »Was trinkt ihr denn da Schönes?«

»Das ist nur Alkoholfreies«, beeilte sich Schütte zu sagen.

»Ist mir doch egal.« Ich zuckte mit den Schultern. »Ich muss erst mal was essen. Ich habe noch nicht gefrühstückt.«

»Sie hat noch nicht gefrühstückt!« Demonstrativ blickte Mr. Wichtig zu der großen Uhr an der Straßenbahnhaltestelle gegenüber.

»Reinhold, bitte!« Bea legte ihm ihre Hand auf den Arm. »Es ist Sonntag. Nur weil wir beiden Trottel zu einer Sonderschicht verdonnert sind, musst du nicht alle angiften, die Sonntags ausgeschlafen konnten.«

Reinhold! Ich schnaubte verächtlich durch die Nase. Eine schöne Verbrüderung hatte hier stattgefunden. Befremdet versuchte ich, Beas Blick einzufangen. Es gelang mir nicht.

Ich bestellte ein großes Frühstück mit allem drum und dran und einen Milchkaffee. »Und ein Pils«, rief ich dem Kellner hinterher. Spöttisch grinste ich dabei Mr. Wichtig ins Gesicht.

Bea verdrehte die Augen. »Okay«, sagte sie energisch. »Wirklich sehr spitzfindig, ihr beiden. Ihr hört jetzt sofort damit auf, oder ich gehe, und ihr müsst alleine miteinander klar kommen. Ich habe keine Zeit für solche Kindereien!« Sie nahm einen großen Schluck Milchkaffee.

»Also was nun«, bohrte sie.

Plötzlich schämte ich mich für mein kindisches Gehabe. »In Ordnung«, gab ich nach. Auch Schütte nickte.

Mein Frühstück wurde gebracht und unmittelbar darauf folgte das Mittagessen, das sich die beiden bestellt hatten.

Hungrig biss ich in mein Croissant.

»Also?«, fragte ich mit vollem Mund. »Was wollt ihr noch von mir wissen?«

»Herr Schütte hat sich bei der Exapta umgetan«, sagte Bea leise. »Dabei ist er über die letzte Betriebsversammlung gestolpert …«.

Pause.

PunktPunktPunkt. Ich hörte es nur zu deutlich. Mir wurde mulmig. Dennoch kaute ich weiter. »Und?«, fragte ich schließlich.

»Und?«, fragte Bea zurück. Mit strengem Blick verdonnerte sie Mr. Wichtig zum Schweigen. »Vielleicht erzählst du es mal mit eigenen Worten, wie wär's?«

»Da gibt es nicht viel zu erzählen«, sagte ich leichthin. »Der Kerl hielt seinen Vortrag. Wie schlecht es dem Unternehmen ginge. Dass die Gewinnmargen nicht so hoch gewesen wären wie erwartet. Dass die IT-Branche im Moment ebenfalls in die Knie ginge. Blablabla.« Theatralisch rollte ich meine Augen gen Himmel. »Und dass er sich freuen würde, wenigstens einem Teil – damit meinte er die Abteilung, in der ich gearbeitet hatte – einen adäquaten Arbeitsplatz verschafft haben zu können. Heilig, Heilig, Heilig! Andere müssten ebenfalls mit solchen Maßnahmen rechnen. Bei einigen würde man auch um eine Entlassung nicht herum kommen. Schließlich wären neunhundert sichere Arbeitsplätze besser als tausend unsichere … undsoweiterundsofort!«

Ich rührte in meinem Kaffee herum und widmete mich meinem Brötchen.

»Und?«, forschte Bea.

»Na ja, ich bin etwas rüde geworden«, gab ich zu. Es machte ja keinen Sinn, das zu beschönigen.

»Etwas?«, warf Mr. Wichtig sarkastisch ein. »Etwas ist gut! Sie haben ihn angegriffen!«

»Nein, das habe ich nicht«, sagte ich empört. »Ich habe lediglich versucht, ihm das Mikro wieder abzunehmen. Er wollte mich nicht sprechen lassen.« Die Szene hatte ich noch sehr deutlich vor Augen.

Fragend hob Bea eine Augenbraue.

»Ich bin nach vorne gegangen, um ein paar Dinge zu dem schönen neuen Arbeitsplatz zu sagen, den man uns durch den Verkauf unserer Abteilung verschaffen wollte. Kleine Klitsche, Hauptsitz nahe Berlin. Dunkeldeutschland, um es mal hübsch ideologisch zu formulieren. Nicht, weil ich die für doof befinde, sondern weil es dort wirtschaftlich betrachtet – und das hat mit der Zeit vor der Wende nichts zu tun, sondern ausschließlich mit der Zeit danach – noch viel beschissener aussieht als hier. Mit Arbeitsbedingungen, die ich niemals freiwillig unterschreiben würde! Und deshalb unannehmbar.«

»Davon hast du mir noch gar nichts erzählt«, unterbrach mich Bea.

»Hab ich nicht?« Nervös trommelte ich mit den Fingern auf die Tischkante. »Dann tue ich es halt jetzt. Ich wollte erzählen, dass einige Abteilungen der Exapta nicht mehr ein noch aus wissen vor lauter Arbeit. Dass ausgeschriebene Stellen urplötzlich aus dem Intranet verschwunden sind, ohne neu besetzt worden zu sein, und zwar seltsamerweise direkt, nachdem wir von unserer Abteilung nachgefragt haben, ob wir dort nicht gebraucht würden. Dass gleichzeitig zu unserer Ausgliederung aus dem Unternehmen Einstellungsgespräche stattfanden auf eine im Internet ausgeschriebene Anzeige hin. Und dass jetzt auch noch von Entlassungen die Rede war, während zeitgleich zu diesen ganzen Aktionen den Mitarbeitern des Hauses ein neuer Haustarifvertrag aufgedrückt wurde, den alle unterschreiben sollten – mit etwas verschärften Arbeitsbedingungen, um es mal milde auszudrücken.« Ich schnaubte verächtlich. »Das alles wollte ich sagen. Aber kaum, dass ich begonnen hatte zu reden, sah der Paschke auf seine Rolex und sagte, ich müsse jetzt zum Ende kommen, die Zeit sei leider begrenzt, es seien nur kurze Fragen möglich, keine langen Beiträge. Und damit nahm er mir das Mikro aus der Hand.«

Schütte warf Bea einen triumphierenden Hab-ich's-doch-gesagt-Blick zu.

»Ich habe lediglich versucht, es ihm wieder wegzunehmen«, verteidigte ich mich. »Das Mikro. Natürlich gab es dabei ein Gerangel, das lässt sich nicht vermeiden, wenn man jemandem etwas abknöpfen will, was er nicht freiwillig rausrückt. Und ich wurde etwas laut. Das gebe ich auch zu. Die Szene gehört nicht zu meinen Glanzleistungen, das weiß ich selbst. Dennoch war es richtig, was ich gemacht habe.« Trotzig spülte ich die lange Rede mit einem großen Schluck Bier hinunter. Es schmeckte nicht.

»Was hast du denn alles gesagt?« Bea strangulierte mal wieder ihr Handgelenk mit ihrem Zopf.

»Ach, was weiß denn ich«, sagte ich wegwerfend. »Ich war aufgebracht, ich fand, das Ganze war eine riesige Sauerei und ich wollte das unter die Leute bringen. Ich bin etwas lauter geworden, um mir auch ohne Mikrofon Gehör zu verschaffen. Dabei habe ich vermutlich nicht gerade auf meine Wortwahl geachtet.«

»Geben Sie das verdammte Mikro her… Sie glauben, Sie können uns hier einfach abservieren, aber wir werden uns wehren… das lasse ich nicht mit mir veranstalten, Sie

Arschloch… Soll ich noch mehr zitieren, oder reicht das, um Ihre Erinnerung wieder aufzufrischen?«, fragte Schütte mit miesem Grinsen im Gesicht.

»Machen Sie sich keine Mühe, es ist alles wieder da«, antwortete ich eisig. Mit Schaudern erinnerte ich mich daran, wie ich dicht neben Paschke in die Höhe gesprungen war wie ein Basketballspieler, um an das Mikrofon zu kommen, und dabei immer lauter geworden war. Hilfesuchend wandte ich mich an Bea. »Würdest du das so kommentarlos hinnehmen? Ich meine, das alles ist doch ein perfides Spiel. Lohnsenkung auf allen Ebenen. Da kann man doch nicht einfach die Schnauze halten und wie ein Schaf abnicken!«

»Könnte ich auch nicht gut«, gab Bea zu. »Aber deswegen muss man noch lange nicht so in Rage geraten. Die Sekretärin vom Paschke hat ausgesagt, er habe ihr am nächsten Tag die blauen Flecken gezeigt, die du ihm zugefügt hast. Zwei dicke Hämatome am rechten Unterarm, die Gerichtsmedizin hat bestätigt, dass davon noch Reste zu sehen waren. Von den tiefen Kratzern mal ganz zu schweigen. Verletzungen wie von einer Furie, sagte Frau Schmiedenberg.«

Das Blut wich mir aus dem Gesicht. »Das kann nicht sein«, stammelte ich. »Ich habe doch nur nach dem Mikrofon gegriffen!«

»Um dann die Kontrolle zu verlieren«, sagte Bea leise. »Es gibt etliche Leute, die bestätigen, wie du mit dem Paschke gerangelt und dabei kräftig rumkrakeelt hast. Warum warst du wirklich mitten in der Nacht in der Firma?«

Diese Frage traf mich wie eine Ohrfeige. »Sag mal, hast du sie noch alle?«, fragte ich empört. »Ich habe mein Büro geräumt! Mehr nicht. Ich war froh, den ganzen Mist endlich hinter mir zu haben. Ich wollte im Stillen gehen, nicht tagsüber, wo ich mit tausend Leuten hätte reden müssen. Ich habe den Brief mit der Freistellung abends in meinem Briefkasten gefunden, bin zum Qi Gong gegangen, wie dir selber bekannt sein dürfte, und war anschließend noch auf zwei Bier im Süd. Dabei ist mir dann die Idee gekommen, es hinter mich zu bringen, noch mitten in der Nacht. Ich fand die Idee gut.«

Skeptisch sah Bea mich an. Der Schütte trug nach wie vor sein mieses Grinsen zur Schau.

»Bea«, sagte ich eindringlich. »Ich habe nicht die Kontrolle verloren. Das würde noch ganz anders aussehen. Ich muss es wissen. Mein Vater, der war wirklich jähzornig. Ich habe seine Ausbrüche gehasst. Dabei hatte ich offensichtlich selber einiges davon weg. Als Kind und als Teenager war es schlimm, ich sah plötzlich rot und konnte nur noch brüllen. Zwar bin ich nie handgreiflich geworden, gegen Menschen, meine ich, aber ich habe Tassen gegen die Wand geschleudert. Irgendwas kaputt gemacht. Ich brauchte Ventile, um meine Wut raus zu lassen, denn ich dachte, ich platze sonst und es passiert was viel Schlimmeres. Später gab es nicht mehr viele Situationen, die mich so in Rage gebracht haben, aber ein paar schon, insbesondere im Zusammenhang mit meinem Ex. Ich habe mich sehr dafür geschämt. Damals habe ich mir klar gemacht, dass Jähzorn sehr viel mit einem Gefühl von Ohnmacht zu tun hat. Und das Beste, was man gegen Ohnmacht tun kann, ist Denken. Analysieren. Sich alle Möglichkeiten und Wege vor Augen führen. Sich für einen Weg entscheiden und dann erst handeln. Es hat gut funktioniert in den letzten zehn Jahren. Glaub mir, Bea.« Nachdrücklich legte ich meine Hand auf ihren Arm und suchte ihren Blick.

»Das mit dem Paschke war kein Jähzornsanfall. Ich war wütend, das ist richtig. Aber ich war nicht ohnmächtig, verstehst du? Ich wusste genau, was ich tat. Ich habe nicht die Kontrolle verloren, ich habe ihn nicht angegriffen und ihn erst recht nicht verletzt!«

Mit einem kurzen, begütigendenden Schließen der Augen signalisierte mir Bea, dass sie verstanden hatte.

»Sie waren nicht zufälligerweise oben in der Chefetage in dieser Nacht, als Sie Ihr Büro geräumt haben?« Mr. Wichtig schob sich wieder in mein Blickfeld.

»Nein, wieso? Warum hätte ich das tun sollen?«, fragte ich erstaunt.

Bea sagte es mir.

Laufen. So schnell gehen, bis man fast rennt. Ich musste mich bewegen. Wie immer, wenn etwas Unangenehmes passiert ist, musste ich mich bewegen. Anstatt loszuschreien, weil ich mich in die Enge getrieben fühle, stehe ich auf und gehe. Ich warte, bis ich mich wieder beruhigt habe. Lieber durchdenke ich eine schwierige Situation etliche Male, als spontan dazu Stellung zu nehmen. Damit versuche ich, die Ohnmacht zu vertreiben und mich wieder handlungsfähig zu machen. Zu einem Menschen, der mit präzisen Worten formulieren kann, was ihn bewegt. Häufig hat es funktioniert in den letzten Jahren, das mit dem Laufen und dem Denken. Doch dieses Mal hatte ich keine Chance.

Mit schnellen Schritten hastete ich durchs Mühlbachtal und von dort aus in das Waldgebiet an der Margarethenhöhe. Der feine Nieselregen hatte aufgehört und hinterließ diesige Schwaden, die über den Teichen und zwischen den

Bäumen waberten. Weiter lief ich in Richtung Haarzopf, überquerte Sommerburgstraße und Hatzperstraße und gelangte schließlich auf die Felder am Mülheimer Flughafen.

Etwas langsamer werdend ging ich hinunter bis zur Ruhr. Ich beobachtete, wie sich die grauen Wolken langsam verdunkelten und wanderte, mittlerweile ruhig geworden, an der Ruhr entlang bis zum Kettwiger Bahnhof. Nach über drei Stunden strammen Gehens stieg ich in die S-Bahn, die mich zurück ins Viertel brachte. Aber das Laufen hatte dieses Mal außer einer körperlichen Erschöpfung nichts gebracht. Kein klarer Gedanke in Sicht. Und schon gar keine Lösung.

Vom Bahnsteig aus ging ich direkt hoch ins Süd.

Eltern, die Sonntags am Spätnachmittag gerne den Bahnhof bevölkern, um dort ein frühes Abendessen einzunehmen oder auch nur einen Kaffee zu trinken, sammelten ihre Kinder ein und waren im Aufbruch begriffen.

»Hi, Toni. Bier? Oder Pinot und Wasser?«

»Pinot bitte.« Ich schwang mich auf einen Barhocker an der Theke.

»Danke«, murmelte ich, als Pia die beiden Gläser vor mich hin stellte. »Und einen gebackenen Schafskäse.«

Sie nickte und gab die Bestellung an die Küche weiter.

Pia mochte ich sehr. Sie war schon ganz lange im Süd und betrachtete das Kellnern als guten Ausgleich zu ihrem Studium. Ich unterhielt mich gerne mit ihr. Heute jedoch war mir nicht mehr nach Reden zumute. Schweigend beobachtete ich Pias effektive Bewegungen beim Zapfen und verzehrte meinen Schafskäse bei drei Gläsern Pinot.

Gegen zehn war ich schließlich wieder zu Hause. Trotz oder vielleicht gerade wegen des Weines herrschte jetzt eine seltsame Klarsichtigkeit in meinem Kopf. Das machte die Sache nicht gerade besser, und ohnmächtig fühlte ich mich nach wie vor. Aber ich sah klar, immerhin: Ich war in die Reihe der Mordverdächtigen aufgerückt. Und noch viel schlimmer. Von anderen Verdächtigen war zurzeit offensichtlich nicht die Rede.

Bei einem letzten Glas auf meinem Logenplatz zu Hause überlegte ich, wie ich mit den Fakten umgehen sollte.

Fakt 1: In der Nacht war ich nicht die Einzige, die sich in der Firma befunden hatte. Die Sekretärin von Paschke hatte ausgesagt, dass sie mit ihrem Chef bis ungefähr zehn Uhr gearbeitet hat. Dann hat er sie nach Hause geschickt. Er hätte noch ein paar Stunden zu tun, sie jedoch könne gehen. Paschke war also vermutlich noch im Gebäude, als ich dort gegen Mitternacht aufkreuzte.

Dumm dumm.

Fakt 2: Der Sekretärin ist aufgefallen, dass jemand nach etwas im Büro gesucht haben muss. Sie bemerkte es erst zwei Tage später. Aber sie bemerkte es eben.

Dumm dumm.

Fakt 3: Die Polizei hat bei der Durchsuchung des Arbeitszimmers im Haus des Toten ein paar Drohbriefe gefunden. Paschke, ich weiß Bescheid über dich … So was in der Art. Es roch schwer nach Erpressung.

Dumm. Sehr dumm.

Lange saß ich da und blickte auf das Lichtermeer. Ich war nicht so naiv zu glauben, dass Unschuld mich vor juristischer Schuldzuweisung und staatlicher Verurteilung bewahren konnte.

Also musste ich herausfinden, was Paschke an dem Abend noch so lange im Büro gemacht hatte. Ich musste wissen, wonach in Paschkes Büro zu nächtlicher Stunde gesucht worden war, und ich musste den Erpresser finden.

Müde kroch ich ins Bett. Und seufzte. Schön, wenn ich jetzt nicht alleine hier läge. Mir die Gedanken aus dem Körper vertreiben lassen könnte.

Viele waren es nicht gewesen in den vergangenen fünf Jahren. Und alle hatte ich bereits nach ein paar Wochen wieder rausgeworfen. Zu schnell zu eng zu dicht, zu klammerig. Eben ›zu‹. Ich mochte nicht mit ihnen einschlafen. Ich mochte nicht mit ihnen aufwachen. Ich mochte nicht mit ihnen frühstücken. Ich wollte sie nach dem Sex einfach gern wieder loswerden und mit ihnen das leicht schale Gefühl, das Begegnungen dieser Art in mir hinterließen. Eine Paarung der tierischen Art. Vögeln und gehen.

Dem letzten passte das überhaupt nicht. Es hatte einen verdammt faden Nachgeschmack in mir hinterlassen, als er sich davonschlich wie ein geprügelter Hund, weil ich grob werden musste – verbal gesehen natürlich, damit er mich endlich in Ruhe ließ.

Visionen von einem anderen, sehr viel vertrauteren Körper mit seinem ganz spezifisch leckeren Geruch tauchten in mir auf. Aber den Gedanken an Harry verbot ich mir ebenso schnell, wie er in meinem Kopf aufblühte. Lange her. Und vorbei.

Montag, 9. Dezember

Eigentlich hatte ich mir geschworen, die nächsten Monate nicht mehr nach Dortmund zu fahren. Diese Strecke hatte ich absolut satt. Nun war ich doch wieder unterwegs dorthin. Ich musste Mizzi sprechen und Frau Schmiedenberg. Ich wollte mir Alfred vorknöpfen und, wenn ich schon mal da war, auch dem Betriebsrat noch einen Besuch abstatten.

Das Gebäude der Exapta ist einer dieser nüchternen Bauten, die wie die Bochumer Universität den Charme einer Betonzelle verströmen. Quadratisch, praktisch, unpersönlich und von sachlicher Hässlichkeit.

Aus purer Gewohnheit bog ich in die Einfahrt zum Parkdeck ein und zog meine Magnetkarte durch das Lesegerät. Prompt hob sich die Schranke. Erst jetzt wurde mir bewusst, dass ich gar nicht mehr befugt war, diese Karte zu benutzen. Ich hätte sie abgeben müssen.

Obwohl – rein rechtlich betrachtet war ich immer noch Mitarbeiterin der Exapta. Und schließlich war es nicht mein Problem, wenn mein Betriebsausweis nicht gesperrt wurde.

Ebenso problemlos wie die Schranke zum Parkplatz ließ sich auch die Seitentür mit der Karte öffnen. Leicht beklommen stieg ich die Treppen zum dritten Stock hoch.

Ich traf Mizzi in ihrem Büro an. Früher war sie unsere Abteilungssekretärin gewesen. Heute ist sie ein paar Hierarchieebenen höher gewandert, nicht sie persönlich, aber die Chefs, denen sie dient.

Außerdem – und das macht sie ebenso wertvoll wie unsympathisch – verfügt sie über einen schier unerschöpflichen Fundus an Tratsch und Klatsch.

Mizzi ging gerade ihrer Lieblingsbeschäftigung nach. Sie telefonierte. Und der hemmungslose Tonfall, in dem sie sich über die Einzelheiten des vergangenen Wochenendes ausließ, bestätigte meine Vermutung, dass ihr Chef nicht anwesend war. Darauf hatte ich spekuliert, denn am dritten Montag im Monat war Gebietsleiterbesprechung.

Sie war verblüfft, als sie mich sah. Dann wedelte sie mir mit ihrer perfekt manikürten Hand zu und verzog den üppig geschminkten Mund zu einem begrüßenden Lächeln.

Ich setzte mich und wartete geduldig das Ende des Gespräches ab. Schließlich war es so weit.

»Toni, was für eine Überraschung!« In einer atemberaubenden Wolke von Joop schwebte Mizzi auf mich zu und blieb strahlend vor mir stehen. »Was treibt dich wieder in den Schoß der Exapta zurück? Hast du gewonnen?«

»Nein.« Ich schüttelte den Kopf. »Der Prozess ist noch gar nicht gelaufen. Ich komme einfach so vorbei, weil ich mich noch gar nicht richtig verabschiedet habe. Sag mal, hast du das mit dem Paschke…?« Mehr brauchte ich nicht zu sagen.

Wie die Luft aus einem prall aufgeblasenen, angepieksten Ballon verließen die Worte ihren Mund in einem rasanten Tempo. »Ja, schlimm, nicht wahr! Wir waren ja alle so entsetzt. Ich habe richtig Herzklopfen bekommen, als ich das gehört habe. Richtig gerast hat es.« Mit einer melodramatischen Geste legte sie sich die Hand auf den üppigen Busen. »Und die Polizei hat uns alle vernommen. Stell dir das mal vor. Ich hatte noch nie was mit der Polizei zu tun! Also, richtig unangenehm war mir das, das kannst du mir glauben. Man kommt sich ja vor wie ein Schwerverbrecher! Die Schmiedenberg ist sogar zusammengeklappt, als sie von Herrn Paschkes Tod gehört hat. Sie wurde ohnmächtig, habe ich gehört. Ich war ja nicht dabei, als sie befragt wurde. Aber sie musste tatsächlich mit dem Notarztwagen ins Krankenhaus gebracht werden.«

Die plötzlich eintretende Pause, die dem Wortschwall folgte, implizierte, dass es zu diesem Thema noch einiges mehr zu sagen gab.

»Frau Schmiedenberg?«, fragte ich verblüfft. »Die ist doch sonst immer so unterkühlt. Ich hätte nicht gedacht, dass der Tod ihres Chefs ihr so nahe gehen würde.«

»Na ja!« Mizzi beugte ihre tizianrot gefärbten Löckchen in meine Richtung. »Also, ich will ja nicht tratschen, aber er war gewiss nicht nur ihr Chef!« Genüsslich verdrehte sie ihre runden blauen Augen.

»Komm schon Mizzi, der Zopf ist so langweilig, dass man ihn wirklich besser abschneiden sollte. Nicht jede Sekretärin hat eine Affäre mit ihrem Chef. Oder willst du etwa sagen, dass du mit dem Tierhäuser rum machst?« Die Bemerkung saß.

»Spinnst du!« Mizzi schüttelte sich. »Der ist doch kurz vor der Pensionierung.«

»Na also! Hätte ich dir auch ehrlich gesagt nicht zugetraut. Deshalb lass das mal besser mit solchen Gerüchten.«

»Aber es ist wirklich wahr«, entrüstete sie sich. »Ich habe die beiden mal zusammen gesehen, bei einer Vorführung der Carmina Burana im vergangenen Jahr.«

»Du hast dir die Carmina Burana angehört?« Ich war überrascht. Diese wild pulsierende, eigenwillige Musik passte so gar nicht zu Mizzis gerüschter Erscheinung.

»Ein Verehrer hatte mich eingeladen«, sagte Mizzi stolz. »Leider ist nichts draus geworden.«

»Und da hast du die beiden gesehen?«, bohrte ich nach. »Vielleicht war es ja nur eine Art Weihnachtsgeschenk für eine tüchtige Sekretärin.«

»Phhh.« Abschätzig schürzte Mizzi die Lippen. »Weihnachtsgeschenk kann schon sein. Aber bestimmt nicht für ihre Dienste als Sekretärin. Es war ein Logenplatz. Zweierloge, richtig intim. Er hat ihr den Nacken geküsst, als er ihr aus dem Mantel half. Dann hat er sie von hinten umarmt und mit den Händen über ihren Busen gestrichen. Stell dir das vor! Und Sekt haben sie getrunken, wahrscheinlich sogar Champagner.« Sie klang etwas neidisch. »Dass die sich für so was hergibt!«

Das war in der Tat interessant. »Vielleicht lädt dich der Kampmann ja mal ein«, versuchte ich zu trösten. »Der guckt immer so, wenn er dich sieht.«

»Ja, meinst du?« Verlegen zupfte Mizzi an einem Löckchen. Eine leichte Röte überzog ihr rundbackiges Gesicht.

»Doch, wirklich. Es ist richtig süß, wie der dir in der Kantine immer hinterher sieht. Ciao, Mizzi. Ich geh dann mal weiter. Mach 's gut.«

Die Schmiedenberg saß an ihrem PC. Ganz so schlimm konnte es also nicht gewesen sein mit ihrem Zusammenbruch.

»Hallo Frau Schmiedenberg«, sagte ich, forsch die Tür

hinter mir schließend. »Hätten Sie wohl einen Moment Zeit für mich?«

Ein abwesender Blick streifte mich.

Schweigend musterte ich sie.

Sie war sehr bleich unter dem dezenten Makeup. Augen und Nasenspitze waren gerötet, die Partie unter den Augen dunkel und etwas aufgedunsen. Sie hatte wenig geschlafen, so viel stand fest.

»Warum lassen Sie sich nicht krank schreiben?«, fragte ich spontan.

»Dass Sie sich überhaupt noch hierher trauen!« Sie schnaubte leise durch ihre wohlgeformte Nase. Die Töne, die dabei entstanden, klangen nach Schleim, nach Rotz und Wasser.

Kommentarlos reichte ich ihr ein Taschentuch.

Sie putzte sich die Nase und warf mir einen bösen Blick zu.

»Frau Schmiedenberg«, begann ich vorsichtig. Dann zögerte ich. Ich hatte bisher nur wenig mit ihr zu tun gehabt und sie selten aus der Nähe gesehen. Da war dieses glatte, ebenmäßige Gesicht mit dem klassischen blonden Pagenschnitt. Da waren erstaunlich kühle, graue Augen, die wache Intelligenz, aber auch viel Ehrgeiz verrieten. Diese Frau war nicht zu unterschätzen. Ich beschloss, meine Strategie zu ändern. »Bitte, sehen Sie sich meine Hände an.« Ich streckte ihr meine Hände mit den mehr als kurz gehaltenen Nägeln entgegen.

»Was soll das?«, fragte sie müde. Sie warf einen desinteressierten Blick auf meine kurzen Nägel mit den ausgefransten Nagelbetten. »Das sieht ja grauslich aus. Kauen Sie etwa?«

»Nein. Ich kaue nicht. Ich arbeite mit meinen Händen.

Deshalb sehen meine Nägel so aus. Nicht schön, aber es geht nicht anders.«

»Und?« Frau Schmiedenberg hob anmutig ihre Schultern und ließ sie wieder fallen. »Was wollen Sie mir damit sagen?«

»Kann man mit solchen Nägeln tiefe Kratzspuren hinterlassen?«

Erneut zuckte Frau Schmiedenberg mit den Schultern. »Woher soll ich das wissen. Ich weiß wirklich nicht, worauf sie hinaus wollen.«

Ich machte einen Schritt auf sie zu, packte ihren Arm und krallte meine kurzen Nägel so tief es ging hinein.

»Sind Sie wahnsinnig geworden?« Sie begann, sich zu wehren, und versuchte, sich aus meinem Griff zu befreien. »Was machen Sie denn da!«

Vehement schrappte ich ihr mit meinen fünf Fingern über die Haut. Dann kniff ich zu.

»Sie tun mir weh«, zischte sie.

Abrupt ließ ich sie los. »In Ordnung. Und bitte entschuldigen Sie mein Verhalten.«

Zornig starrte sie mich an, die grauen Augen kristallin und hart.

»Jetzt schauen Sie sich Ihren Arm an«, forderte ich. »Bitte. Es ist sehr wichtig.«

Sie streckte ihren Arm ins graue Tageslicht, das durch das Fenster fiel. Außer einer oberflächlichen Rötung war nichts mehr zu sehen von meiner Attacke.

»Sieht das so aus wie bei Herrn Paschke?«, fragte ich. »Nach dem Abend, wo ich ihn angegriffen haben soll? Dem Tag der Betriebsversammlung?«

Endlich begriff sie. Sie sah noch einmal auf ihren Arm. Dann auf meine Hände. »Nein«, sagte sie schließlich langsam. »Der Arm von Herrn Paschke sah ganz anders aus. Es waren tiefe, blutige Furchen.«

»Na also«, sagte ich erleichtert. »Könnten Sie bitte so nett sein und das auch der Polizei sagen? Bei Gelegenheit, meine ich. Und wenn es nicht zu viele Umstände macht, selbstverständlich?«

Frau Schmiedenberg nickte langsam, wie in Zeitlupe. »Ich verstehe, worauf Sie hinaus wollen«, sagte sie gedehnt. »Aber Ihre Nägel können vor drei Wochen noch ganz anders ausgesehen haben.«

»Haben sie aber nicht. Ich sagte es bereits. Ich arbeite mit meinen Händen. Ton. Stein. Skulpturen. In einem Atelier, ein bis zwei Mal die Woche. Ich habe es mit Handschuhen versucht, diesen dünnen OP-Handschuhen. Aber damit geht es nicht. Ich muss das Material fühlen. Spüren. Begreifen. Die Handschuhe stören dabei. Also schneide ich die Nägel ganz kurz, Woche für Woche, bevor ich ins Atelier gehe. Am Abend vor der Betriebsversammlung war ich im Atelier.«

Sie saß zusammengesunken da und starrte aus dem Fenster. Mechanisch massierte sie ihren so rüde behandelten Arm.

Ich betrachtete den exakt geschnittenen Pagenkopf, dessen helles Blond von noch helleren Strähnchen durchzogen war. »Haben Sie ihn geliebt?«, fragte ich leise.

Eine Zeit lang regte sie sich nicht. Dann drehte sie sich zu mir herum. Sie musterte mich.

Oben.

Kein Makeup, ich weiß.

Mitte.

Ein wenig perfekter Bauch, stimmt.

Unten.

Die flachen Treter nicht geputzt, korrekt.

Wieder Mitte.

Ja ja, das Bäuchlein…

Oben.

Ein abheilender Pickel auf dem Kinn. Die asymmetrisch geschnittenen Haare vermutlich wieder wüst zerzaust. Gewonnen. Keine Frage, du bist viel schöner.

»Was wissen Sie schon von Liebe«, sagte sie schließlich. Sie klang unendlich müde.

Keine Ahnung, dachte ich matt. Aber wenn ich einen Kerl riechen kann, interessiert es mich durchaus… Schnell schob ich den Gedanken an Harry beiseite. »Schon gut«, sagte ich forsch. »Genau so wenig, wie ich mir vorstellen kann, dass Sie mit jemandem ins Bett gehen – schließlich verrutscht dabei ja das ganze mühevolle Styling – können Sie sich offensichtlich vorstellen, dass ich es tue.« Jetzt lächelte ich. »Ich weiß durchaus, wovon ich hier rede. Sprechen Sie sich also ruhig aus.«

»Ich wüsste nicht, was Sie das angeht«, sagte sie kühl.

»Schon gut.« Ich machte eine begütigende Geste. »Ich lasse Sie jetzt in Ruhe. Aber vergessen Sie bitte nicht, was Sie über meine Nägel herausgefunden haben. Es ist wichtig für mich.« Damit verließ ich den Raum.

Alfred fand ich in der Kaffeeküche im dritten Stock. Unsere Zusammenarbeit endete vor ein paar Jahren mit der Aufteilung unserer damaligen Abteilung in verschiedene andere Unternehmensbereiche. Ich war froh darüber gewesen. Wenn er jetzt überrascht war, mich zu sehen, ließ er es sich jedenfalls nicht anmerken.

»Ach ne, die Antoinette«, sagte er überschwänglich. Obwohl ich den Kontakt zu ihm mied, freute er sich immer, mich zu sehen. Er war Meister im Ignorieren von Ablehnung.

»Hast du vielleicht eine Tasse für mich, Alfred?«, fragte ich freundlich. »Ich habe keine mehr hier.« Angesichts der freudigen Begrüßung empfand ich wie üblich leichte Gewissensbisse, weil ich ihn so vehement nicht mochte.

Er nickte und kramte einen Becher aus dem Hängeschrank. »Was darf es denn sein? Alfredo macht's möglich!«

Schwungvoll stellte er den Becher unter die Düse des monströsen Kaffeeautomaten, der den Mitarbeitern freie Wahl bot zwischen Automaten-Kaffee und Automaten-Expresso über Automaten-Wiener-Melange bis hin zu Automaten-Schokolade. Ich will es nicht schlechter machen, als es ist. Das Zeug schmeckt ganz manierlich dafür, dass es immerhin umsonst ist.

»Cappuccino bitte.« Ich lächelte ihn an. »Hast du ein bisschen Zeit?«

»Aber sicher. Für dich immer.«

Ich verdrehte die Augen und folgte ihm in sein Büro.

»Tut mir Leid mit deiner Kündigung, Toni«, sagte er, nachdem wir uns gesetzt hatten.

»Pech. Aber das ist erst der Anfang, glaub mir.«

»Ich weiß. Zurzeit herrscht eine üble Stimmung hier. Jeder hat Angst, dass es ihn treffen könnte.«

Ich nickte. »Das kann ich mir vorstellen.«

»Aber mir kann nichts passieren«, prahlte Alfred. »Erst vorgestern hat mir der Hühnebrecht gesagt, dass er es sich gar nicht leisten kann, mich gehen zu lassen.« Er grinste selbstgefällig und entblößte dabei die Reihe seiner seltsamen, wie abgesägt wirkenden Zähne.

Dieses Lächeln war mir unangenehm.

»Vielleicht kann ich ja eine Gehaltserhöhung dabei rausschlagen«, tönte er weiter. »Außerdem habe ich immer noch gute Kontakte zur Geschäftsführung. Und in meiner alten Firma würden sie mich mit Kusshand wieder nehmen. Ich muss mir wirklich keine Sorgen machen.«

Meine Gewissensbisse lösten sich in Luft auf. Ich gähnte verstohlen. So war es immer gewesen mit Alfred. Er gab an wie ein Stall voller Affen. Ein Mr. Wichtig der anderen Art. Mindestens siebzig Prozent von dem, was er sagte, konnte man getrost streichen. Leider traf man manchmal die falschen siebzig Prozent. Das war das Problem dabei. Nicht nur mir ging er auf die Nerven mit seiner Tour. Gleichzeitig tat er mir auf merkwürdige Art leid. Weil er so gar nicht zu merken schien, wie leicht durchschaubar seine großkotzige Show war. Aber mein Mitleid hielt sich doch sehr in Grenzen.

»Glückwunsch!«, sagte ich also sarkastisch. »Da geht es dir besser als vielen anderen. Apropos Geschäftsführung: Was sagst du denn zum Paschke?«

»Muss ganz schön blau gewesen sein, um sich ausgerechnet dort ein Plätzchen zum Schlafen zu suchen«, grinste Alfred. »Kennste den mit dem Alkoholiker beim Arzt?«

»Klar«, würgte ich ihn in jahrelanger Übung ab. Bei einem Witz blieb es nämlich nie. »Sag mal, hast du dieses Software-Paket damals eigentlich gemacht für den Paschke? Du weißt schon…«, lenkte ich ihn auf das Thema, das mich wirklich interessierte.

»Ach das!« Alfred grinste süffisant. »Ja, das war ein echt scharfes Nümmerchen, das kannst du mir glauben! War scharf und bleibt scharf. Die Software läuft und läuft und läuft.«

»Jetzt noch? Die muss sich doch schon längst amortisiert haben. Ist die überhaupt noch releasefähig? Auf welchem Rechner kann die denn heute noch so laufen und laufen und laufen, so alt, wie die ist?«

»Und ob die noch funktioniert!«, konterte Alfred empört. »Wir haben unseren guten alten Abteilungsserver im Rechenzentrum dafür genutzt.«

»Unser alter Server?«, staunte ich. »Das kann doch wohl nicht wahr sein, dass der im Netz hängt, bei dem Inhalt!«

»Strengstens gesichert natürlich. Nur wenige User haben überhaupt Zugriff darauf. Und für die Anwendungen gibt's noch mal extra Zugriffssicherungen. Da komme selbst ich nicht dran. Obwohl« – wieder entblößte Alfred seine seltsam eckigen Zähne zu einem selbstgefälligen Grinsen – »mit ein bisschen Gehirnschmalz würde ich das natürlich hinkriegen.«

»Echt? Aber wenn du das kannst, können es auch andere. Bist du dir sicher, dass da sonst keiner drauf kommt? Ich meine, das sind doch alles Experten hier.«

»Stimmt«, gab Alfred zu. »Aber schließlich weiß ja kaum einer von der Sache. Und ganz so einfach ist es ja nun doch nicht, in jeder x-beliebigen Software die Sicherungen zu knacken.«

Es sei denn, du hast mal wieder geprotzt vor irgendwelchen Kollegen mit diesem deinem Meisterwerk, mein Lieber. Diesen Gedanken behielt ich jedoch für mich.

Auf dem Gang kam mir Nicole Rudolf entgegen. Sie trug Mantel und Mütze, ihre Wangen waren gerötet und sie verströmte noch einen Dunst von kalter Luft. Offensichtlich war sie draußen gewesen.

Nicole Rudolf war Betriebsratsmitglied der Exapta. Sie hatte – unterbrochen durch flüchtige Gastspiele höherer Chargen – unsere Abteilung betreut in der Zeit, als sie verkauft wurde und wir fast geschlossen den Betriebsübergang verweigerten. Anfangs hatten wir uns gesiezt, wahrscheinlich, weil meine Kolleginnen und ich fast doppelt so alt waren wie sie. Aber im Laufe dieser befremdlichen Auseinandersetzung waren wir dann doch zum Du übergegangen. Sie hat versucht, für uns zu tun, was sie nur tun konnte, teilweise gegen den Widerstand in ihren eigenen Reihen. Das habe ich ihr hoch angerechnet.

Das Crescendo der synthetisch klingenden Melodie von ›Der Clou‹ ließ sie nach ihrem Handy suchen, während sie mir zuwinkte. »Hallo, wolltest du zu mir?«, fragte sie mich und hob gleichzeitig das Mobiltelefon ans Ohr.

Ich nickte.

Sie bedeutete mir, ihr zu folgen. Dabei konzentrierte sie sich auf ihr Gespräch. »Sag mal, für wie bescheuert halten die uns denn«, erboste sie sich. Sie öffnete die Tür zu ihrem Büro. »Was? Das verstehe ich mal wieder nicht. Das hatten wir doch in der vergangenen Woche ganz anders besprochen.«

Ich beobachtete, wie sie sich mit finsterer Mine aus ihrem Mantel schälte, die Mütze von ihrem Kopf zog und ihre haselnussbraunen Haare schüttelte, während sie gespannt zuhörte.

»Das ist nicht wahr«, sagte sie schließlich leise und plumpste in ihren Bürostuhl. »Ja. Ich verstehe. Gut. Wir werden sehen… okay… ja, tschüs dann. Und danke.« Sie legte das Handy auf ihren Schreibtisch.

Für einen kurzen Moment saß sie reglos da. »Das ist wirklich unglaublich«, fauchte sie dann wütend.

Ich verzichtete auf einen Kommentar.

»Der Echsenstein hält sich einfach nicht an unsere Beschlüsse!«

»Echsenstein?« Fragend zog ich eine Braue hoch.

»Betriebsratsvorsitzender«, sagte sie knapp. »Zehn weitere Kündigungen sollen ausgesprochen werden und liegen uns zur Begutachtung vor. Wir haben hier in Dortmund mehrheitlich beschlossen, welchen Weg wir in Sachen der geplanten Kündigungen gehen wollen. Letzten Freitag erst haben wir abgestimmt. Und der Kerl unterwandert diesen Beschluss. Er hatte einen klaren Auftrag, als er zur Gesamtbetriebsratssitzung nach Köln ging. Zurück kommt er mit dem Statement, dem Betriebsrat sei klar, dass die Expta um Arbeitsplatzabbau nicht herum käme. Er würde die Geschäftsleitung in ihrem Bemühen unterstützen, eine sozialverträgliche Auswahl beim erforderlichen Stellenabbau einzuhalten. Unterschrieben von allen drei Betriebsratsvorsitzenden!«

»Vielleicht wurde er überstimmt?«, mutmaßte ich.

»Der doch nicht«, schnaubte Nicole verächtlich. »Echsenstein wird uns gegenüber zwar behaupten, dass es so war. Ich habe aber gerade aus verlässlicher Quelle gehört, dass die Gegenstimme von Mönchengladbach kam, nicht von Dortmund. Der Echsenstein hat sich nicht an unsere Absprache gehalten!«

Leise pfiff ich durch die Zähne. »Kann er das denn einfach so machen?«

»Kein Kommentar.« Frustriert sah Nicole aus dem Fenster. »Was führt dich eigentlich zu mir?«, fragte sie schließlich nach einer längeren Pause.

Ich lächelte sie an. »Eigentlich wollte ich nur mal nachhorchen, wie es mit meiner Kündigung weitergeht.«

»Hast du das Schreiben noch nicht bekommen?«, fragte sie überrascht.

»Was für ein Schreiben?«

»Wir haben uns mit deinem Rechtsanwalt in Verbindung gesetzt und mit ihm die Argumentation für die Ablehnung deiner Kündigung ausgearbeitet«, sagte Nicole. Es wundert mich, dass da noch nichts schriftlich bei dir angekommen ist.«

»Wann war das denn?«

»Das ist schon fast zwei Wochen her. Ich verstehe das nicht.« Sie nahm ihre Brille ab. Ohne sie sah sie seltsam nackt aus.

»Vermutlich habt ihr das mit der Hauspost geschickt. Aber ich wurde freigestellt.«

Nicole sah mich überrascht an. »Freigestellt? Das wusste ich noch gar nicht.«

»Das ist jetzt ein paar Tage her.«

»Und warum ist mir das nicht bekannt?« Müde rieb sie sich die Augen. »Ich sorge dafür, dass du das Schreiben nach Hause geschickt bekommst«, sagte sie schließlich.

»Danke. Das wäre nett.«

»Ach Mist! Wenn es nach uns hier in Dortmund ginge, würden wir ganz anders agieren.«

Auch ihre Stimme klang plötzlich müde. »Leider sitzt die Mehrheit der Betriebsratsmitglieder in Köln. Und jetzt fährt auch noch unser eigener Vorsitz einen Kurs gegen jede Absprache!«

Sie setzte ihre Brille wieder auf.

»Ich verstehe das einfach nicht, Toni«, sagte sie schließlich. Ihr Telefon rettete sie vor weiteren Nachfragen.

Eine Weile saß ich noch herum, während Nicole mit einem Kunden sprach. Da es sich um ein langwieriges

Problem zu handeln schien, winkte ich ihr schließlich zu und verließ den Raum.

Als ich auf den Ruhrschnellweg auffuhr, hatte der Feierabendverkehr bereits eingesetzt. Der Fahrer eines Kleintransporters auf der linken Spur neben mir geriet gefährlich ins Schlingern, während er aufgeregt in sein Handy schrie. »Wir sind immer für Sie da«, prangte in fetter Schrift auf der geschlossenen Rückfront des hohen Wagens. Kopfschüttelnd reduzierte ich die Geschwindigkeit, um mich aus der Gefahrenzone zu bringen, was mir prompt ein wütendes Gehupe von meinem Hintermann einbrachte. Ich war froh, als ich den Ruhrschnellweg in Essen verlassen konnte.

Weil es schon spät war, fuhr ich direkt nach Rellinghausen. Dort im Kunsthaus hatte ich mir eine Ecke gesichert, wo ich meine Materialien lagern und meine halb fertigen Skulpturen stehen lassen konnte. Ich schlüpfte in den verdreckten Blaumann.

Zwei Stunden lang bearbeitete ich einen Ytongstein, ohne darüber nachzudenken, was ich da machte.

Überrascht stellte ich schließlich fest, dass ich eine Mumie aus dem Stein gehoben hatte, liegend, die Füße parallel in die Höhe gereckt, die Arme über der Brust gekreuzt. Abstrakt, aber doch deutlich. Wütend trieb ich den Meißel tief in den Stein und ließ ihn dort stecken. Ich hatte die Schnauze voll von diesem Paschke!

Dienstag, 10. Dezember

An meine geplante Selbständigkeit hatte ich am vergangenen Tag keinen Gedanken verschwendet. Aber da waren fünf Anrufe auf meinem Anrufbeantworter.

Ein Mann suchte jemanden, der in der Lage war, mit ihm die Wohnung seiner Großmutter zu entrümpeln. Er verstehe sich auf die Reparatur von Fahrrädern und Autos und sei auch sonst handwerklich ganz geschickt, bot er als Gegenleistung an.

Eine ältere Frau suchte jemanden, der ihren Hund regelmäßig ausführen könne. Es handele sich um einen Setter, sehr lebhaft, und weil sie sich jetzt am Hüftgelenk operieren lasse, werde sie ungefähr ein Vierteljahr ausfallen. Wenn sie Glück habe. Sie eigne sich aber – das für die Zeit nach ihrer Operation – hervorragend als Babysitterin. Außerdem könne sie gut backen und kochen. Und zuhören auch. Sie habe ziemlich viel Zeit.

Eine junge Mutter suchte andere Mütter, die in einer Art Tauschdienst auf die Blagen aufpassen oder mal in Ruhe bummeln gehen wollten, wechselseitig und ganz nach Bedarf.

Ein Mann suchte junge Hausfrauen mit Tagesfreizeit. Höm höm. Tauschwert: Tagesfreizeit.

»Hei Toni, klasse Idee«, tönte es zum Schluss. Eindeutig Bertolds Stimme. »Ich könnte jemanden für meinen Laden als Aushilfe gebrauchen, stundenweise nach Absprache.

Du willst es ja leider nicht machen. Dafür biete ich meine Kenntnisse in Sachen Gartenarbeit an. Du weißt ja, vor meiner Erkrankung war ich Gärtner.«

Vier verwertbare Anfragen, immerhin! Damit hatte ich nicht gerechnet.

Ich trug die Angebote in die eine, die Anfragen in die andere meiner Accesstabellen ein. Aber ganz zufrieden war ich noch nicht mit meiner Anwendung. Es wäre sinnvoll, eine Stichwortsuche übers Internet zu ermöglichen.

Eine Weile grübelte ich, dann legte ich los. Ich entwarf verschiedene Such- und Klassifizierungskriterien und entwickelte die Abfragemaske. Die Ergebnisliste enthielt nur die verfügbaren Tätigkeiten, nicht die Personen selber. Der Kontakt sollte nach wie vor über mich laufen, schließlich wollte ich daran etwas verdienen. Zum Schluss platzierte ich auf meiner Homepage einen Button, über den man in die Suchkriterien verzweigen konnte. Ein weiterer Button ermöglichte es, seine Anfragen und Angebote online einzugeben.

Um die Installation einer Firewall und den Zugriff auf meinen Rechner aus dem Internet musste sich Willi kümmern. Kurz entschlossen rief ich ihn an.

Dann richtete ich übers Netz ein weiteres Konto bei meiner Bank ein, das ich als Geschäftskonto nutzen wollte.

Eigentlich genug für heute. Aber wenn ich jetzt nicht sofort loslegte, könnte ich die Idee gleich wieder einstampfen.

Als erstes erteilte ich dem Mann mit der Tagesfreizeit eine Absage. Freundlich empfahl ich seinem Anrufbeantworter den üblichen Weg über eine Anzeige in Coolibri, WAZ oder Südanzeiger.

Der Frau, die einen Babysitter suchte, trug ich für den

Anfang den Setter an und erklärte mich selbst bereit, gelegentlich auf die süße kleine Katja aufzupassen, bis die alte Dame aus dem Krankenhaus käme.

Der alten Dame wünschte ich viel Erfolg bei der Hüftoperation und vermittelte ihr die Adresse der Frau, die den Setter ausführen wollte.

Zum Schleppen und Entrümpeln meldete ich mich ebenfalls selbst. Ich war bereit, es als eine Art Fitnessprogramm zu betrachten. Mein Fahrrad wollte ich ihm dann demnächst vorbeibringen. Eine Überholung war sicher nicht verkehrt.

Und Bertold besuchte ich unten und versprach ihm einen Vormittag in der Woche für den Kiosk, bis ich jemand anderen gefunden hatte. Im Frühjahr sollte er dann meine Kübelpflanzen umtopfen.

Noch nicht ganz die Art von Tausch, die ich mir vorgestellt hatte – dazu hing ich selbst zu viel mit drin. Aber für den Anfang völlig in Ordnung. Ich war zufrieden mit mir und hatte über den Aktivitäten dieses Tages das andere leidige Thema komplett vergessen.

Bea sah ziemlich überarbeitet aus und wirkte mir gegenüber sehr reserviert, als wir uns beim Qi Gong begegneten. Augenblicklich verzog sich meine gute Stimmung und ich sah den Paschke wieder vor mir liegen. Schweigend vollzogen wir die langsamen Bewegungsabfolgen, ab und zu korrigiert durch die leisen Anweisungen unserer Trainerin. Reguliere den Atem und beruhige den Geist. Becken etwas abgeknickt, mit den Händen eine imaginäre Wasserschale heben und senken. Langsamer! Nun kämme die Mähne des wilden Pferdes. Oh ja, gut! Der rote Drache zeigt seine Klauen. Hoffentlich … Aber die gewohnte tiefe Entspannung brachten mir die Übungen an diesem Abend nicht.

»Noch ins Süd?«, fragte Bea, als wir uns umzogen.

Ich ignorierte den unangenehmen Eindruck, dass dies keine Frage, sondern eine Anweisung war, und nickte langsam.

»Du warst gestern bei Frau Schmiedenberg«, stellte Bea auch gleich fest, sobald wir an der Theke saßen und unsere Bestellung losgeworden waren. »Sie hat sich beschwert über dich. Was war denn das für ein bekloppter Einfall!«

»Ich fand ihn eigentlich ganz effektiv«, antwortete ich frostig. »Zumindest ist es bei euch angekommen.«

»Du hättest es mir selbst erklären sollen.« Bea war nicht minder kühl. »Machst du jetzt einen auf Amateurdetektivin oder was sollte das?«

Verlegen wuschelte ich durch mein asymmetrisch gestuftes, kinnlanges Haar. »Ihr verdächtigt mich«, sagte ich schließlich leise. »Glaub' nicht, dass ich das nicht weiß. Was also kann ich tun? Meinen Grips einsetzen, mich selber umhören und mich entlasten, soweit es geht.«

»Mensch, Toni!« Bea schüttelte ihren Kopf. »Doch nicht so. Das ist Bockmist, den du da baust. Du kannst doch nicht einen Menschen roh behandeln, nur um zu beweisen, dass du einen anderen Menschen nicht angegriffen hast. Ich kann den Schütte bald nicht mehr zurückpfeifen. Der hat sich jetzt wirklich mächtig auf dich eingeschossen.«

»Und du? Hast du dich auch auf mich eingeschossen?« Eindringlich sah ich sie an. »Es ist mir ernst, Bea. Ich will es wissen.«

»Das sind laufende Ermittlungen, verdammt noch mal!

Ich kann doch nicht…« Sie runzelte unwillig die Stirn.

Auffordernd sah ich sie an.

Die steilen Falten zwischen den Augenbrauen glätteten sich wieder. Leise fing Bea an zu lachen. »Hat dir schon mal jemand gesagt, dass du den Kopf immer schief hältst, wenn du auf eine Antwort wartest? Du bist echt schräg drauf, weißt du das, Blauvogel!«

»Schräger blauer Vogel.« Ich grinste zurück. Dann wurde ich wieder ernst. »Also?«

»Du nervst. So was kann mich meinen Job kosten!« Sie nahm einen großen Schluck Bier und wischte sich den Schaum von der Oberlippe.

Mit übertrieben schräg gelegtem Kopf fixierte ich sie wieder.

Bea verdrehte die Augen und seufzte schwer. »Nein. Ich denke nicht, dass du es warst. Aber Denken ist nicht Wissen. Und mehr sage ich zu dem Thema wirklich nicht.«

»Danke, Bea«, sagte ich trocken. »Das war mir wirklich wichtig. Und jetzt erzähle ich dir mal ein bisschen. Wusstest du, dass die Schmiedenberg ein Verhältnis mit Paschke hatte?«

»Hast du Beweise?«, fragte Bea interessiert. »Ich habe es vermutet. So ein glatt schillernder tüchtiger Eisberg wie dieser bricht nicht einfach zusammen, nur weil der Chef ums Leben gekommen ist. So eine Frau lebt doch auf in einer solchen Krisensituation. Die aber klappte zusammen. Nervenzittern, Ohnmacht. Da passt was nicht.«

»Frag Mizzi Schmidt, die Sekretärin vom Tierhäuser. Einer der Gebietsleiter, ziemlich hohes Kaliber«, fügte ich erklärend hinzu. »Aber geh diplomatisch vor. Mizzi wäre sehr beleidigt, wenn sie jemand des Tratsches bezichtigen würde. Sie doch nicht, verstehst du? Dabei klatscht sie, was das Zeug hält. Es ist nur eine Frage der Taktik, und sie legt los.«

»Danke. Sonst noch was?«

»Nein. Noch nichts Konkretes. Ich habe eine Idee, aber darüber muss ich erst noch mal in Ruhe nachdenken. Ich halte dich auf dem Laufenden, ja?«

»Toni!« Mit beiden Händen griff Bea mich an den Schultern und schüttelte mich leicht.

Überrascht sah ich sie an.

Sie lehnte ihre Stirn gegen meine. »Das ist kein Spiel. Jemand hat den Paschke mit Drogen vollgestopft, ihm Pullover, Socken und Schuhe ausgezogen, ihn von Kopf bis Fuß sorgsam mit kaltem Wasser übergossen und dann bei knapp zwanzig Grad Minus auf der Autobahn liegen gelassen. Und dieser Jemand läuft da draußen rum. Deine Stocherei ist gefährlich. Ich möchte dich nicht auf dem Tisch der Gerichtsmedizin sehen.«

»Und ich mich nicht im Gefängnis«, sagte ich leise.

Mittwoch, 11. Dezember

Zwei Mails, drei Anrufe. Gesuch: Tapeten abreißen und Kacheln abschlagen. Angebot: Make-up-Beratung, Nagelmaniküre. Gesuch: Küchenoberschränke zusammen bauen und aufhängen. Angebot: Näharbeiten, auch schwierige Sachen. Weihnachtsbaum aufstellen (2,50 m hoch!) gegen Kinderbetreuung. Auto über den TÜV bringen gegen Haare schneiden…

Die Idee schien wirklich nicht schlecht. Problematisch war nur, dass die Leute sehr konkret schnell etwas brauchten, das ich nicht sofort bedienen konnte.

Ich vermittelte Küchenfrau mit Entrümpelungsmann und war das Thema Entrümpelung damit selbst wieder los. Beide wollten mir die Vermittlungsgebühr von 2,50 € überweisen.

Die zeitweilige Betreuung der lieben kleine Katja übertrug ich elegant an den Weihnachtsbaum. Für den Weihnachtsbaum aktivierte ich Bertold – Grünzeug ist schließlich Grünzeug.

Es war einiges an Telefonaten erforderlich, um die richtigen Kontakte herzustellen, und die Zeit verrann schneller, als ich gedacht hatte. Überrascht registrierte ich, wie viel Arbeit meine Geschäftsidee mit sich bringen würde, sollte sie ernsthaft funktionieren.

Da ich schon mal am PC saß, suchte ich mir übers Internet die Privatadresse von Paschke heraus. Nur zwei Werner Paschke in Essen, einer in Bredeney, einer in Frillendorf. Frillendorf schied aus. Zu popelig für einen Geschäftsführer der großen weiten Krippenhagen&Goll-Familie. Also fuhr ich nach Bredeney.

Das Haus lag in dem Villengebiet südlich der Frankenstraße nahe der Wolfbachquelle. Die Gebäude hier stehen alle auf großzügig bemessenen Grundstücken, von weißen Mauern oder üppig bewachsenen hohen Zäunen gegen die Außenwelt abgeschottet. Hinter massiven Toren verbergen sich kiesbestreute Auffahrten, und die roten Signale der Alarmanlagen drohen sichtbar an Hauswänden und Mauern.

Ich mochte dieses Viertel nicht. So groß die Grundstücke auch waren, so luxuriös die Gebäude, das Viertel wirkte seltsam unbewohnt. Es vermittelte den Eindruck, die Bewohner hätten sich in all ihrem Luxus eingesperrt. Nur darauf bedacht, sich vor möglichen Übergriffen zu schützen, schienen sie am Leben nicht mehr teilzunehmen und sich nur in ihrer eigenen, sterilen Welt zu bewegen.

Paschkes Villa lag in einem gepflegten Garten. Heller Reif überzog Buchsbaumhecken und Scheinzypressen, sorgsam angebrachte Matten aus Stroh und Filz schützten die Rosenstöcke gegen den Frost. Die Wände des Hauses waren zartgelb gestrichen, die Säulen vor der vergitterten Eingangstür vermittelten ein klassizistisches Flair.

Eine Weile starrte ich durch die schmiedeeisernen Stangen des geschwungenen Tores.

Da ich nicht so recht wusste, was ich dort überhaupt wollte, erkundete ich erst mal das Terrain um das Objekt herum. Ich bog in die nächste Querstraße ein und versuchte von dort, einen Blick auf den Paschkeschen Wohnsitz zu erhaschen. Dann traf ich auf einen Pfad, der sich am Waldrand hinter den Grundstücken entlang zog. Er war schmal und sehr vereist. Mehr mit der Beschaffenheit des Weges als mit der Umgebung befasst, eierte ich vorsichtig den überfrorenen Pfad entlang, bis ich mich in etwa auf der Höhe der Paschkeschen Villa vermutete. Jetzt erst riskierte ich einen Blick in Richtung des Hauses.

Die Bewegung nahm ich nur aus den Augenwinkeln wahr. Ich spähte nach oben und blickte hinein in ovale helle Augenlöcher, die aus einer schwarzen Skimaske ausgespart waren. Wie im Film, dachte ich ungläubig, dann schnellte die schwarz gekleidete Gestalt, die oben auf der Mauer kauerte, bereits auf mich zu.

Vor Schreck krampfte sich mein Herz schmerzhaft zusammen. Von der Wucht des Körpers wurde ich seitwärts ins Gebüsch geschleudert und schlug hart auf die gefrorene Erde auf. Der Körper prallte gegen mich und rollte geschmeidig über mich hinweg. Instinktiv zog ich die Arme um den Kopf zusammen und erwartete den ersten Schlag. Gleich, gleich würde es passieren. Schläge, Tritte, ein Würgegriff, eine Waffe an der Schläfe. Ich wimmerte.

Aber es entfernten sich nur eilig leichtfüßige Tritte. Ich blieb in meiner embryonalen Haltung liegen, die Arme schützend um den Kopf geschlungen, wartete und lauschte. Doch es war nur noch mein Herz zu hören, das schnell und hart gegen die Rippen schlug.

Endlich rappelte ich mich hoch und sah mich ängstlich um. Von der Gestalt war nichts mehr zu sehen. Ich war erleichtert. Meine gesamte rechte Seite schmerzte, während ich vorsichtig den Weg zurück stakste, den ich gekommen war.

Ich hatte gerade mein Auto erreicht, das ich gegenüber von Paschkes Haus geparkt hatte, als eine schwarze Limousine in der Straße auftauchte und in die kiesbestreute Auffahrt einbog. Weitere Wagen folgten. Als der letzte der Wagen in der Einfahrt verschwunden war, humpelte ich über die Straße und warf erneut einen Blick durch das sich elektronisch schließende Tor.

Aus der Limousine stieg, unterstützt von einem graumelierten Herrn in schwarzem Anzug, eine große Frau. Lange, schwarzseidige Beine unter einem dezenten, sehr teuer aussehenden schwarzen Kostüm. Rabenschwarzes Haar, hochgesteckt zu einer strengen Frisur, auf der ein lächerlich kleines schwarzes Pagendeckelchen thronte. Ein Haufen schwarzer Tüll verbarg den Blick auf das Gesicht. Wenn es so war, wie der Rest vermuten ließ, war die Dame ziemlich ansehnlich.

Aus den übrigen Autos stiegen ebenfalls schwarz gekleidete Menschen. Beerdigung, kombinierte ich. Unter den letzten, die ans Haus traten, erkannte ich Frau Schmiedenberg. Sie schob den Graumelierten beiseite, legte der Dunkelhaarigen den Arm um die Schultern und führte sie ins Haus. Die Geste hatte etwas seltsam Besitzergreifendes an sich.

Dem aufgeregten Stimmgewirr, das kurz darauf zu hören war, entnahm ich, dass der Einbrecher deutliche Spuren hinterlassen haben musste.

Willi kam erst gegen zwanzig Uhr. Ich erklärte ihm mein Anliegen und ließ ihn alleine in meinem Büro werkeln. Knapp eine Stunde später war er fertig und mein kleines Büro vollkommen eingenebelt. Voller Stolz zeigte er mir, wie ich die Firewall aktivieren und deaktivieren und den Virenschutz aktualisieren konnte. Außerdem hatte er die komplette Anwendung von Tonis Tauschbörse in ein separates Verzeichnis gelegt, das für Fremdzugriffe freigegeben war. Auf die übrigen Verzeichnisse meines PCs konnte nur ich zugreifen.

»So müsste es funktionieren«, sagte er zufrieden. »Ich probiere es später von mir zu Hause aus. Ich trage mich in deiner Datenbank ein, dann kannst du sehen, ob es klappt. Deine Idee ist wirklich super!«

»Das ging ja schnell«, lobte ich ihn. »Hast du noch Lust, ins Chat Noir zu gehen?« Entschieden besser, als wenn er mir wieder meine Wohnung voll qualmte.

Ich gab ihm den vereinbarten Stundenlohn bar auf die Hand und einen Stapel meiner Handzettel für seinen Laden. Dann machten wir uns auf den Weg.

Das Chat Noir verändert sich einfach nicht. Seit zwanzig Jahren die gleichen Holztische, die gleiche Bestuhlung, die braunen Tonlampen über den Tischen, die alten Filmplakate an den Wänden. Wirt und Koch sind auch schon seit Ewigkeiten da. Lediglich die Bedienung wechselte im Laufe der Jahre.

Auch die Preise scheinen bei der Umstellung auf den Euro halbwegs fair geblieben zu sein. Das jedoch nur unter Vorbehalt. Bei diesem Thema sind die Kleinigkeiten bereits so dermaßen verwischt, dass nur noch die großen, augenscheinlichen Sauereien auffallen.

Wir wählten einen Wein aus der umfangreichen Weinkarte und bestellten eine üppige Käseplatte. Willi erzählte mir von irgendwelchen technischen Neuerungen auf dem

Gebiet der Kommunikationsindustrie. »…weißt du, das sind Palm-basierte PDAs mit Telefonfunktion! …endlich Licht am Ende eines langen Tunnels…«

Ich hörte nur mit halbem Ohr hin, meinen eigenen Gedanken nachhängend. Mein Tunnel ging in eine ganz andere Richtung.

»Sag mal, Willi«, unterbrach ich ihn schließlich etwas zusammenhanglos. »Kennst du eigentlich einen Hacker?«

»Einen Hacker?«, wiederholte Willi überrascht und nebelte mich erneut ein. »Willst du dein Finanzpolster aufbessern?« Er lachte meckernd.

»Klar doch«, flachste ich zurück. »Ich brauche einfach jemanden, der in der Lage ist, sich in ein geschütztes Netz reinzuhacken. Nichts richtig Kriminelles. Aber legal gewiss auch nicht. Und bestimmt nicht einfach. Der muss sich damit auskennen.«

Willi fragte nicht näher nach. Das ist eine seiner hervorragenden Eigenschaften. Er fragt einfach nicht. Man braucht eine weitere Telefondose – er fragt nicht. Man will eine Vernetzung mit der Nachbarwohnung – er fragt nicht. Man benötigt eine ungewöhnliche technische Aufrüstung – Willi fragt nur nach dem Systemumfeld. Ich hätte einen Stimmzerhacker bei ihm bestellen können und er würde nicht mal mit der Wimper zucken.

Ich ließ ihn paffen, schlürfte meinen Merlot, vertilgte die Reste der Käseplatte und wartete geduldig.

»Ich kenne da tatsächlich jemanden«, sagte Willi schließlich langsam. »Könnte sein, dass der wirklich gut ist.«

»Gib mir seine Telefonnummer«, bat ich.

»Nein, bestimmt nicht.« Ablehnend hob Willi beide Hände. »Da wäre er stinksauer. Wärest du auch, wenn ich deine Nummer einfach so rausrücken würde.«

»Stimmt«, gab ich zu. »Dann gib ihm meine neue Büronummer. Er soll sich schnellstmöglich bei mir melden. Es ist wirklich dringend. Und sag mir bitte Bescheid, wenn er nicht will. Dann muss ich mich anderweitig umtun.«

Donnerstag, 12. Dezember

Den Vormittag verbrachte ich in Bertolds Bude. Ich verkaufte Marshmellowmäuse, Lakritzschnecken und Gummiteufel an Kinder und Bier an die Alks. Ich schmierte Mettbrötchen für die Jungs und Mädels aus den umliegenden Second-Hand-Läden und beobachtete, wie die Leute vom De Prins gegenüber eine Ladengalerie einrichteten. Ich schwatzte mit alten Omchen, die ihre Bildzeitung kauften, und legte mich mit einer Tussi an, die ihren Köter mitten auf den Bürgersteig direkt vor den Kiosk scheißen ließ. Alles in Allem waren die vier Stunden schnell rum.

Mein Anrufbeantworter signalisierte, dass zwei Anrufe eingegangen waren. Bea bat mich, möglichst bis vierzehn Uhr ins Präsidium zu kommen.

Und eine frische, jugendliche Stimme teilte mir mit, dass sie meine Telefonnummer von Willi bekommen habe. Wenn ich an einem Gespräch interessiert sei, könne ich ins Café Click kommen. Er sei ab halb vier irgendwo vorne im Wintergarten und würde Zeitung lesen.

Seufzend machte ich mich auf den Weg zum Präsidium.

Mr. Wichtig führte mich in einen Raum, in dem ein Fernseher stand. Sein penetrantes Schweigen nervte mich mindestens genauso wie seine sonst so harschen Attacken. Auch Bea schwieg, während sie eine Videokassette in den Recorder schob.

Die Toreinfahrt, die dort auf der Mattscheibe flimmerte, kam mir vage bekannt vor. So richtig dämmerte es mir jedoch erst, als ich hinter den Gitterstäben meine Gestalt entdeckte. Es war das Tor zur Paschkeschen Villa. Mit beiden Händen hielt ich die Stäbe gefasst und schien angestrengt auf das Grundstück zu spähen. »13:20«, flimmerte es über den Bildschirm.

Bea spulte ein Stück vor. Als sie stoppte, fand ich mich in einer ähnlichen Position wieder am gleichen Tor. Ich sah jetzt etwas derangiert aus. 13:55 stand als Zeitangabe in der Ecke.

Schweigend wechselte Bea die Kassette. Nicht einmal sie sah mich an. Mir war ausgesprochen mulmig zumute.

Der nächste Film zeigte eine Mauer. Langsam richtete sich die Kamera auf die Bewegung aus. Dort erschien jetzt eine schwarz gekleidete Gestalt mit einer schwarzen Skimaske auf dem Kopf. Elegant sprang sie ins Innere des Grundstücks. 13:27, besagte die Zeit auf dem Film. Bea spulte wieder nach vorne. Um 13 Uhr 48 erschien die schwarz gekleidete Gestalt erneut im Blickwinkel der Kamera, zog sich an der Mauer hoch und verharrte dort reglos, bevor sie mit einem weiten Satz absprang.

»Hhmmm«, räusperte ich mich.

»Ich bin noch nicht fertig«, sagte Bea kalt. Noch einmal wechselte sie die Kassette.

Ein weiteres Tor, eine andere Einfahrt. Zögernd ging ich ein paar Schritte in die Einfahrt, spähte, mir den Hals verrenkend, irgendwo an der Kamera vorbei und verließ schließlich die Toreinfahrt wieder. 13:23.

»Das Nachbargrundstück um die Ecke von Paschkes Villa.« Mit diesen Worten nahm Bea die letzte Kassette aus dem Rekorder und schaltete den Monitor aus.

»Ich wollte nur gucken, ob man das Haus vom Paschke von dort aus sehen kann«, murmelte ich beschämt. An Videokameras hatte ich einfach nicht gedacht.

»Wer war die zweite Person?«, mischte Schütte sich ein.

»Woher soll ich das denn wissen?« Verständnislos wanderte mein Blick von Schütte zu Bea und wieder zurück. Dann begriff ich, worauf er hinaus wollte. »Ich weiß es wirklich nicht«, sagte ich empört. »Der tauchte plötzlich neben mir auf der Mauer auf und hat mich angesprungen. Ich habe mich tierisch erschreckt und ordentlich was abbekommen dabei. Hier!« Damit zerrte ich mir die Jeans herunter und wies auf die Schrammen und den großen Bluterguss an meinem linken Oberschenkel.

»Was hatten Sie denn da zu suchen?«, fragte Schütte misstrauisch.

»Ich wollte mit Frau Paschke sprechen«, sagte ich kleinlaut. »Aber als ich das Haus sah, verließ mich der Mut. Es sah alles so extrem abweisend aus.«

Schütte sah ebenfalls abweisend aus. Schlimmer noch. Er sah so aus, als glaube er mir kein Wort.

»Hallo, ich bin Max.« Er streckte mir nicht die Hand entgegen.

»Hei. Toni. Nett, dass du dir so schnell Zeit nehmen konntest.« Zweifelnd musterte ich ihn. Ganz so jugendlich, wie seine Stimme wirkte, war er nun doch nicht mehr. Und er sah nicht aus wie ein Hacker. Ich hatte zwar keine klaren Vorstellungen davon, wie ein Hacker auszusehen hatte, der hier sah aber nun mal überhaupt nicht danach aus.

»Was ist?« Er grinste amüsiert. »Wir sind hier nicht bei einem Date. Oder hab ich da was nicht mitbekommen?«

Unwillkürlich lachte ich zurück. »Keine Panik. Willi hat dir das schon korrekt übermittelt. Ich bin nur etwas überrascht.«

»Schon gut«, winkte er ab. »Du hast ›The Sneakers‹ gesehen und Robert Redford oder so jemanden erwartet. Jetzt musst du mit mir vorlieb nehmen. Tut mir echt leid für dich. Worum geht's denn?«

»Lass mich erst mal was bestellen«, bat ich.

Er zuckte mit den Achseln, nahm einen großen Schluck Bier und widmete sich schweigend seinem Kuchen.

»Wird das hier ein Vorstellungsgespräch?«, fragte er schließlich, als ich endlich meinen Apfelkuchen vor mir stehen hatte.

Ich schüttelte den Kopf. »Ich brauche einfach nur jemanden, der das Metier beherrscht«, sagte ich. »Jemanden, der wirklich gut ist. Bist du gut?«

»Tut mir leid.« Abwehrend hob er die Hände. »Angeben ist nicht meine Stärke. Du kannst es mit mir versuchen oder wir können es lassen. Wenn ich merke, dass ich es nicht schaffe, dann sage ich es dir schon rechtzeitig. Ich höre dann einfach auf und wir vergessen das Ganze.«

Ich ließ mir seine Worte durch den Kopf gehen, während ich ihn musterte. Ich fand ihn seltsam. Klein. Kompakt. Bäuchlein. Verwaschenes graues Sweatshirt und verbeulte Jeans. Unrasiert. Offener, klarer Blick. Nicht gerade der intellektuelle Typ. Eher Typ Handwerker. Ein kleiner großer Junge. Nur dass er im Gegensatz zu einem solchen so aussah, als wüsste er ziemlich genau, was er wollte. Irgendwie gefiel er mir.

»Wenn Willi dich schickt, wird es schon in Ordnung sein«, entschied ich mich. »Gehen wir zu mir oder zu dir?«

»Zu mir natürlich«, sagte er empört. »Ich kenn dein System doch nicht. Und außerdem ist es schwierig, einen Zugriff von meinem PC aus zurückzuverfolgen. Dafür habe ich einiges getan.«

»Na gut.« Ich trank den Rest meines Milchkaffees und legte Geld auf den Tisch. »Also zu dir.«

»Aber eines möchte ich noch klarstellen.« Mit seinem offenen Blick fixierte er mich eindringlich. »Ich manipuliere keine Daten, ich installiere keine virtuellen Zeitbomben und ich plündere keine Konten. Wenn du so was im Sinn hast, musst du dir jemand anderen suchen.«

»Nichts dergleichen.« Mir war es ernst mit diesem Versprechen.

Er bewohnte eine Erdgeschossbude in einer Seitenstraße der Gemarkenstraße. Die beiden Wohnräume bildeten dank eines breiten Durchbruchs einen großen Raum, die kleine Küche war im Winkel an den vorderen Teil geflanscht und wies zur Straße hinaus. Um ins Bad zu gelangen, musste man durch das Schlafzimmer gehen, das über eine kleine Treppe einen direkten Zugang zum Garten hatte.

Männer, die allein leben, sind entweder absolute Ordnungsfanatiker oder völlige Ignoranten in Sachen Aufräumen. Dieser hier gehörte eindeutig zur letzteren Sorte. Ein farbenfrohes Sofa ertrank unter Bergen von Klamotten, auf dem gläsernen Couchtisch tummelten sich Generationen von benutzen Bechern und Gläsern, Fingerspuren, Glas- und Flaschenrändern und sonstigen Schmier- und Klebresten, auf und neben dem über Eck gebauten gigantischen Schreibtisch lagen Stapel von Papieren, Büchern und Zeitschriften herum, auf dem Fußboden vor den Regalen häuften sich CDs, Videokassetten und Pappkartons neben weiteren Papieren und Zeitschriften.

»Findest du überhaupt noch was?« Spöttisch ließ ich meinen Blick über das Chaos schweifen.

»Ich habe nicht mit Damenbesuch gerechnet, sonst hätte ich selbstverständlich aufgeräumt«, grinste er zurück.

»Selbstverständlich!« Ich hatte Spaß an dem Wortwechsel. »Schade. Könnte ne richtig schöne Wohnung sein. Geht aber leider ein bisschen unter.«

»Okay, lassen wir diesen Austausch von Höflichkeiten. Spuck endlich aus, worum es geht.«

»Ich will in das interne Netz der Exapta und von dort aus auf einen bestimmten Server. Wenn wir das geschafft haben, geht's erst richtig los.«

»Wer ist die Exapta?«

»Eine Gesellschaft der Krippenhagen&Goll Unternehmensgruppe.«

»Krippenhagen&Goll!« Er pfiff durch die Zähne. »Mehrere Firewalls?«

»Anzunehmen. Mir ist es damals nicht mal gelungen, die Erlaubnis für die Freischaltung eines Modems von meinem PC aus zu bekommen, weil der natürlich im Netz hing. Und die Firewall der Expata hat bereits intern einige Schwierigkeiten bereitet.«

»Also eine Herausforderung. Na gut, dann woll'n wir mal.« Max ließ sich in den teuer aussehenden, großen Bürostuhl Marke Chefsessel fallen und fuhr seinen PC hoch. »KrippenhagenUndGoll.de?«, fragte er.

»Genau. Der Server gehört der Obergesellschaft. Die Exapta hat aber auch eine eigene Internetadresse.« Suchend ging ich durch die Wohnung. Im Schlafzimmer fand ich einen Stuhl, wischte die Klamotten, die sich darauf türmten, auf den Boden, und trug ihn zum Schreibtisch.

»Im Kühlschrank ist Bier, bring mir eins mit, ja?«

»Fühl dich ganz wie zu Hause«, murmelte ich, als ich ihm die Flasche in die Hand drückte.

Er quittierte meine Bemerkung mit einem flüchtigen Grinsen, vertiefte sich aber sofort wieder in seine Arbeit.

»Was ist das für ein Programm?«, fragte ich neugierig.

»Das ist ein Portscanner«, erklärte Max bereitwillig. »Der Scanner sendet Anfragen an die Ports des Systems und protokolliert die Antworten. Er erkennt außerdem, welche Dienste auf dem System laufen, und prüft die Möglichkeit anonymer Logins und Netzwerkdienst-Authentifizierungen. So lassen sich Schwachstellen im System erkennen.«

»Was für Schwachstellen?«

»Offene Ports. Wenn ich einen offenen Port finde, kann ich erkennen, welches Betriebssystem installiert ist und welche Services benutzt werden, so was wie FTP, HTTP, Telnet…«

»Aber warum sollten denn Ports einfach so offen sein?«, fragte ich. »Welcher Administrator würde das denn zulassen?«

»Sobald ein FTP-Server im Einsatz ist – bei Rechenzentrumsbetrieben zum Beispiel – ist das nötig. Oder aber, wenn ein anderes Netzwerksystem angeschlossen ist. Bei Unternehmensgruppen ist das häufig der Fall. Den Schutz offener Ports übernehmen Firewalls oder Portscan-Detektoren. Die können Zugriffe über Portscans protokollieren.«

»Also mal langsam«, bremste ich. »Das Programm, das du da anschmeißt, ist ein Portscan. Der sucht nach offenen

Ports. Und die Firewall oder so ein komischer Detektor protokolliert das alles hübsch mit. Damit hätten sie dich doch im Sack, oder?«

»Nicht bei dem von mir benutzten Scanner«, lächelte Max. »Der schickt lediglich eine Meldung von geschlossenen Ports zurück, das Ausschlussverfahren gewissermaßen. Bekomme ich keine Antwort, weiß ich, der Port ist offen. Das Verfahren ist zwar langwierig, aber für mich sicherer. Denn die Port-Detektoren werden nicht rechtzeitig gewarnt.« Er wandte sich wieder dem Bildschirm zu.

»Und dann«, bohrte ich nach. »Wie geht es dann weiter? Brauchst du nicht auch so einen Passwort-Cracker?«

»Klar brauche ich den dann. Ich möchte das Administrator-Passwort haben. Aber jetzt lass mich mal in Ruhe arbeiten. Das wird dauern.«

Eine Weile verfolgte ich angestrengt jede Nachricht, die auf dem Bildschirm erschien. Der Portscanner schickte in regelmäßigen Abständen die Meldung zurück, dass der Port nicht erreichbar sei. Mehr passierte nicht. Es war überhaupt nicht spannend. Schließlich gab ich auf, warf die Kleider, die das Sofa bevölkerten, auf den Boden und rollte mich auf dem Sofa zusammen.

Ich musste wohl eingeschlafen sein, denn ich wurde durch sanftes Rütteln an der Schulter wach. Außerdem hätte ich schwören können, einen flüchtigen Kuss auf meiner Stirn gespürt zu haben. Aber das hatte ich vermutlich geträumt. Auf jeden Fall schwebte Max' rundes Gesicht mit dem Dreitagebart neben mir und über mich war eine Wolldecke gebreitet. Diese Tatsache rührte mich seltsam an.

»Toni, aufwachen. Hallo, wach auf. Es wird spannend.«

Während ich gähnte und mich reckte, verschwand er

wieder in der anderen Ecke des Wohnbereichs.

»Wie spät ist es denn?«, fragte ich verschlafen, als ich zu ihm herüber kam. Ich blinzelte in dem hellen Licht seiner Schreibtischlampe.

»Weit nach Mitternacht. Schau, ich bin im geschützten Netz der Exapta.« Das kam gar nicht cool, sondern sehr aufgeregt. »Und ich habe das Administrationspasswort geknackt. Hier in dieser Datei stehen die Serveradressen. Auf welchen wolltest du?«

Ich betrachtete die Vielzahl der Namen, die untereinander aufgereiht waren. Wenn ich Glück hatte, hatten die Systemer den Aliasnamen unseres alten Abteilungsservers einfach weiter benutzt und ihm nur eine neue Adresse zugewiesen. »Bingo!« Jetzt wurde auch ich aufgeregt. «Versuchs mal mit dieser IP-Adresse hier."

Der Connect war erfolgreich. »Dann wollen wir mal diese Zugangsberechtigung knacken«, murmelte Max.

»Stop! Lass mich mal«, unterbrach ich ihn. »EDVler sind faule Leute. Vielleicht funktioniert noch unser altes Passwort, das wir in der Abteilung immer benutzt haben." Ich tippte User und Passwort ein. »Was für eine Schlamparbeit«, murmelte ich vergnügt, als wir auf dem Rechner waren.

Es fiel mir nicht schwer, das Verzeichnis ausfindig zu machen, in dem sich die Paschkesche Anwendung befand. Und mit dem Login für die Software hatte ich auch kein Problem. Ich kenne keinen in der verdammten Branche – mich natürlich eingeschlossen – der dauernd seine Passwörter ändert. Da Alfred die Software entwickelt hatte, nahm ich an, dass er unser damaliges Abteilungskürzel als User angelegt hatte: UB1A3 – Unternehmensbereich 1 Abteilung 3. Als Passwort versuchte ich ALF. Wegen der Alf-

Figuren und Postkarten, die Alfred sammelte.

Die Software wurde geladen.

»Ebenso einfallsreich wie meine eigenen Zugriffsberechtigungen«, kicherte ich. »Wir haben es geschafft.«

»Hurra!« Max zog mich ungestüm zu sich heran und schmirgelte mir seine Stoppeln durchs Gesicht. Ich fühlte mich seltsam belebt.

Meine Stimmung sackte jedoch ziemlich schnell wieder in sich zusammen, als ich die Menüstrukturen durchforstete.

»Was ist das?« fragte Max neugierig aus dem Hintergrund.

Abwehrend schüttelte ich den Kopf. Ich rief die Stammdaten auf, und hier fand ich sie: Die Karteien der Freunde und Geschäftspartner der großen weiten Krippenhagen&Goll-Familie, hübsch gegliedert nach Firma, Name, Position, Titel und Familienstand. Die Karteien waren unterteilt in die Rubriken Hobbys, Essen und Trinken, Wohnen, Anreise, Sonstiges.

Leise pfiff Max durch die Zähne.

Denn diese letzte Rubrik befasste sich mit den sexuellen Gepflogenheiten. Geschlecht, Alter, Hautfarbe, Haarfarbe, Nationalität, Wunschmaße, Größe, Intelligenz, Kleidungswünsche, besondere Wünsche. Letzteres war ein frei eingebbares Textfeld, in dem die Besonderheiten festgehalten wurden: Arsch- oder tittenfixiert, eine, zwei oder mehrere, Sado oder Maso, gewaschen und parfümiert oder mit dem Odeur von zehn Ficks behaftet.

Ein weiteres Register zeigte die statistischen Daten des jeweiligen Geschäftsfreundes. Hier war dargestellt, wie oft in welcher Form und mit welchen finanziellen Mitteln eine Geschäftsbeziehung gepflegt worden und wie der Zufriedenheitsgrad gewesen war. Per Mausklick konnte man die kumulierten Werte in die einzelnen Vorgänge auflösen. Ich blätterte etliche Datensätze durch.

»Haben die ihre Mitarbeiter ausspioniert?«, fragte Max neugierig über meine Schulter hinweg.

»Phhh«, schnaubte ich. »Mitarbeiter? Von wegen! Das sind alles Hochkarätige, denen man von vorne und hinten noch mehr in den Hintern schiebt!«

»Von vorne?«, kicherte Max.

»Still jetzt.« Ich verzweigte in die aktuellen Bewegungssätze. Hier wurden die nächsten Geschäftstreffen geplant, Gästelisten zusammengestellt und anhand der Karteien Anreise, Menü, Sitzordnung, Dekorationen, Unterhaltungsprogramm, Übernachtung, Geschenke und Sonstiges personenbezogen vorbereitet.

»Darf ich hiervon was auf deinen PC ziehen?«, fragte ich. »Ich möchte mir die Daten in Ruhe ansehen.«

Max nickte.

Ich verzweigte in die Übersichten von Stammdaten, Archivdaten und Bewegungssätzen und kopierte sie aus dem Browser mit Cut and Paste nach Excel auf den PC. Dann kopierte ich exemplarisch einzelne Karteireiter in Word hinein. »Lass uns Schluss machen«, sagte ich schließlich müde. »Mir reicht's.« Meine Hochstimmung war verflogen. Ich verließ das Netz.

Während Max in meinem Rücken zu hantieren begann, brannte ich die heruntergeladenen Daten auf CD.

»Frühstück ist fertig«, rief Max. Der Duft nach frischem Kaffee durchzog die graue Morgenluft.

Ich reckte mich, drehte mich um und staunte.

Der Glastisch war abgeräumt. Er glänzte noch feucht. Zwei Holzbrettchen, zwei Becher, Eier, Käse, Wurst, Saft,

Milch, Brot und Kaffee. Damit hatte ich nicht gerechnet.

»Mensch, Max«, sagte ich anerkennend. »Setz es mit auf die Rechnung, ja?«

»Kannst du kochen?«, fragte er. »Dann lad mich doch zum Essen ein. Das würde mir besser gefallen als Geld.«

Ich hatte ein seltsames Gefühl von Vertrautheit.

Freitag, 13. Dezember

»Die Schmiedenberg und Frau Paschke scheinen sich recht gut zu kennen.« Ich berichtete Bea von der Szene, die ich nach der Beerdigung vor der Villa beobachtet hatte.

»Aha.« Bea legte ihre Stirn in Denkfalten. Dann zuckte sie mit den Achseln. »Das kann viel bedeuten, aber auch absolut nichts. Ich werde mich darum kümmern.«

Aber deswegen war ich eigentlich nicht gekommen. Meine Hand umklammerte die CD in meiner Manteltasche, auf der ich die brisanten Daten gebrannt hatte. Eine innere Stimme hielt mich jedoch davon zurück, die Karten offen auf den Tisch zu legen.

«Was wäre eigentlich, wenn ich Informationen von den Rechnern der Exapta beschafft hätte, an die keiner so leicht dran kommt?« Ich formulierte meine Frage bewusst vorsichtig.

»Informationen? An die keiner so recht drankommt? Also keine der Öffentlichkeit zugänglichen Informationen?«, fragte Bea verblüfft. Einen Moment lang dachte sie nach. Dann fixierte sie mich eindringlich. »Ich würde sagen, du bist nun völlig übergeschnappt! Denn das wäre kriminell.«

»Nur kriminell?«, fragte ich lauernd. »Es wäre vermutlich eine ziemlich lohnenswerte Lektüre!«

»Mir verschlägt es echt die Sprache. Du willst in ein fremdes Netzwerk eindringen, dir dort Informationen rausholen, die dem Datenschutz unterliegen, und erwartest auch noch, dass ich dich dafür lobe?« Bea war jetzt richtig wütend. »Selbst wenn ich mich auf diesen Deal einlassen würde, ich könnte das Zeug nicht verwerten. Und Reinhold könnte ich beim besten Willen nicht erklären, wie ich da dran gekommen bin.«

»Reinhold!«, fauchte ich, zog die Krallen dann jedoch wieder ein. »Aber vielleicht ist das die richtige Spur. Es wäre vermutlich genug Material, um sich dick und rund zu erpressen.« Ich hielt mich gerade noch zurück, ihr die CD, die in meiner Manteltasche ruhte, vor die Nase zu halten. »Und ich würde denken, du wärest dumm und verdammt stur!«, sagte ich, so cool ich konnte.

Bea nahm die Brille ab und massierte sich ausgiebig die Nasenwurzel. »Ich komme in Teufels Küche«, murmelte sie schließlich. Dann wurde sie wieder wütend. »Hör zu, Blauvogel! Ich mag dich. Ich mag dich sehr. Aber ich werde nicht meinen Job für dich riskieren.«

Beleidigt stand ich auf, drehte mich um und ging zur Tür. Warum musste sie mich immer so abkanzeln, als wäre ich ein kleines Kind. Ich war enttäuscht.

»Toni!«

Die Klinke schon in der Hand, drehte ich mich zu ihr um. »Was?«, fragte ich.

»Ich hoffe, das ist wirklich angekommen bei dir! Ich werde nicht für dich meine Karriere aufs Spiel setzen. Hast du das verstanden?«

»Ja«, sagte ich kleinlaut und verließ den Raum.

Ich gönnte mir vier Stunden Schlaf. Mehr wollte ich mir nicht zugestehen, um nicht völlig aus dem Tritt zu geraten.

Seit dem Frühstück bei Max hatte ich nichts mehr gegessen. Flüchtig überlegte ich, ob ich noch irgendwo einkehren sollte. Aber ich hatte keine Lust auf Leute. Nicht mal zu Bertold wollte ich runter gehen, um mir eine Frikadelle zu holen. Ich plünderte die Reste im Kühlschrank und briet mir ein Omelett aus Eiern, Zwiebeln, Knoblauch und Käse. Immer noch müde schaltete ich den Fernseher ein und zappte zwei Stunden herum.

Schließlich verzog ich mich in meinen Sessel, starrte auf den hell erleuchteten RWE-Turm und versuchte, die Ereignisse der letzten Tage zu sortieren.

Ich dachte an Beas abweisende Miene. Instinktiv spürte ich, dass es ihr ernst gewesen war mit ihrer Drohung. Sie würde das Material nicht in die Untersuchungen mit einbeziehen, wenn ich es ihr geben würde. Dennoch war ich mir sicher, dass die Spur heiß war, die ich da gefunden hatte. Ich grübelte. Dann kam mir eine Idee: Die CD anonym per Post an den Schütte, und sie mussten sich zwangsläufig mit den Daten befassen. Wenn sie nicht freiwillig mitmachte, dann musste ich sie eben dazu zwingen.

Aber dazu war ich jetzt zu müde. So müde, dass mir richtig kalt war. Also ließ ich mir ein Bad ein, entspannte eine Weile in dem duftenden Wasser und ging wieder schlafen.

Samstag, 14. Dezember

Ich trinke zu viel. Ich weiß es. Nicht generell. Ich meine, natürlich trinke ich auch sonst nicht wenig. Aber in Stressphasen, da ist es ein anderes Trinken. Dann wird es zu viel. Ein Glas entspannt dich, sage ich mir. Und dann werden es zwei Gläser. Und drei. Und noch ein viertes. Große Gläser. Wenn man sie voll macht, gehen mindestens 0,25 l dort rein. Wenn nicht gar 0,3. Wein natürlich, nicht Bier. Voll mache ich sie nie. Aber trotzdem. Es läppert sich.

Ich hatte viel Stress in letzter Zeit. Betriebsübergang! Klingt schrecklich nobel, oder? Es war ein Winterschlussverkauf meiner Arbeitskraft. Vollkommen inakzeptabel. Nicht zumutbar. Und jeden Tag die Frage: Ist das richtig, was du da tust? Vier Monate lang immer wieder dieselbe blöde Frage! Dann kam die Kündigung. Und nun noch dieser gottverdammte Paschke. Ich will doch einfach nur ein bisschen zur Ruhe kommen. Diese Frage wegschicken.

Morgens beim Aufstehen, bei diesem ersten Blick in den Spiegel, der so schrecklich ernüchternd ist, ärgere ich mich. Und manchmal nehme ich es mir dann ernsthaft vor. Heute Abend nicht. Kein Alkohol. Immerhin, für diesen einen Abend ist das dann auch wirklich kein Thema. Dennoch trinke ich immer mehr.

So richtig aufmerksam wurde ich allerdings erst gestern. Ich meine, wenn ich mir allen Ernstes sage, ich hätte nichts getrunken, obwohl ich mir einen doppelten Cognac gegönnt habe, dann stimmt da was nicht. Zugegeben, Cognac ist kein Wein. Auch kein Bier. Aber ein doppelter Cognac entspricht nun mal einem Mittelding zwischen einem kleinen und einem großen Glas Wein. Denn er hat mehr Umdrehungen. 0,04 mal 4. Macht immerhin 0,16, in Wein gerechnet. Mehr als ein kleines Glas. Und ein kleines Glas Wein ist nicht Nichts!

Ab heute, die nächsten zwei, nein drei Wochen – na gut, mit Ausnahme von Silvester – keinen Tropfen! Lass es einfach. Wenn du nicht damit umgehen kannst, Blauvogel, dann machen wir es eben auf die harte Tour. Und wenn du das nicht schaffst, dann packen wir eine weitere Woche oben drauf. So einfach ist das, du blöder blauer Vogel, du!

Kochkünstler für Weihnachtsessen gegen Gesichts- und Fußreflexzonenmassagen. Vorhänge in vier Räumen abnehmen, waschen und wieder aufhängen gegen Kuchen oder Weihnachtsplätzchen backen. Schweißarbeiten am Auto gegen professionelle Übersetzungen ins Spanische. Unterstützung bei der Herstellung von Naturkosmetika (Spinnrad-Rezepte) gegen…

Einen Tag nicht im Büro, und schon wieder sieben neue Anfragen. Ich erfasste, telefonierte, vermittelte.

Während ich später die CD mit den nicht ganz legal erworbenen Excel-Dateien kopierte, stellte ich ein anonymes Anschreiben her. Ich zerschnitt ein paar Reklameblättchen, die im Treppenhaus rumlagen, *100 g Kalbsleberwurst im Golddarm, Der Mega-Pentium 3 mit Super-Ausstattung, Gönnen Sie Ihren Lieben doch mal ein etwas anderes Weihnachten…*, und klebte die Buchstaben aufs Papier:

Paschke hatte interessante Daten, klebte ich. *Ein Fundus für jeden Erpresser. Die Datenbank liegt auf dem alten NCR-Server im Rechenzentrum der Exapta. Viel Glück.*

Ich musste grinsen. Wenn schon schlechter Film, dann richtig melodramatisch. Also klebte ich weiter: *Einer, der es gut mit Ihnen m…* Das Telefon klingelte.

»Was machst du gerade?« Max helle, klare Stimme drang an mein Ohr.

»Kleine vorweihnachtliche Bastelei«, antwortete ich. »Ein *M* klebt jetzt am Hörer, ein *E* an meiner Hand.«

»Klingt spannend. Was ist mit meinem Essen?«

»Heute noch?«, fragte ich überrascht.

»Was ist schlecht an heute?« Max lachte unbefangen. »Ich hatte mich irgendwie drauf eingestellt. Und außerdem habe ich noch was für dich.«

»Was denn?«, fragte ich neugierig.

»Später.« Er zögerte. »Aber ich kann mich natürlich auch allein versorgen, wenn 's dir heute nicht passt.«

Ich schielte auf die Uhr am PC. Schon viertel vor drei, und sie ging nach. »Nee, passt schon«, lenkte ich ein. »Ich bekomme bestimmt noch etwas halbwegs Essbares hin. Halb acht?«

»Gerne.«

Nachdenklich legte ich den Hörer auf. Ich war verblüfft über meine Nachgiebigkeit. Normalerweise nervt mich eine so direkte Forderung, und Fremde lasse ich gar nicht gern in meine Schutzzone, die eigene Wohnung. Aber ich hatte keine Zeit, darüber nachzugrübeln, denn das Telefon klingelte schon wieder.

»Wo wohnst du und wo muss ich schellen?«, fragte er.

Ich sagte es ihm. Dann flitzte ich los zum Supermarkt.

Ich kaufte Berge von Lebensmitteln und merkte verwundert, dass ich mich auf den Abend mit dem verschrobenen Kauz sogar freute.

Ich machte einen gemischten Salat mit Austernpilzen, grüne Bohnen, Zucchini, mit Schafskäse gebackene Tomaten, in Honig und scharfem Paprika gebratene Möhren, Putenbrust, gefüllt mit Basilikum-Ricottacreme und eine Mousse au Chocolat.

Gerade noch schaffte ich es, mich etwas frisch zu machen, in ein sauberes schwarzes Shirt und eine meiner Röhrenhosen zu schlüpfen, den Stehtisch zu decken, die Lichterketten anzuknipsen und die Kerzen anzuzünden. Da klingelte er auch schon.

»Wirke ich eigentlich so verfressen oder überträgst du das was auf mich?«, fragte er beim Hauptgang.

Anzüglich ließ ich meinen Blick zu seinem Bäuchlein wandern. »Ich vermute mal, wir stehen uns da in nichts nach«, lächelte ich. »Ich koche immer zu viel. Ich kriege das mit den Mengen einfach nicht geregelt.«

Wir widmeten uns unserem Essen, ohne viel zu reden. Es war kein verlegenes Schweigen.

»Also los«, forderte er mich schließlich auf. »Erzähl mir was von dir.«

»Was gibt es da schon zu erzählen.« Ich zuckte mit den Achseln. Dann grinste ich. »Toni, 44 Jahre alt, nicht unerheblicher Damenbauch und geübt im Sitzen auf Barhockern. Keine weiteren Laster. Seit fünf Jahren lebe ich allein und bin ganz zufrieden damit.«

»Wer hat wen verlassen?«, fragte er.

»Er mich«, brummelte ich. »Er traf plötzlich seine große

Liebe in Form einer fünfzehn Jahre jüngeren Frau. Mit Sicherheit ohne Damenbauch.«

»Oh, Junggemüse! Eine, der er die Welt erklären kann. Neben so einer kann man sich so richtig gut fühlen«, sagte Max sarkastisch. »Ich würde ihm nicht weiter nachtrauern. Muss ein ziemlicher Idiot sein.«

»Tue ich auch nicht«, sagte ich bestimmt. »Aber manchmal erinnert mich irgendwas an mein Zusammenleben mit ihm. Meistens an die schönen Seiten. Das macht mich dann traurig.« Nachdenklich sah ich in die Kerzenflamme auf dem Tisch.

»Hm«, brummte er. »Kenne ich. Aber mir fehlt mehr die Sache als der konkrete Mensch. Mit dem Konkreten gab es nämlich immer ziemlich schnell Probleme.«

Ich spürte, wie er mich ansah. Verlegen schob ich ein paar Krümel Weißbrot auf dem Tisch hin und her.

»Mir gefällt es, dass du nicht sofort nach meinem Beruf gefragt hast«, sagte er schließlich.

»Du bist ein Hacker«, protestierte ich, dankbar für den Themenwechsel. »Und was zum Teufel sagt schon ein Beruf aus.«

»Eben. Es gefällt mir, dass du nicht danach fragst.«

»Und du hast netterweise nicht gefragt, wie ich richtig heiße.«

»Ich heiße Maximilian«, sagte er schlicht. »Bei dir würde ich auf Antonia tippen – obwohl, das geht ja sogar noch. Also Antoinette vermutlich.«

»Treffer versenkt. Meine Mutter hatte ein Faible für Historienschinken. Marie Antoinette hatte es ihr besonders angetan. Und was deine Arbeit angeht – zurzeit arbeitest du ohnehin nicht, jedenfalls nicht konventionell 45-Stunden-karrieremäßig mit Büro und Sekretärin, Schlips und

Anzug... Sonst hättest du wohl kaum mitten in der Woche die Nacht mit mir durchgemacht.«

»So wie du.« Er warf mir einen dieser klaren, offenen Blicke zu und lächelte. »Ich bin tatsächlich arbeitslos«, sagte er dann.

»Dito«, grinste ich zurück. »Das heißt, ich bin es bald. Gnädigerweise darf ich die letzten Monate schon mal zu Hause bleiben. Zur gut bezahlten Eingewöhnung sozusagen. Bist du auch aus der IT-Branche, oder warum kennst du dich so gut aus? Was du da vorgestern Nacht gebracht hast, war nicht ohne.«

»Von Berufs wegen bin ich Systemprogrammierer«, sagte Max. »Aber zur Zeit nicht mehr gefragt.«

»Also hackst du ein bisschen herum, um dich beruflich fit zu halten.«

»So ungefähr.« Er zuckte mit den Schultern. »Ein Teil meines früheren Jobs bestand darin, das System vor Angriffen von Außen zu schützen. Also musste ich mögliche Angriffe von Außen testen. Das Thema wurde dann irgendwie zur Obsession. Ich finde es einfach unglaublich spannend, das ist alles.«

Nachdenklich sah ich ihn an. Keine Frage, er war seltsam. Aber die Art, wie er von sich erzählte, gefiel mir. Bescheiden und sehr direkt. Eine angenehme Mischung. Ich nahm einen großen Schluck Wein. »Wegen dir breche ich übrigens einen Vorsatz«, prostete ich ihm zu. »Ich wollte drei Wochen keinen Alkohol trinken.«

»Gar nicht verkehrt, das ab und zu mal zu machen. Ab wann galt denn der Ramadan?«

»Erst ab heute. Aber jetzt hat er sich auf vier Wochen erhöht, Silvester allerdings ausgenommen. Pro Verstoß eine Woche länger.«

»Bist du immer so konsequent?«, fragte er interessiert.

»Kommt sehr drauf an, bei was. Und durchaus nicht immer.« Zärtlich tätschelte ich meinen Bauch. »Willst du Nachtisch? Mousse au Chocolat?«

»Später. Möchtest du jetzt sehen, was ich dir mitgebracht habe?«

Ich gab mir einen Ruck, ging um den Stehtisch herum und legte den Arm um seine Schulter. »Später«, murmelte ich und küsste ihn. Er schien darauf gewartet zu haben.

Sonntag, 15. Dezember

»Du wolltest mir doch gestern Abend noch was zeigen. Was ist es denn?«

»Gleich«, sagte Max. »Erst das Vergnügen, dann die Arbeit. Wir brauchen deinen PC dazu. Lass uns erst mal zu Ende frühstücken.«

»*Früh*stück ist ja wohl maßlos übertrieben.« Ich lächelte. »Es ist nach vierzehn Uhr.«

»Die erste Mahlzeit nach dem Aufstehen heißt nun mal Frühstück, egal, wie spät es ist.« Max blinzelte gegen das helle Sonnenlicht, das ins Zimmer flutete. Er trank den Rest seines Milchkaffees. »Aber ich bin jetzt eigentlich auch fertig. Wo ist dein PC?«

Ich zeigte ihm mein Büro.

»Oh, ein anonymer Brief?«, stellte er fest, als er das Geschnipsel auf dem Schreibtisch sah. »Und jetzt, Toni Blauvogel, wirst du mich bitte aufklären, was hier läuft. Du dringst in fremde Netzwerke ein. Du klebst anonyme Briefe zusammen. Und du siehst ganz schön lädiert aus. Was also bitte ist hier los!«

»Das hast du bemerkt?«, fragte ich überrascht.

»Na, der riesige Bluterguss an deinem Bein ist ja wohl kaum zu übersehen. Selbst nicht bei Schummerlicht.«

»Nett, dass du es nicht erwähnt hast. Ich hätte gestern wenig Lust gehabt, darüber zu reden.«

»Also!« Auffordernd sah er mich an.

Ich seufzte. Dann erzählte ich ihm alles. Von Paschke, von meiner Entlassung, von der Betriebsversammlung, von Mr. Wichtig, von Bea, von dem, was ich bisher herausgefunden hatte, und schließlich von der schwarzen Gestalt auf der Mauer.

»Klingt sehr unübersichtlich«, sagte Max und schob eine CD ins Laufwerk. »Aber vielleicht hilft dir ja das hier.«

Neugierig sah ich ihm über die Schulter. »Was ist das?«

»Logdateien«, antwortete er. »Ich dachte, es würde dich vielleicht interessieren, wer sich alles auf besagtem Server rumgetrieben hat. Login, Kürzel, Uhrzeit, Verzeichnis, das aufgerufen wurde, Software, die gestartet wurde. Ist ein bisschen schwer zu lesen, aber wenn man den Bogen raus hat, geht es. Ich bin noch mal auf den Rechner gegangen.«

»Gute Idee!« Ich nickte anerkennend. »Das werde ich mir mal in Ruhe zu Gemüte führen.«

»Und wie willst du jetzt weiter vorgehen?«, fragte Max.

»Ich weiß nicht so recht. Ein paar Dinge sind mir klar, andere wieder nicht. Ich will sie erst mal alle aufschreiben. Und ich möchte die Daten sichten, die wir vom Rechner der Exapta runtergezogen haben.«

»Das hast du noch nicht getan?«, fragte Max empört.

»Wann zum Teufel hätte ich das wohl machen sollen?« Leicht knuffte ich ihm die Faust in die Seite. »Wer wollte denn unbedingt ein fünfgängiges Menü haben, und das sofort!«

»Du schläfst einfach zu viel«, lachte Max. »Das ist das Problem.«

Ich versuchte, auf seinem Schoß Platz zu nehmen. Der Sitzball schwankte unter unserem Gewicht. »Hör zu. Ich muss den Brief hier fertig machen und wegbringen. Beschrifte du doch bitte den Umschlag, schön ungelenk in großer Kinderschrift. Aber zieh die Gummihandschuhe da an: Kripo Bochum, z.Hd. Kommissar Reinhold Schütte. Ich fahre gleich noch nach Bochum und werfe ihn da bei der Hauptpost in den Kasten.«

Bereitwillig machte er sich an die Arbeit.

»Und dann werde ich mir das ganze verdammte Material gründlich ansehen. Vielleicht fällt mir ja was auf.«

Ich schnipselte mein Schreiben zu Ende, packte es mitsamt der CD in den Umschlag und ging mit Max nach unten.

Bei meinem Auto nahm er mich in die Arme. »Schön war's«, flüsterte er mir ins Ohr. »Rufst du mich an?«

Ich nickte, überrascht darüber, dass mich die Frage nicht nervte. Für einen Moment lehnte ich mich an seinen weichen, runden Körper.

»Und wann?«

Ich lachte leise. »Mittwoch.« Noch einmal drückte ich ihn, so fest ich konnte. »Mittwoch Abend rufe ich dich an. Dann können wir was für's Wochenende ausmachen.«

Ganz leicht fühlte ich mich, ganz leicht.

Ich schaffte es gerade noch rechtzeitig, den Brief vor der Abendleerung an der Bochumer Hauptpost einzuwerfen. Dann trieb ich den Escort über den Ruhrschnellweg zurück nach Hause.

Wäre ich sofort in mein Büro gegangen, dann hätte ich vielleicht die Disziplin besessen, mit der Durchsicht der Daten zu beginnen. Vielleicht. Aber ich ging nicht in mein Büro. Ich ging in meine Wohnung. Um meine Jacke abzulegen und zu pinkeln, machte ich mir vor. Das stimmte aber nicht.

Ich wollte meinen Raum in dieses wunderbare, kerzenerleuchtete, schummrige Dämmerlicht hüllen. Ich wollte die Musik hören, die ich in der vergangenen Nacht aufgelegt hatte. Ich wollte in meinem Sessel sitzen und alles nachklingen lassen. Mich erinnern. An die Musik. An das Licht. An das Essen. An die Lust. Die Weichheit seines Körpers. Seinen Geruch. An all das wollte ich mich erinnern. Und daran, wie wir einschliefen irgendwann am frühen Morgen, Bauch an Rücken, und meine Hand umfasst von seiner breiten Hand. So war ich schon lange nicht mehr eingeschlafen. Und nicht mehr aufgewacht, viel zu früh und doch ganz wach und voller Begehren. An all das wollte ich denken dort oben in meinem Sessel. Nachklingen lassen. Nach-Empfinden. Nach-Denken. Und das tat ich auch, ganz ohne Alkohol.

Montag, 16. Dezember

Konzentriert machte ich mich gleich nach dem Frühstück an die Arbeit. Ich ignorierte den blinkenden Anrufbeantworter und schob die erste CD in den PC. Nach kurzer Zeit hatte ich die Karteien mehrfach kopiert und unterschiedlich sortiert. Ich sortierte nach Firmen, Namen, Häufigkeit der Kontakte, Höhe der Geldmengen, die geflossen waren.

Dann versuchte ich, eine Rangliste in Sachen Erpressbarkeit aufzumachen. War es ›abartiger‹, auf Männer zu stehen als auf SM? Das Faible für junge Frauen knapp über der gesetzlich festgelegten Grenze befremdlicher als die Lust, sich an Frauen aufzugeilen, die hundertfünzig Kilo auf die Waage brachten? War es verpönter, Gruppensex zu wollen oder sich mit Transvestiten einzulassen? Ich gab es auf. Das alles konnte ich nicht beurteilen, und ich wollte es auch gar nicht.

Also sortierte ich nach einem anderen Kriterium: Verheiratet oder in fester Partnerschaft lebend. Modern, Alfred, wirklich modern! Und innerhalb dieses Kriteriums sortierte ich nach einem Kennzeichen, das besagte, ob die betreffende Person lieber mit oder ohne Ehe-/Lebenspartner eingeladen werden wollte.

Ich pickte mir die Namen derjenigen heraus, die sowohl fest liiert waren als auch lieber alleine eingeladen wurden. Die Liste, die auf diese Weise entstand, schien mir zumindest greifbarer. Sie umfasste fünfundvierzig Personen. Ich löschte die mir unwichtig scheinenden Spalten aus der Tabelle und behielt eine relativ klare Übersicht über Firma, Name, Position, Geldfluss, Art der Geschenke sowie sexuelle Praktiken.

Mit der Logdatei, die Max mir gebracht hatte, verfuhr ich anders. Einmal sortierte ich sie nach Datum, Uhrzeit und User, ein weiteres Mal nach User, Datum und Uhrzeit. Bei der zweiten Sortierung filterte ich die unterschiedlichen Benutzer heraus.

Ich staunte. Nur drei verschiedene Leute hatten im Verlauf der vergangenen sechs Monate auf den Server zugegriffen. Ich zählte die Einträge nach Benutzern. Einer von ihnen arbeitete häufig und in regelmäßigen Abständen mit den Dateien. Mit Sicherheit war das die Person, die verantwortlich für die Pflege der Daten war. Ein Organisator der Obergesellschaft, befasst mit der Planung und Gestaltung dieser seltsamen Festlichkeiten.

Ein weiterer User griff seltener zu. Und noch ein weiterer Benutzer war insgesamt nur zweimal in den Datenbeständen gewesen.

Zwei Mal? Plötzlich schlug mein Herz unkontrolliert und schnell. Zwei Mal! Und Max war noch mal auf dem Rechner gewesen. Verdammter Mist. So gut hatte er unsere Spuren wohl doch nicht verwischt. Und die CD war schon unterwegs! Leicht panisch überlegte ich, wie ich die Zustellung der Post noch aufhalten könnte. Mir fiel nichts Gescheites ein. Genervt starrte ich auf die Datensätze.

Dann atmete ich erleichtert auf. Die letzten Zugriffe des besagten Benutzers lagen fast vierzehn Tage zurück. Von unseren eigenen Aktivitäten auf dem Server ein paar Abende zuvor war nichts zu finden. Max hatte doch ganze Arbeit geleistet.

Acht Anrufe in Abwesenheit. Drei Anfragen von Samstagnachmittag in Sachen Tauschbörse.

Dann eine klare, helle Stimme, irreführend jung klingend. »Wie willst du mich anrufen, wenn du meine Telefonnummer nicht hast?«

Stimmt, dachte ich. Lächelnd speicherte ich Max' Nummer in meinem Handy.

Drei weitere Anfragen von Montagmittag in Sachen Tauschbörse.

Und Kommissar Schütte. Der hatte mir gerade gefehlt. Ich stöhnte. Dann entschied ich mich. Heute würde ich nicht mehr zurückrufen. Schütte musste warten.

Ich bearbeitete die Anfragen und vermittelte einige Kontakte. Es ging mir schon schneller von der Hand.

Noch einmal nahm ich mir die Liste mit den fünfundvierzig Namen vor. Ich loggte mich ins Internet ein und arbeitete die Firmen durch, für die die Personen tätig waren. Es waren zweiunddreißig verschiedene Unternehmen, die ich auf Anhieb über eine Homepage erreichte. In der Rubrik der Art ›Das Unternehmen stellt sich vor‹ oder ›Wir über uns‹ suchte ich nach den führenden Köpfen der Firma, und zu immerhin neununddreißig meiner Karteinamen erhielt ich auf diesem Weg Foto und Lebenslauf. Beides zog ich mir auf den PC. Außerdem lud ich die jeweilige ›Success Story‹ des betreffenden Unternehmens herunter.

Zuletzt nahm ich mir die noch verbleibenden offenen Namen vor und stutzte.

Name Paschke, Vorname W. Der war mir vorhin gar nicht aufgefallen. Ich grinste. Aber klar, warum auch nicht. Er hatte die Software für die Führungsgesellschaft damals in Auftrag gegeben, und nun gehörte er als Geschäftsführer der Exapta selber zum Kundenkreis. Sieh mal einer an.

Nur mit dem zugehörigen Unternehmen stimmte hier etwas nicht. LAfRW stand da, wo ich die Exapta vermutet hätte. LAfRW? Landesamt für reines Wasser? Lehramt für römisches Weißkraut? Blödsinn, Toni, reiß dich zusammen! Eine einfach strukturierte Internetadresse wie LAfRW.de gab es im Netz nicht. Ein Versehen bei der Dateneingabe? Und war Paschke noch in einer weiteren Firma tätig gewesen?

Über mehrere Suchmaschinen fahndete ich nach dem Kürzel. LAfRW. Ich fand keinen Eintrag.

Dann meldete ich mich im Archiv der WAZ an. Auch dort war LAfRW nicht bekannt. Unter den Stichworten Exapta und Paschke fand ich die Artikel über seinen Tod sowie einige Artikel aus dem Wirtschaftsteil. Auch die lud ich mir herunter. Zuletzt suchte ich noch unter dem Namen der Führungsgesellschaft und fand eine Reihe von Artikeln, die ich mir ebenfalls auf meinem PC speicherte.

Schon fast vier Stunden im Netz! Schnell beendete ich die Session. Mir fiel auch nichts mehr ein, wonach ich noch hätte suchen sollen. Ich musste ohnehin erst einmal das ganze Material auswerten, das ich mir gezogen hatte. Aber ganz dringend musste ich etwas essen und meinen schmerzenden Nacken entlasten.

Ich beschloss, das Atelier sausen zu lassen, stattdessen eine stramme Runde durch den Stadtpark zu laufen und dann im Antiko einen Salat zu essen.

Die besten Salatteller bekommt man im Antiko. Ich meine Salate mit knackig frischen Zutaten, also ohne diese kleingehäckselte Mischung verschiedener Salatsorten aus dem Supermarkt, ohne den obligatorischen Dosenmais und gestiftelte Möhren und Schnibbelbohnen aus dem Glas. Natürlich ist das ungerecht, denn die Salatteller im Haferkamp reichen eigentlich an die im Antiko heran. Auch die im Café Cult. Dennoch bilde ich mir ein, dass sie zwar wirklich gut, aber eben doch nicht ganz so saugut sind wie die im Antiko. Zumindest ragt kein hauchdünn geschnittener Rettichturm in der Mitte des Tellers in die Höhe. Nicht zuletzt fließt in meine Hundert-Punkte-Bewertung aber auch ein, dass das Antiko nur ein paar Straßenecken weit von meiner Wohnung entfernt liegt.

Als ich reinkam, winkte mir Martina vom Tresen aus zu. »Hallo Toni. Wie geht's?«

Ich beugte mich zu ihr herüber, um ihr einen Kuss auf die Wange zu hauchen. »Danke, ganz gut. Dir auch?«

Abschätzend wiegte sie ihren Kopf mit dem kurz geschnittenen Haar. »Nee, ist so trist heute. Ich fühl mich den ganzen Tag schon so daneben. Das Übliche?«

Ich nickte. »Halt, nein«, korrigierte ich mich dann schnell. »Keinen Wein. Nur Wasser bitte. Und etwas essen möchte ich.«

Verwundert zog Martina ihre schmalen Brauen in die Höhe.

»War ein bisschen viel in letzter Zeit mit dem Alkohol«, erklärte ich. »Aber auf einen Salat freue ich mich schon. Den mit den Putenstreifen und den Champignons. Oder habt ihr einen auf der Tageskarte?«

»Geräucherte Entenbrust«, nickte Martina. »Mit einem feinen Fruchtdressing. Genauso teuer wie der andere.«

Als ich nach Hause lief, ging es mir richtig gut. Der Salat war mal wieder überragend gewesen und ich angenehm satt. Nach dem Essen hatte ich noch einen Saft und zum

Abschluss einen Milchkaffee getrunken. Geht doch, dachte ich selbstherrlich. Ist doch überhaupt kein Thema. Man muss es einfach nur tun. Insgeheim wusste ich jedoch nur zu genau, dass es immer ein Thema bleiben würde. Und fragte mich, wie lange ich diesen löblichen Vorsatz noch einhalten würde.

Ich ging nicht den direkten Weg nach Hause, sondern machte einen Schlenker durch ein paar Seitenstraßen. Aus vielen Fenstern blinkte mir rot und grün die Weihnachtsbeleuchtung entgegen. Alberne schlaffe Weihnachtsmänner kletterten an Stuckfronten empor, beleuchtete Rentiere mit ihren Schlitten schwebten halsbrecherisch auf Balustraden. Diesen Kitsch, der mich sonst nervte, fand ich jetzt plötzlich schön. Du hast Fliegen im Hirn, Blauvogel, konstatierte ich. Fröhlich vor mich hin summend überquerte ich schließlich die Kreuzung am Moltkeplatz, stieg in den vierten Stock zu meiner Wohnung hoch und betrat voller Elan wieder mein Büro.

Ein Anruf von 19:20. Schon wieder Schütte. Und gar nicht mehr höflich.

Du kannst mich mal, dachte ich. Heute rufe ich garantiert nicht mehr an. Ist ohnehin zu spät.

Zwei weitere Anfragen in Sachen Tauschbörse trug ich zwar in die Datenbank ein, verschob aber auch diese Anrufe auf den nächsten Tag.

Ich begann, die Zeitungsartikel und die Success-Stories zu lesen, die ich aus dem Internet gezogen hatte. In den Reportagen über die Krippenhagen&Goll Führungsgesellschaft tauchten die Namen einiger der Firmen auf, deren Homepages ich am Nachmittag im Internet besucht hatte.

Geschäftspartner, mit denen die Unternehmensgruppe Handelsabkommen abgeschlossen hatte, eine Firma, die aufgekauft worden war, sowie eine Bank, mit der ein Kredit von mehreren Millionen ausgehandelt worden war.

Außerdem wurde berichtet, dass das Land NRW den Zuschlag für den Ausbau dreier Freizeitgelände an eine der Krippenhagen&Goll-Töchter erteilt hatte, ein Projekt in der Größenordnung von immerhin einer Million Euro, natürlich mit honorigen Sponsoren – das Land hätte das niemals alleine finanzieren können. Und man hatte Subventionen für die Entwicklung einer neuen Turbinenart locker gemacht – alternative, umweltschonende Energien. Interessant, aber leider nichts, das mich direkt weitergebracht hätte. Auch die Artikel über die Exapta ergaben nichts Neues.

Also nahm ich mir noch mal die gesamte Liste der nach Namen sortierten Karteien vor. Ich überflog die 420 Namen. Und jetzt endlich fiel es mir auf. Es gab zwei Einträge für Paschke. Die gleiche Privatanschrift, einmal als verheiratet gekennzeichnet, einmal nicht. Paschke Werner, Firma Exapta, und Paschke W., Firma LAfRW. Der zweite Datensatz war ein Jahr früher erfasst worden als der der Exapta. Die Geschenke waren teurer und die sexuellen Vorlieben hatten sich verändert. Er stand mittlerweile auf flotte Dreier. Kein Zweifel. Entweder, jemand hatte sich vertippt bei der Dateneingabe, oder Paschke hatte einen zweiten Job gehabt, was auch immer sich hinter diesem Kürzel LAfRW verbarg.

War ich jetzt klüger? Angestrengt runzelte ich die Stirn. Dann gab ich auf. Schluss für heute. Ich war müde. Mein Nacken schmerzte und ich wollte noch an nettere Dinge denken als ausgerechnet an den Paschke.

Dienstag, 17. Dezember

Die Türklingel weckte mich. Benommen tastete ich nach dem Wecker. 09:30. Das Ausschlafen fiel mir mittlerweile doch leichter, als ich anfangs für möglich gehalten hatte. Erneut schellte es, gleich mehrfach hintereinander. Während ich die steile Leiter nach unten kletterte, überlegte ich, wer das wohl sein konnte.

Die Post vermutlich. Ein Einschreiben. Oder ein Päckchen. Aber die klingelten nicht so oft hintereinander. Max vielleicht? Das würde ich gar nicht so witzig finden.

Der Nachteil an einem Haus mit Praxen und Büros ist, dass die Haustür tagsüber offen steht. Jeder kann rein. Jeder kann also ungehindert vor meiner Wohnungstür auftauchen.

Es war nicht Max. Mr. Wichtig schob sich in mein Blickfeld, sobald ich öffnete. Beas blaue Augen fixierten mich ausdruckslos. Schütte schob den Fuß in den Türspalt und ich beschloss, mir demnächst einen Spion einbauen zu lassen.

»Das ist Hausfriedensbruch«, murrte ich. »Nehmen Sie den Fuß da weg.«

Kurzerhand schob Bea ihn beiseite. »Lass uns rein«, verlangte sie.

»Ihr hättet anrufen sollen«, sagte ich knapp.

»Das haben wir. Drei Mal. Das letzte Mal heute morgen um halb neun. Sie haben nicht zurück gerufen.« Schütte versuchte es mit einem Lächeln.

Achselzuckend öffnete ich die Tür. »Fühlt euch ganz wie zu Hause«, sagte ich, so sarkastisch ich konnte. »Vielleicht kann ja mal jemand Kaffee kochen, während ich mich ein bisschen frisch mache. Unten an der Bude gibt es übrigens auch gute belegte Brötchen«, regte ich an und verschwand im Bad. Ich ließ mir Zeit und sang lauter als sonst unter der Dusche. »Oh Lord, won´t you buy me, a mercedes-benz. My friends all ride porsche…« Janis Joplin, diese wunderbare Kratzbürste.

Auf dem Stehtisch standen tatsächlich dampfende Becher mit Kaffee, eine aufgerissene Tüte mit belegten Brötchen lag in der Mitte. »Bleiben Sie bitte sitzen«, winkte ich nonchalant in Schüttes Richtung, als ich mich zu ihnen gesellte. »Ich bin im Stehen an solchen Tischen geübt.«

Mr. Wichtig grinste beifällig, Bea verdrehte nur die Augen.

»Nett, dass ihr euch zum Frühstück eingeladen habt!« Ich nahm mir ein Brötchen vor.

»Ich…«, hob Schütte an.

»Ich freue mich, Sie mal wieder in Ihrem Urteil über Arbeitslose bestätigen zu können. Schlafen bis in die Puppen. Nicht kooperativ mit den Behörden. Einfach zu nichts zu gebrauchen.« Sorgfältig schnippte ich ein paar Krümel von meinem Sweatshirt auf den Boden.

»Toni, es reicht«, fuhr Bea scharf dazwischen.

»Ja, finde ich auch«, sagte ich trocken. »Was zum Teufel wollt ihr nun schon wieder von mir?«

Schweigend legte Schütte eine unbeschriftete CD auf den Tisch.

»Ja?« Ich zog fragend eine Augenbraue in die Höhe.

Er faltete mein mühsam geklebtes Buchstabenwerk auseinander und hielt es mir unter die Nase. »Frau Blauvogel.

Da ich das Gegenteil nicht beweisen kann, frage ich Sie erst gar nicht, ob Sie das hier kennen. Sie haben uns erzählt, dass Sie irgendwann mal für die Krippenhagen&Goll Führungsgesellschaft eine Software entwickeln sollten, die gewisse handgeschriebene Karteien ablösen sollte. Ich möchte Sie deshalb einfach nur bitten, einen Blick auf die Daten zu werfen, die sich auf dieser CD befinden.«

»Da muss ich Sie enttäuschen«, sagte ich, ohne mit der Wimper zu zucken. »Ich habe keinen PC hier, wie Sie sehen.« Mit schwungvoller Geste wies ich in den Raum.

»Auch dort oben nicht?« Mit gerecktem Hals spähte Schütte neugierig zur zweiten Ebene hoch.

»Überzeugen Sie sich selbst. Das Bett ist allerdings noch nicht gemacht«, sagte ich lächelnd.

Er kletterte die Leiter hoch.

»Was soll das Getue?«, zischte ich Bea an, sobald er oben verschwunden war. »Ich hatte dir gesagt, ich will ihn nicht in meiner Wohnung haben.«

»Dann ruf gefälligst zurück, wenn wir dich darum bitten!« Demonstrativ wandte sie mir den Rücken zu, sah aus dem Fenster und schwieg.

Schütte sah nicht sehr zufrieden aus, als er wieder unten war. »Diese Treppe ist lebensgefährlich«, sagte er. Plötzlich wirkte er sehr müde.

»Ich kann gerne im Präsidium einen Blick auf die Daten werfen.« Damit schlug ich einen versöhnlicheren Tonfall ein. »Da ich im Büro den ganzen Tag nur am PC gesessen habe, habe ich mir so ein Teil für zu Hause verkniffen.« Und das war noch nicht mal gelogen, dachte ich zufrieden.

Ein paar Stunden später saß ich grübelnd in meinem Sessel. Zwar hatte ich die Polizei im Präsidium erfolgreich auf die Spur gehoben. Aber wie sollte ich selbst jetzt weiter vorgehen?

Ich führte mir noch einmal die drei Ausgangsfragen vor Augen. Was hatte Paschke so lange im Büro gemacht? Was hatte derjenige gesucht, der das Büro durchwühlt hatte? Wer war der Erpresser? Keine einzige Frage war bislang beantwortet. Stattdessen gab es noch einige Fragen mehr.

Ich ging ins Büro an den PC. Eine Weile starrte ich auf die bunten Cartoons des Bildschirmschoners, die über den Monitor zogen. Unzufrieden wippte ich auf dem Sitzball herum und trommelte mit den Fingern gegen die Schreibtischkante. Dann kam mir eine Idee.

Ich suchte im Regal nach den Karteikarten, die ich seit meiner Studentenzeit in dem schmalen Karteikasten aus hellem Holz aufbewahrte. Obwohl ich sie nie ernsthaft benutzt hatte, hatte ich mich nicht davon trennen können. Jetzt war ihre Stunde gekommen. Die Stunde des Brainstormings, wie es bei Besprechungen immer so schön hochtrabend heißt.

Mit einem dicken Edding schrieb ich die Namen der beteiligten Personen auf die weißen Karteikarten.

Für die Erläuterungen und Fragen benutze ich die blauen Karten. Aus den gelben Karten schnitt ich Ovale und schrieb die Örtlichkeiten darauf. Die rosafarbenen und grünen Karten wurden zu schmalen Pfeilen und Verbindungsstücken.

Mit Stecknadeln begann ich, die beteiligten Örtlichkeiten, Personen und Aktionen in einer Art Flussdiagramm an die Wand zu pinnen. Das Ergebnis sah in etwa so aus:

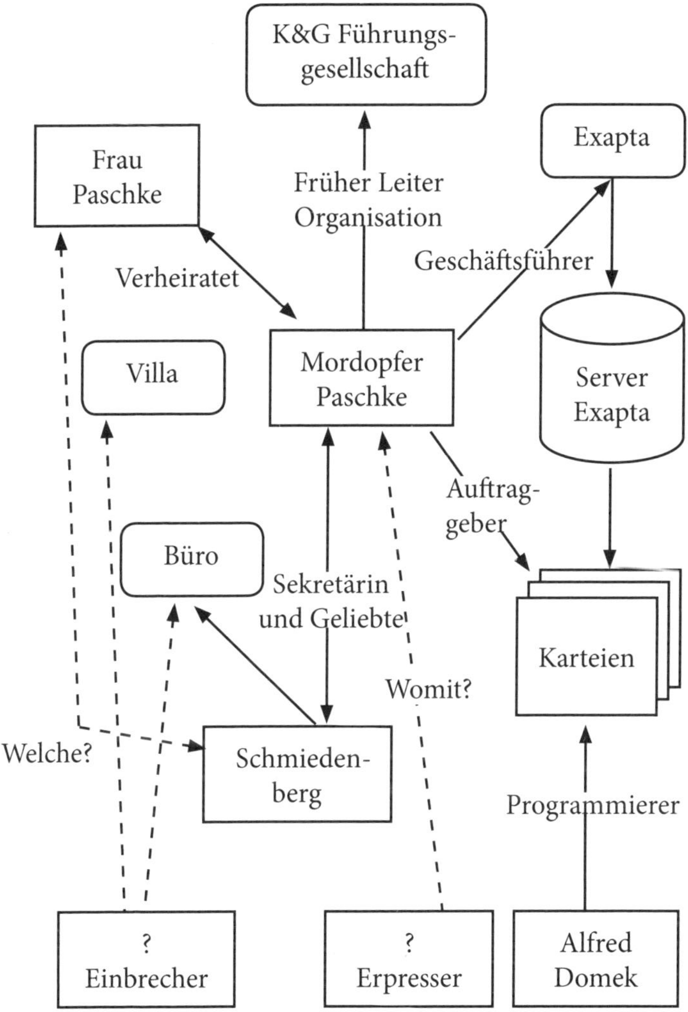
K&G Führungs-
gesellschaft
Frau
Paschke
Früher Leiter
Organisation
Exapta
Verheiratet
Geschäftsführer
Villa
Mordopfer
Paschke
Server
Exapta
Auftrag-
geber
Büro
Sekretärin
und Geliebte
Karteien
Womit?
Welche?
Schmieden-
berg
Programmierer
?
Einbrecher
?
Erpresser
Alfred
Domek

Anschließend nahm ich mir die Logdatei noch einmal vor. Ich filterte auf die beiden Benutzer, die selten im System gewesen waren. ›KGPO1‹ und ›AlDo‹.

KG stand vermutlich für Krippenhagen&Goll. Aber P01? Ich sah genauer hin. Nicht PNullEins, sondern PO1. P wie Planung, O wie Organisation. Die Abteilung Planung und Organisation der Führungsgesellschaft. Planung & Organisation 1.

War es einer von Paschkes früheren Mitarbeitern, der mit einem alten, ihm bekannten Zugriff gearbeitet hatte? Die Einträge waren alle aus dem letzten halben Jahr, also zu einer Zeit, als Paschke bereits Geschäftsführer der Exapta war. Kein unwahrscheinlicher Gedanke.

Und AlDo? Beim letzten Mal hatte ich nur überprüft, ob von unserem illegalen Zugriff in der Nacht Spuren zu finden waren, und mich dann erleichtert zurück gelehnt. Jetzt sah ich genauer hin. Ich fluchte. Wie blöd musste man eigentlich noch sein!

Ein Blick auf die Uhr am PC sagte mir, dass es schon zu spät war, um noch nach Dortmund zu fahren. Stattdessen machte ich mich über die Reste des opulenten Menüs her, das ich für Max zubereitet hatte, und ging anschließend zum Qi Gong. Die langsamen Bewegungsabfolgen taten mir und meinem verspannten Rücken gut.

Bea wirkte nach wie vor reserviert und wich dem Blickkontakt mit mir aus. »Ich komme nicht mit ins Süd«, wehrte sie sofort ab, als ich auf sie zu kam.

»Nicht in den Bahnhof. Zu mir. Ich muss dir was zeigen«, drängte ich. »Es ist wichtig.«

»Mensch, Toni, ich hab' auch mal Feierabend«, fluchte sie, als sie mir durch die Von-Seeckt-Straße in Richtung Isenbergplatz folgte.

»Du kannst Kaffee haben«, schlug ich versöhnlich vor.

»Bist du verrückt? Dann kann ich nicht schlafen. Gib mir lieber ein Bier.«

Ich bot ihr den Sitzball in meinem Büro an und holte Bier und Wasser von nebenan.

Der Anrufbeantworter blinkte schon wieder. Gewohnheitsmäßig drückte ich die Taste. Zwei weitere Anfragen, Fliesenlegen gegen Bügeln (ich bügele einfach gern – leicht beschämtes Lachen – und da dachte ich...) und regelmäßig verstopfte Dachrinnen säubern (nicht schwindelfrei) gegen Elektroinstallationen.

»Sag mal...« Beas Blick wanderte zu dem Flyer ›Tonis Tauschbörse‹, den ich mir vergrößert neben den PC gehängt hatte. »Was treibst du hier eigentlich? Du erzählst Reinhold, du hättest keinen PC und hier steht einer. Du sagst, du seiest noch angestellt und verdienst dir nebenbei etwas.«

»Ich habe den Schütte nicht belogen. Ich habe ihm gesagt, ich säße im Büro den ganzen Tag am PC und hätte deshalb zu Hause keinen. Das hier ist jetzt mein Büro.« Trotzig schob ich den Unterkiefer vor. »Und die Sache mit der Tauschbörse probiere ich gerade aus. Natürlich jetzt, wo ich noch Geld bekomme. Wann denn sonst? Oder meinst du, das Arbeitsamt lässt mich in Ruhe? Wir leben schließlich in Zeiten von Hartz IV. Die können mich sonst wohin schicken, egal zu welcher Bezahlung und zu welchen Bedingungen. Davor muss man sich doch schützen!«

Bea seufzte. »Toni, ist dir schon mal in den Sinn gekommen, dass so etwas Schwarzarbeit ist?«

»Quatsch«, sagte ich empört. »Wenn es richtig läuft, melde ich die Sache an und zahle von mir aus Steuern.«

»Das meine ich nicht. Ich finde die Idee wirklich gut. Aber du vermittelst damit Schwarzarbeit, das ist das Entscheidende. Der Staat verdient nichts daran, wenn die Leute sich gegenscitig helfen.«

Daran hatte ich noch gar nicht gedacht. Klar. Der Staat verdiente nichts daran, wenn die Leute einander halfen. Eine bittere Logik.

»Ach, übrigens«, fuhr sie scheinbar harmlos fort, »setzt du eigentlich das Rennmaschinchen hier von der Steuer ab?«

»Natürlich. Bei meinem Beruf ist das kein Problem.«

»Und was, meinst du, wird Reinhold sich schon wieder zusammenreimen, wenn er auf die Idee kommt, zu diesem Thema das Finanzamt zu befragen? Er fand es nämlich verdammt seltsam, dass du bei deinem Beruf keinen Rechner zu Hause hast. Warum hast du das bloß erzählt?«

»Ich weiß nicht«, sagte ich hilflos. »Ich wollte ihn einfach so schnell wie möglich wieder aus meiner Bude raus haben. Und ich wollte erst recht nicht, dass er von dieser Idee hier erfährt. Ich habe euch doch dann geholfen auf dem Präsidium.«

»Ja. Dennoch hätte ich nicht übel Lust, dich beim Kommissariat für Computer-Kriminalität zu melden! Und dass auch Schütte auf dich als Absender des anonymen Briefes tippt, dürfte selbst dir nicht entgangen sein.«

Ihr Sarkasmus traf mich bitter. Ich schluckte und suchte nach einer passenden Entgegnung. Aber mir fiel nichts ein.

»Du musst wirklich ein Genie sein!«, fuhr Bea ironisch fort. »Sehr beeindruckend, wie schnell du mit den Daten zurecht gekommen bist. Unsere Experten waren selber noch dran.«

»Bea, ich…«.

»Ja, ich bin ziemlich sauer auf dich. Richtig!«, schnitt Bea mir das Wort ab. » Also, was wolltest du mir zeigen?«

Unsicher sah ich sie an. Es schien mir plötzlich gar nicht ratsam, ihr jetzt die Logdatei zu zeigen und damit den sicheren Beweis an die Hand zu geben, dass die CD von mir gekommen war. Mein Blick blieb an dem Flussdiagramm hängen. »Das hier«, sagte ich zaghaft und wies mit dem Kinn auf die Wand hin. »Ich habe versucht, ein bisschen Struktur in das Chaos zu bringen.«

Bea studierte das Bild. »Du wirst es kaum glauben, aber mit dieser Methodik arbeiten wir auch«, sagte sie dann schneidend. »Und darauf sind wir nun glatt selbst schon gekommen bei unseren Besprechungen. Wenn das alles ist, was du zu bieten hast, gehe ich jetzt. Ich bin hundemüde.«

Ich war mindestens genau so wütend wie sie. Zum zweiten Mal innerhalb weniger Tage kanzelte sie mich ab wie ein dummes Blag. Ich hatte wichtige Informationen und sie drohte damit, mich anzuzeigen.

Nach wie vor war ich mir sicher, dass ich auf der richtigen Spur war. Und diese Logdatei war aufschlussreich. Aber ich wollte weder mich noch Max in Gefahr bringen. Und mit Bea war zurzeit nicht gut Kirschen essen. Also beschriftete ich einen wattierten Umschlag mit ungelenker Kinderschrift. Z. Hd. Kommissar Schütte, schrieb ich, packte eine Diskette mit einer Kopie der Logdatei hinein und klebte den Umschlag zu. Auf ein Anschreiben verzichtete ich dieses Mal.

Fluchend trabte ich durch den feinen Schneeregen zu meinem Auto und fuhr nach Bochum zum Polizeipräsidium. Es war niemand zu sehen, als ich den Brief durch den großen Schlitz unten in der Eingangstür warf.

Um drei Uhr nachts war ich endlich im Bett.

Mittwoch, 18. Dezember

Sie zitierten mich noch am Vormittag ins Präsidium. Doch der Gang nach Canossa war nicht so schlimm wie erwartet. Zwar schien Bea, blass und streng, irgendwie durch mich hindurch zu sehen, als wäre ich gar nicht vorhanden. Aber Schütte verhielt sich ganz manierlich. Nur für einen Moment blitzte das ›ich weiß, was ich weiß‹ in seinen Augen auf, als er mir die Diskette entgegen hielt.

Nachdenklich trommelte er gegen die Schreibtischkante. »Sie müssen diese Spielereien jetzt wirklich lassen«, begann er. »Ich bin nicht daran interessiert, irgendwelche Hacker dingfest zu machen. Und meine Kollegin ebenfalls nicht. Uns interessiert es nicht, ob und wie Sie an diese Informationen gekommen sind.« Er suchte meinen Blick. »Wir wollen einen Mord aufklären, und das, was Sie hier machen, ist kontraproduktiv. Warum?« Noch immer hielt er meinen Blick fest. »Weil es unsere Kräfte bindet. Insbesondere mich hat es in die falsche Richtung rennen lassen. Und meine Kollegin haben Sie damit in eine sehr unangenehme Situation gebracht, was wiederum ihre Kräfte absorbiert hat. Das muss aufhören.«

»Wenn Sie sich von Anfang an vernünftig benommen hätten, wäre das nicht nötig gewesen«, nuschelte ich. Aber ich senkte den Blick. Denn insgeheim begriff ich, dass er vollkommen Recht hatte.

Er verzichtete darauf, seinen Triumph auszukosten. »Sie können jetzt – rein pro Forma – einen kurzen Blick auf die

Daten hier auf dieser Diskette werfen. Und dann möchte ich Sie bitten, uns zu sagen, was Sie aus den Datensätzen schließen.«

Mein Blick wanderte abschätzend zwischen ihm und Bea hin und her.

»Bitte!«, sagte er noch einmal leise und schob die Diskette in das Laufwerk von Beas PC.

Ich nickte langsam. Dann ging ich um den Schreibtisch herum.

»Solange Sie nicht erklären können, wie Sie an die Datensätze gekommen sind, ist das nicht verwertbar«, sagte ich. »Es ist eine Logdatei. In der Logdatei sind Benutzerzugriffe festgehalten.«

Schütte nickte.

Kurz fasste ich meine Analyse vom Vortag zusammen. Dann kam ich auf den Kernpunkt zu sprechen. »Ein User-Kürzel ist mir besonders ins Auge gesprungen. AlDo. Und ich weiß, wer das ist. Alfred Dorrek natürlich. Mein alter Kollege und Entwickler dieser tollen Software. Es gibt nur einen einzigen Eintrag von AlDo. Er stammt vom 03.12.02, 22:57. Die Nacht, in der Paschke ermordet wurde!«

Bea pfiff leise durch die Zähne.

Schütte konzentrierte sich gleich auf das Wesentliche meiner Informationen. »Sie sagen also, das eine Userlogin ist Kürzel der Abteilung, die Herr Paschke früher leitete. Das andere Login hingegen könnte das Namenskürzel ihres früheren Kollegen sein, der im Auftrag dieser Abteilung die Software entwickelt hat, die diese geheimen Karteikarten ablöste.«

»Richtig«, bestätigte ich.

»Ist das denn so üblich?«, fragte Bea. »Ein Abteilungskürzel als Zugang?«

»Schon«, sagte ich, froh darüber, dass sie wieder mit mir sprach. »Häufig wird so ein Gruppenzugang angelegt, wenn die Software sich noch in der Entwicklung befindet.«

»Wieso hat dann Herr Dorrek einen zweiten Zugang in Form seines Namenskürzels geschaffen, wenn er doch der Entwickler war?«

»Ich vermute mal, um zu prüfen, ob die Zugangsberechtigungen greifen«, lächelte ich. »An einen User ist im Regelfall gekoppelt, was er innerhalb der Software alles sehen darf.«

»Aha«, machte Schütte.

»In integrierten Systemen ist das absolut notwendig«, versuchte ich zu erklären. »Es darf doch nicht jeder Anwender Daten der Finanzbuchhaltung einsehen geschweige denn verändern. Oder in Lohn- und Gehaltsdaten rumschnüffeln. Über den Benutzer wird einiges gesteuert. Und diese Steuerung muss man testen.«

»Ist das hier ein integriertes System?«, fragte Bea.

»Nein. Das ist eine separate Anwendung, komplett für sich isoliert. Trotzdem kann es sein, dass diejenigen, die für die Pflege der Karteien zuständig sind, zum Beispiel die statistischen Daten nicht einsehen sollen. Das ist sogar sehr wahrscheinlich, ist ja ziemlich brisant, was hier verwaltet wird.«

»Ist es denn üblich, Testzugriffe der Entwickler stehen zu lassen?«

Ich zuckte mit den Achseln. »Ich würde mal sagen, die übliche Schlamparbeit. Natürlich hätten die Benutzer nach Auslieferung gelöscht werden müssen. Aber so was vergisst man schon mal schnell. Ist mir auch schon passiert.«

nickte nachdenklich.

lfred Dorrek«, sagte er.

vas! Hunde, die bellen, beißen nicht. Alfred ist
tigtuer der blödesten Sorte, große Klappe, nichts dahinter. Das hier würde der sich jedoch garantiert nicht trauen. Und noch was: Jeder, der sich halbwegs mit dem Problem von Zugriffsberechtigungen auskennt, würde diese Kürzel ausprobieren. Auch die Passwörter sind meistens simpel strukturiert. Häufig ist es einfach noch mal das Benutzerkürzel als Passwort. Oder – und da könnte ich bei Alfreds Login drauf wetten – etwas, was er für besonders originell hält. Dazu muss man ihn allerdings etwas kennen.«

»Und das wäre?«, fragte Bea neugierig.

»Na, ALF natürlich. Von dem hat er lauter Figuren und Postkarten in seinem Büro.«

Schütte verdrehte die Augen.

»Außerdem gibt es noch einen dritten User, den Alfred angelegt hat. Unser ehemaliges Abteilungskürzel. Ich habe es selber benutzt, um in die Software zu gelangen. Auch dabei hat er ALF als Passwort benutzt. Ich sag ja, wir Entwickler sind nicht besonders erfinderisch, was solche Sachen betrifft.«

»Ist das wirklich so simpel?«, fragte Bea ungläubig.

»Ja. Und das aus gutem Grund. Man muss sich diese verdammten Passwörter nämlich merken. Oder wollt ihr mir erzählen, ihr hättet jeweils ein separates Passwort für euer Mailsystem, die Anwendersoftware und das Rechnerlogin und wechselt das tatsächlich auch noch dauernd?«

Schütte und Bea warfen sich einen betretenen Blick zu.

»Na also! Und bei Entwicklern, die auch noch an vielen

unterschiedlichen Anwendungen arbeiten, potenziert sich das Problem doch noch.«

Eine Weile saßen wir schweigend herum.

»Wir können diesen Dorrek nicht befragen, weil wir nicht nachweisen können, dass diese Logindatei auch wirklich von dem Server der Exapta stammt«, sagte Schütte. »Und wir bekommen nie und nimmer einen Durchsuchungsbefehl für diesen Rechner. Kann man so was wie die Zugriffe eigentlich auch manipulieren?«

»Kann man«, gab ich zu. Unbehaglich dachte ich an Max und unsere hoffentlich verwischten Spuren. »Allerdings muss man sich dazu wirklich gut auskennen. Je nachdem, ob man das auf Betriebssystemebene, Firewall-Protokollierung oder in der Anwendung tun will, muss man anders vorgehen.«

»Wenn wir wenigstens wüssten, mit welchen Datensätzen sich dieser AlDo befasst hat«, sagte Bea genervt.

Da kam mir eine Idee. Aber ich sprach sie lieber nicht aus.

Die Magnetkarte war noch immer nicht gesperrt. Schlamparbeit, dachte ich vergnügt, als sich die Schranke zum Parkdeck der Exapta hob. Auch die Seitentür ließ sich problemlos öffnen. Ich vermied den Aufzug und stieg hoch in den dritten Stock.

Als erstes schnappte ich mir Mizzi. »Sag mal?«, fragte ich sie, »hast du eigentlich noch Fotos von der letzten Betriebsfeier? Ich wollte mir noch ein paar Abzüge machen lassen, zur Erinnerung.«

»Die liegen doch auf dem Verwaltungsserver. Jeder kann sich die kopieren.«

»Sorry, aber ich nicht mehr. Mein Arbeitsplatz ist weg.«

»Stimmt ja!« Betroffen schlug sich Mizzi die Hand vor den Mund. »Komm, du kannst bei mir gucken. Ich brenne dir die Fotos auf CD, die du haben willst.«

»Hast du auch wirklich nicht zu viel zu tun?«, fragte ich scheinheilig.

»Nee, Herr Tierhäuser ist doch schon in Urlaub. Bis Ende der Woche werde ich locker mit meinen Sachen fertig, und dann habe ich selber Urlaub.«

Beruhigt atmete ich auf. Ich konnte mir also Zeit lassen. Nachdenklich betrachtete ich die ersten Fotos.

»Wann war das eigentlich noch mal? Irgendwann im Frühjahr, oder?«

»Ende März«, nickte Mizzi. »Paschkes Einstand gewissermaßen. Hier hält er seine Rede.«

Schweigend blätterten wir durch die nächsten Bilder. Die Runde wurde sichtlich fröhlicher und gelöster, je weiter der Abend fortschritt. Bei einigen signalisierte ich Mizzi, dass sie die Fotos kopieren solle.

»Ach, die Schmiedenberg war da auch schon da«, stellte ich fest.

»Die ist zeitgleich mit Paschke gekommen.«

»War die denn auch schon in der Führungsgesellschaft seine Sekretärin?«, fragte ich überrascht. »Da ist sie mir gar nicht aufgefallen.«

»Ich glaube nicht.« Mizzi schürzte ihre Lippen. »Soweit ich weiß, kommt sie nicht aus der Unternehmensgruppe. Paschke hatte sie eingestellt. Das hat mich damals ziemlich geärgert, denn eigentlich…«.

»Eigentlich hast du dir selber Hoffnungen auf den Job der Geschäftsführersekretärin gemacht«, beendete ich ihren angefangenen Satz.

Sie errötete leicht. »Das war auch nicht unberechtigt«, sagte sie würdevoll. »Aber dann kam die Schmiedenberg daher mit ihrem versnobten Getue. Ich konnte sie nie leiden.«

»Sitzt die hier nicht mit dem Alfred Dorrek zusammen?«, staunte ich.

Mizzi beugte sich vor, um besser sehen zu können. »Ich sag ja, ganz so fein ist sie nicht, wie sie immer tut. Die lässt sich ja sogar vom Dorrek angrabschen!«

»Der sieht aber ziemlich hinüber aus«, warf ich ein. »Er war bestimmt blau an dem Abend. Und die Schmiedenberg scheint ihn nicht gerade zu ermutigen.«

»Stimmt. Der war wirklich sternhagelvoll«, erinnerte sich Mizzi. »Er hat an jeder rumgegraben, bis er sich auf die Schmiedenberg eingeschossen hat. Später hat er das Klo voll gekotzt und dabei seine Brille in der Kloschüssel versenkt.« Jetzt kicherte sie. »Dass du dich daran nicht mehr erinnern kannst!«

»Ich bin recht früh gegangen«, antwortete ich wahrheitsgemäß. Und das war noch maßlos untertrieben. Ich hasse Betriebsfeste. Meistens gehe ich gar nicht erst hin. Aber bei diesem musste ich mir gezwungenermaßen die Pflichtveranstaltung reinziehen: Die Präsentation unseres neuen Geschäftsführers. Paschke. Schnellstmöglich hatte ich mich dann verkrümelt. Ich habe Besseres an meinen Freitagabenden zu tun als sie in der leicht gezwungenen Atmosphäre solcher Betriebsfeste zu verbringen, an denen irgendwann unweigerlich ein blöder Witz nach dem nächsten gerissen wird und einige Kollegen anfangen, sich zuzusaufen und unangenehm zu werden. Dies übrigens völlig unabhängig vom Geschlecht.

Mit zehn Bilddateien auf drei Disketten verabschiedete ich mich schließlich von Mizzi.

Auch Alfred fand ich in seinem Büro.

»Ich habe mir gerade die Bilder von der Betriebsfeier im Sommer angesehen.« Augenblicklich ging ich in die Offensive. »Du hast ja ganz schön an der Schmiedenberg rumgebaggert. Ich dachte, das wäre Paschkes Domäne?«

»Was heißt hier ich an ihr!« Alfred warf sich in Positur und zeigte mir seine eckigen Zähne. »Die hat sich ganz schön an mich rangeschmissen, da kann ich aber ein Liedchen von singen. Sie konnte gar nicht genug von meinen Witzen kriegen. Und dauernd hat sie mir einen eingeschüttet. Ein Granatenweib.«

»Und? Ist was draus geworden?«, fragte ich vorsichtig.

»Wenn es nach ihr gegangen wäre … Aber ich habe mich doch lieber auf Abstand gehalten. Typ schmelzender Eisberg, da steh ich nicht drauf.« Sein selbstgefälliges Grinsen war kaum auszuhalten.

»Na, da bist du ja gerade noch mal davongekommen, sonst wäre dein armer kleiner Schniedelwutz jetzt vermutlich schon völlig eingefroren«, flachste ich und ließ ihn stehen.

Ich beschloss, noch in die Kantine zu gehen, bevor ich mich auf den Rückweg machen würde.

Die Kantine der Exapta liegt im obersten Stock des Gebäudes. Von dort hat man einen weiten Blick über Dortmund bis hin zum Westfalenpark und dem Funkturm. Im Sommer kann man hier die Bungiespringer beobachten, die sich vom Turm hinunterfallen lassen. Manchmal meinte ich, einen weit aufgerissenen Mund zu sehen, wenn wieder eine kleine Gestalt sich von der verbreiterten Plattform abstieß und in die Tiefe sprang. Aber das war natürlich Unsinn. Es war mein eigener Schrei, den ich ausstoßen wollte bei der absurden Vorstellung, mich fünfzig Meter ins Nichts zu stürzen und darauf zu hoffen, dass ein dünnes Seil an meinem Bein mich halten würde.

Heute war kein Bungiespringer zu sehen.

Dafür saß Nicole Rudolf mit mehreren Leuten an einem Tisch. Die beiden Frauen ihr gegenüber gehörten ebenfalls zum Dortmunder Betriebsrat. Der Mann mit dem kantig-markanten Gesicht kam mir vage bekannt vor. Ich wusste, dass ich ihn schon mal gesehen hatte, konnte ihn jedoch nicht zuordnen.

Während ich mich suchend nach einem Platz umsah, standen die drei auf und ließen Nicole allein am Tisch zurück.

Ich setzte mich zu ihr. »Wer war denn das?«, fragte ich sie und nickte mit dem Kinn zur Tür hin.

»Wen meinst du?«

»Der Kerl mit dem dichten grauen Haarschopf, der gerade von deinem Tisch hier aufgestanden ist.« Vorsichtig kostete ich den Linseneintopf. Er war wie immer gut.

»Das war Ralf Echsenstein«, sagte Nicole. »Der Betriebsratsvorsitzende.«

»Ach«, sagte ich interessiert. »Der, der euch so verschaukelt hat bei der letzten Gesamtbetriebsratssitzung?«

Nicole nickte.

»Und?« Ich blies auf meinen dampfenden Löffel. »Was hatte er zu seiner Entschuldigung zu sagen?«

Nicole schob sich die letzten Pommes von ihrem Teller

in den Mund. »Wie zu erwarten war: Er bestreitet, dass er so abgestimmt hat«, sagte sie kauend. »Derjenige, von dem ich die Information hatte, hätte sich geirrt. Er sei überstimmt worden.«

Nachdenklich schluckte ich den Löffel Linsen hinunter. »Gibt es keine Protokolle über solche Sitzungen?«, fragte ich schließlich.

»Doch, schon. Aber bei Abstimmungen wird nur das Ergebnis protokolliert, nicht, wer wie abgestimmt hat.« Sie legte Messer und Gabel auf den Teller und wischte sich den Mund mit der Papierserviette ab. »Du, ich muss dringend weg. Tschüs denn, und schöne Weihnachten.«

Langsam aß ich weiter. Hinter dem Turm zog ein Flugzeug weiße Kondensstreifen durch den grauen Himmel, während ich darüber nachdachte, wo ich den Echsenstein schon mal gesehen hatte. Ich spürte, dass das wichtig war.

Frau Schmiedenberg sah nicht so aus, als würde sie sich freuen, mich zu sehen.

»Geht es Ihnen wieder besser?« Forsch ließ ich mich auf dem Stuhl neben ihrem Schreibtisch nieder und signalisierte damit, dass ich nicht so leicht gewillt war, sofort wieder das Feld zu räumen.

»Was wollen Sie?«, fragte sie unfreundlich.

»Sie wissen, dass ich es war, die Herrn Paschke gefunden hat?«

Ein leichtes Nicken signalisierte ihre Antwort.

»Ich habe mich schon oft gefragt, wie er da hingekommen ist – dort, auf den Mittelstreifen der Autobahn.«

»Da kann ich Ihnen auch nicht weiter helfen.«

»Er ist erfroren. Er trug nämlich nur ein dünnes, durchnässtes Seidenhemd. Wir hatten knapp minus zwanzig Grad in dieser Nacht. Und außerdem war er vollgepumpt mit Barbituraten und Alkohol.«

»Ich weiß beim besten Willen nicht, worauf Sie hinaus wollen.«

Ich wusste es eigentlich auch nicht so genau. »Er muss die Tabletten irgendwann zu sich genommen haben. Und es dauert eine Weile, bis sich die Barebiturate im Magen auflösen. Sie haben an dem Abend noch lange zusammen gearbeitet, habe ich gehört. Was war denn so schrecklich wichtig? Oder ist die Frage indiskret?« Ich lächelte süffisant.

»Stehlen Sie nicht meine Zeit«, sagte sie kalt.

»Haben Sie vielleicht für die LAfRW gearbeitet in den späten Arbeitsstunden?«, probierte ich ins Blaue hinein.

Ihr Augenlid zuckte flüchtig, dann wandte sie den Kopf ab. »Ich weiß nicht, wovon Sie reden.«

»Schade. Ach, übrigens, Sie sind doch erst durch den Paschke ins Unternehmen gekommen. Wo waren Sie denn vorher beschäftigt?«

Abrupt drehte sie den Kopf wieder zu mir hin, und ich registrierte erneut ein leises Zucken des Augenlides. »Ich wüsste nicht, was Sie das angeht. Bitte gehen Sie jetzt.«

»Was hat eigentlich Alfred Dorrek für Sie so interessant gemacht?«

»Alfred Dorrek?«, fragte sie verständnislos.

»Das wissen Sie nicht?«, spottete ich. »Sie haben doch auf der letzten Betriebsversammlung heftig mit ihm rumgeschäkert.«

»Raus jetzt!«

»Bin schon weg. Das Gespräch war sehr aufschlussreich, danke!« Damit verschwand ich.

Gleich darauf steckte ich wieder den Kopf durch die Tür. »Ach übrigens, mit Frau Paschke scheinen Sie ja ebenfalls gut bekannt zu sein, wie man so hört.«

Langsam drehte sie sich vom Fenster zu mir herum. Ihr Gesichtsausdruck gefiel mir gar nicht. Sie sah mich direkt an, die Augen zwei harte, klare Eiskristalle, während sie nach dem Telefonhörer griff. Für einen kurzen Moment hielt sie ihn in der Schwebe. »Ich rufe jetzt die Polizei«, sagte sie ruhig.

»Nicht nötig. Bin schon weg!« Endgültig verließ ich das Gebäude.

Obwohl der Feierabendverkehr noch nicht eingesetzt haben konnte, stauten sich die Autos sich ab der A 45 bis nach Bochum hinein. Langsam schob ich mich voran, Kupplung kommen lassen, anrollen, Kupplung treten, weiter rollen. Schritt für Schritt, Meter für Meter.

Ich ließ die Gespräche Revue passieren, Meter für Meter, und blieb bei der Frage kleben, wo ich den Herrn Betriebsratsvorsitzenden Echsenstein schon einmal gesehen hatte. Es war sinnlos. Wie immer, wenn ich etwas aus meinem Gedächtnis hervorzwingen möchte, fiel es mir ums Verrecken nicht ein. Aus Erfahrung wusste ich, dass es irgendwann überraschend auftauchen würde.

Endlich, nach über einer Stunde, signalisierte ein Blaulicht in der Ferne, dass ich mich der Stauursache näherte. Ein Unfall. Einer der vielen, die ich auf dieser Autobahn schon gesehen hatte. Zwei PKW standen ineinander gekeilt auf der linken Spur. An der Betonmauer lehnte rauchend eine Frau. Sie sah bleich aus und so, als würde sie zittern. Ein wütender Mann gestikulierte energisch vor einem

Polizisten herum, in der einen Hand das unvermeidliche Handy. Da der Toyota seitlich schräg auf der Überholspur in den BMW hineingeprallt war, tippte ich auf einen klassischen Fall von eingebauter Vorfahrt. Der Typ passte zum BMW, passte zum aggressiven Gestikulieren, passte zum Unfallbild. Einer dieser Hirnamputierten, die prinzipiell raus auf die Überholspur ziehen, sobald sie auf die Autobahn auffahren. Sie nennen es sportives Fahren. Ich nenne es nicht nur rücksichtslos, sondern gemeingefährlich.

Zur Entspannung nach der nervigen Fahrt schaltete ich den Fernseher an und zappte herum. Bei Hitchcocks ›Vertigo‹ blieb ich hängen. James Stewart, wie er Kim Novak das Kostüm mitbringt und sie dazu nötigt, es anzuziehen. Stewart, wie er die Frau dazu drängt, sich eine andere Frisur zuzulegen, sich die Haare färben zu lassen…

Vielleicht lag es an dem Herrenmenschen auf der Autobahn, vielleicht am Schwarzweiß, in dem die Rückblenden des Filmes gehalten sind, vielleicht auch an dem raffinierten Spannungsbogen, in dem Hitchcock diese atmosphärische Dichte der Bedrohung schafft. Denn plötzlich war es wieder da.

Deutlich hatte ich die Szene vor Augen. Paschke, wild in der Luft herum gestikulierend. Auf der Betriebsversammlung, bei der ich versucht hatte, dem Paschke das Mikrofon wegzunehmen.

Zornig und erhitzt von dem Gerangel hatte ich mit hochrotem Kopf die Bühne nach dem Gerangel verlassen. Und war geflüchtet.

Der einzige Ort, an den man bei einer Veranstaltung dieser Art ungestört flüchten kann, ist das Klo. Dort saß ich bestimmt eine Viertelstunde lang und versuchte, abzukühlen. Und als ich dann wieder hinaustrat, die Schwingtür aufstieß, die das Damenklo vom Flur trennt, diesem breiten Flur der Schule, die ihre Aula für die Betriebsversammlung zur Verfügung gestellt hatte, als ich also dort hinaustrat, sah ich Paschke.

Energisch gestikulierend stand er bei den Garderoben, an denen all die Mäntel aufgereiht waren. Ich ging hinter ihm vorbei, während er, die Hände durch die Luft bewegend, mit einem Mann sprach, der halb im Schatten der Schulgarderobe verborgen stand.

»Ich habe es dir doch vorausgesagt«, sagte der Schatten.

»Bleib du nur immer hübsch bei deinem Text«, antwortete Paschke. Seine Stimme wirkte drohend. »Sonst passiert was sehr Unangenehmes, das ist dir doch wohl klar!«, sagte er und fuchtelte mit den Armen durch die Luft.

»Ja. Mitgehangen, mitgefangen. Ich weiß.« Es klang bitter.

Kurz vor der Tür, die zum Saal führte, drehte ich mich noch einmal um. Der Schatten war jetzt deutlich zu sehen, ins Licht gerückt sozusagen, vielleicht, weil er ein Stück zur Seite getreten war. Und dieser Schatten, da war ich mir ganz sicher, dieser Schatten war er gewesen. Echsenstein, Ralf, seines Zeichens Betriebsratsvorsitzender der Dortmunder Sektion der Exapta.

Ich schaltete den Ton des Fernsehers ab. Paschke und Echsenstein. Echsenstein und Paschke. Was hatte Echsenstein vorausgesagt? Womit drohte Paschke ihm? Und warum duzten sich die beiden? Nervös trommelten meine Finger ein Stakkato auf den Kaffeebecher, den ich in meinen Händen hielt.

Schließlich ging ich ins Büro hinüber. Ich kritzelte den

Namen Echsenstein auf eine Karteikarte, pinnte sie zu den übrigen an die Wand und zog eine neue Verbindungslinie zwischen Paschke und Echsenstein. Womit drohte Paschke Echsenstein? Das war die Frage, die zwischen die beiden Personen gehörte. Folglich schrieb ich sie auf und setzte sie auf die Verbindungslinie.

Eigentlich hatte ich ihm was Nettes sagen wollen, aber die Ereignisse des Tages ließen mich sofort loslegen. »Ich muss noch mal auf den Server von der Exapta«, sagte ich deshalb ohne weitere Einleitung.

»Charmant«, murmelte Max

»Tut mir leid, aber es ist wirklich dringend. Kann ich vorbei kommen?« Plötzlich ärgerte ich mich. So cool hatte ich nicht rüberkommen wollen. »Vielleicht können wir ja auch das Notwendige mit dem Angenehmen verbinden«, schlug ich deshalb vor. Ich fühlte mich bescheuert, als ich es aussprach.

Aber Max lachte leise. »Das klingt schon besser.«

»Ich bringe was zu essen mit. Bis gleich.« Damit legte ich auf.

Zehn Minuten verwendete ich auf Duschen, Anziehen und die obligatorischen Verschönerungsversuche, meine Augen mit Kajal etwas größer wirken zu lassen. Dann machte ich mich auf die Socken. Beim Perser auf der Brunnenstraße kaufte ich Tomaten, Peperoni, glatte Petersilie, eine Gemüsezwiebel, mit Walnusspaste gefüllte Oliven, den wunderbaren eingelegten Schafskäse und ein Fladenbrot.

Ich hatte nicht vorgehabt, Max heute zu sehen, und unter normalen Umständen hätte ich intuitiv einen größeren

Abstand zum letzten Treffen vorgezogen. So hatte ich die letzten Jahre ohne größeres Gefühlschaos unbeschadet überstanden. Als ich jetzt flotten Schrittes der Gemarkenstraße in Richtung Ladenspelder Straße folgte, merkte ich jedoch, wie sehr ich mich auf ihn freute.

»Mistkerl«, murmelte ich und musste lachen.

»Erst das Angenehme, dann das Nützliche?«, fragte Max, während er mir einen Kuss nach dem nächsten auf mein von der Kälte gerötetes Gesicht hauchte.

Ich ließ Einkauf und Mantel auf den Boden fallen und mich willig in sein Schlafzimmer hinein schieben.

Als wir um einiges später sein Wohnzimmer betraten, pfiff ich anerkennend durch die Zähne. Sofa und Tisch waren frei geräumt, die Stapel von Büchern, Zeitungen, CDs und Klamotten verschwunden.

»Hast du eine Entrümpelungsfirma kommen lassen?«

Max quittierte meine Bemerkung mit einem verlegenen Grinsen. »Lass uns loslegen.« Er bootete den PC. »Dieses Mal müssen wir nicht so lange rumhampeln, wir wissen ja, wie´s geht. Was suchst du da eigentlich?«

Ich erklärte es ihm. Nach zwei Stunden Arbeit hatte ich die gewünschten Informationen.

Während Max sich daran machte, unsere Spuren aus den Logdateien von Server, Firewall-Protokollen und Programm zu tilgen, bereitete ich das Fladenbrot zu. Ich trennte es auf, füllte Schafskäse, Tomaten, Petersilie, Zwiebeln und Peperoni hinein, träufelte reichlich von dem Knoblauchöl darüber, in das der Käse eingelegt gewesen war und schob es in den Ofen.

Nach dem Essen zeigte ich Max, was ich gefunden hatte.

»Respekt«, sagte er.

Dann widmeten wir uns wieder dem Angenehmen. Da war nichts zu viel. Es ließ mich schweben. Ich fühlte mich leicht.

Donnerstag, 19. Dezember

Als ich aufwachte, dämmerte es bereits. Ich schreckte hoch und begann hastig, neben dem Bett herumzukramen.

»Was suchst du?«, fragte Max verschlafen.

»Einen Wecker.«

»Es ist genau sieben Uhr vierundvierzig«, teilte Max mit und räkelte sich frech.

»Verdammt!« Ich fuhr in meine Hosen. »Bertold!«

Suchend sah ich mich nach den übrigen Klamotten um.

»Probiere es mal im Wohnzimmer«, schlug Max vor.

Ich lachte, huschte hinüber und stülpte mir den Rest der Kleidung über. »Ich muss los!«, rief ich in Richtung Schlafzimmer.

Aber Max stand schon in der Eingangstür. »Und wann?«, fragte er, mich in die Arme schließend.

»Samstag?« Ich vergrub mein Gesicht in seiner noch nach Schlaf duftenden Halsbeuge. »Ruf mich Samstagmittag an, ja?«

Es regnete, dem Dezember zum Trotz. Zum Ausgleich wehte ein scharfer Ostwind. Ich fluchte und spurtete los.

Bertold wartete schon in der Tür des Kiosks und beobachtete meinen Hauseingang.

»Entschuldigung«, keuchte ich, völlig durchnässt. »Ich hab mich mit der Zeit vertan. »Gibst du mir noch zehn

Minuten, damit ich mir etwas Trockenes anziehen kann? Ich bleibe dann auch bis halb eins.«

»Ich setz dir einen Kaffee auf«, nickte Bertold. »Und du mach dir gleich erst mal ein Brötchen. Siehst so aus, als könntest du es brauchen.«

Ein Blick in den Spiegel bestätigte mir, dass er Recht hatte. Trotzdem war ich in Hochstimmung, während ich wechselweise Zeitungen, Brötchen, Süßigkeiten und Bier verkaufte. Ab und zu hatte ich mitten in diesem Kiosk plötzlich wieder den Geruch von Max in der Nase.

Gegen Mittag ließ der Regen endlich nach. Gähnend beobachtete ich, wie ein roter Wagen mit laufendem Motor am Anfang des Wendehammers stehen blieb. Eine zierliche Frau mit auffällig kupferfarbenen Locken verließ die Beifahrerseite, verschwand in der Einfahrt zu meinem Wohnhaus und kehrte fast unmittelbar darauf wieder zurück. Sie trug einen gigantischen Mantel, der so aussah, als habe sie ihn von ihrer großen Schwester geliehen, und eine unkleidsame riesige Sonnenbrille.

»Einmal die BILD.« Die schrullige alte Dame, die ich schon öfter hier im Viertel gesehen hatte, schob sich in mein Blickfeld. »Schrecklich, dieses Wetter«, stöhnte sie. »Erst so kalt, jetzt dieser Regen… dabei haben wir doch Dezember! Da spielt der ganze Kreislauf doch völlig verrückt…«. Dann kam sie auf die Vielzahl ihrer Leiden zu sprechen. Ihre Stimme plätscherte auf mich ein wie der Regen den ganzen Vormittag auf das Pflaster vor dem Kiosk. Um halb eins rettete Bertold mich vor dem Ertrinken.

Die Post warf ich ungelesen auf meinen Stehtisch. Im Büro fand ich vier Anrufe vor sowie fünf Mails. Sechs dieser

Anfragen konnte ich sofort vermitteln. Die Tauschbörse lief wirklich gut an. Doch Beas Kommentar hatte mir einen Dämpfer versetzt. Vermittlung von Schwarzarbeit? Dumpfbacken! Ich würde darüber nachdenken und mir fachliche Beratung holen müssen.

Anschließend überprüfte ich noch einmal die Dateien, die ich mir am vergangenen Abend vom Rechner der Exapta zusammengestellt hatte. Bei neuerlicher Durchsicht der Datensätze fand ich meinen ersten Eindruck bestätigt. Ich beschloss, mir erst einmal einen Tee zu kochen und dann zu entscheiden, ob ich heute noch Kontakt mit Bea und Schütte aufnehmen wollte. Vor allem musste ich überlegen, wie ich meine Informationen weiterreichen konnte.

Der starke Tee belebte mich. Genießerisch legte ich ein Stück Schokolade auf meine Zunge und spülte die heiße Flüssigkeit darüber. Schokolade macht glücklich, dachte ich, während ich die klebrige Masse schmatzend in meinem Mund verteilte. Versonnen sah ich auf die bunten Lichterketten des Isenbergplatzes hinab, die sich in den Pfützen spiegelten. Ich brauche keine Schokolade, lächelte ich still in mich hinein. So gut, wie es mir im Moment geht…

Beiläufig griff ich nach dem Stapel Post, den ich am Mittag mit hinauf genommen hatte. Werbung. Rechnungen.

Und ein Brief. Keine Anschrift. Kein Absender. Nur ein weißes Couvert. Schnell ratschte ich es mit dem Finger auf und hinterließ dabei einen unordentlich gezackten Riss. Ich faltete das Blatt auseinander und erstarrte. In unterschiedlich hohen Buchstaben, aus einer Illustrierten herausgeschnitten, sprangen mich die Worte an: *Lass die Finger von der Sache und schnüffel nicht weiter rum, sonst passiert was!*

Ungläubig starrte ich auf die Drohung in meinen Händen. Ich brauchte eine ganze Weile, bis ich wieder wusste, wo ich gerade war, und eine noch viel längere Zeit, um mich endlich zu aktivieren und vom Barhocker herunterzurutschen. Bea erreichte ich über ihr Handy. Sie sei zurzeit noch beschäftigt, aber morgen früh würden sie vorbei kommen, versprach sie.

Lange saß ich oben in meinem Sessel und lauschte dem Regen. Die Lichter des RWE-Turms spiegelten sich auf den nassen Dächern der umliegenden Häuser. Ich fühlte mich leer und alt. Den Impuls, mir einen Wodka einzuschenken, ignorierte ich dennoch ebenso erfolgreich wie das in mir aufkeimende Bedürfnis, Max anzurufen.

In der Nacht träumte ich wild. Eine Frau mit kupferroten Locken sprang mir ins Genick, klammerte sich an meinem Rücken fest und grub mir mit ihren scharfen Nägeln blutige Spuren in den Arm.

Sie hielt mir einen langen Stock vor die Nase, an dem, unerreichbar für mich, ein Mikrofon baumelte. Na los, versuch doch, das verdammte Mikro zu erreichen, höhnte sie. Lauf, Pferdchen, lauf. Mit ihren langen Stilettos traktierte sie meine Flanken.

Aus dem Schatten trat ein Mann hinaus ans Licht. Es war Echsenstein. Ernst reichte er mir ein gefaltetes Stück Papier. »Sie sind zu neugierig«, sagte er drohend.

Schweißgebadet wachte ich auf.

Freitag, 20. Dezember

Anderthalb Stunden lang mühte ich mich mit einem Experten ab, ein Phantombild der rotlockigen Frau am PC zu erarbeiten. Dann brachen wir die Aktion ab. Es war mir nicht möglich, dieses Gesicht zu beschreiben, das ich nur so flüchtig gesehen hatte und das zudem von einer großen Sonnenbrille dominiert worden war. Das wurmte mich, zumal ich mir immer eingebildet hatte, ein gutes visuelles Gedächtnis zu haben. Und jetzt ging es auch noch um das Auto.

»Was war das für eine Marke?«

»So ein Kleinwagen, rot. Keine Ahnung, was für eine Marke.«

»Frauen!«, grunzte Schütte. »Was ist so schwer daran, einen VW von einem Nissan zu unterscheiden!«

»Nichts«, antwortete ich. »Es interessiert mich nur einfach nicht, das ist alles. Warum definieren sich Männer bloß immer über diese blöden Karren?«

Bea grinste beifällig. Dann griff sie ein. »Okay. Du kannst den Wagen also nicht näher beschreiben.«

»Doch. Er war rot. Nicht völlig eckig wie die Modelle, die man vor einigen Jahren noch hatte, sondern abgerundet. Gefälliger in der Form. Mit dieser kleinen Leiste über dem Rückfenster. Die Form habe ich im Kopf. Ich weiß nur nicht, zu welcher Marke sie gehört, verdammt noch mal!«

Mister Wichtig verdrehte die Augen, was mich noch wütender machte.

»Wir werden dir Fotos vorlegen. Vielleicht erkennst du ja den Fahrzeugtyp. Schade, dass du den Fahrer nicht gesehen hast.« Wie immer fand Bea einen Kompromiss.

Plötzlich fühlte ich mich sehr müde. »Möglicherweise hat das ja auch gar nichts mit dem anonymen Brief zu tun. Der, der ihn eingeworfen hat, kann auch zu Fuß vom Isenbergplatz aus gekommen sein. Ich habe es vielleicht gar nicht bemerkt.«

»Möglich. Aber das glaube ich nicht. Wir werden mal in den umliegenden Läden nachfragen, ob sich jemand den Wagen näher angesehen hat.«

»Ich habe noch was für euch«, sagte ich leise. »Vorgestern … also … mir ist bei den Daten von der Exapta noch etwas was aufgefallen.«

Interessiert beugten sich die beiden vor.

»Bei modernerer Software ist es üblich, in den Datensätzen Änderungsdatum und Uhrzeit mitzuführen«, erklärte ich. »Außerdem wird der Benutzer gespeichert, der den Satz zuletzt bearbeitet hat. Angezeigt werden diese Daten in der Regel nicht. Man sieht sie also nicht an der Oberfläche in den Browsern. Ich habe mich gefragt, was der Benutzer gemacht hat, der ein paar Stunden vor Paschkes Tod in der Anwendung war. Also habe ich alle relevanten Datentabellen nach dem Userkürzel durchsucht, und siehe da: AlDo hat in der Nacht von Paschkes Tod am Stammsatz von Paschke eine Änderung vorgenommen, und zwar an dem mit der obskuren Firmenbezeichnung LAfRW. Sonst hat er keine weiteren Daten verändert.« Dass ich diese Analyse direkt in der Datenbank vorgenommen hatte, verschwieg ich wohlweislich. Sie konnten es sich ohnehin denken.

Bea massierte ihre gerunzelte Stirn.

Schütte, die Ellenbogen aufgestützt, neigte seinen Kopf an die in Form des buddhistischen Grußes gegeneinander gelegten Hände.

»Außerdem«, durchbrach ich die Stille, »habe ich eine Liste der Karteien zusammengestellt, die durch den User KGPO1 angefasst wurden. Das ist sicher nicht vollständig, aber vielleicht bietet es ja einen Anhaltspunkt.« Ich legte einen Ausdruck auf den Tisch.

»Was geändert worden ist, kann man natürlich nicht sehen?«, fragte Bea leise.

Bedauernd schüttelte ich den Kopf. »Dazu bräuchte ich eine Datensicherung vom jeweiligen Vortag. Und ob da noch was existiert, wage ich zu bezweifeln. Liegt schon ein bisschen zu lange zurück. Wisst ihr eigentlich mittlerweile, wofür LAfRW steht?«

»Nein. Über das Kürzel ist einfach nichts herauszubekommen. Es scheint so, als gäbe es das gar nicht.«

»Vielleicht stimmt das ja.« Mit meinen Fingern trommelte ich gegen die Tischkante. »Vielleicht hat AlDo ja genau das geändert: Die Firmenbezeichnung im zweiten Stammsatz von Paschke.«

»Aber warum? Es ist wirklich an der Zeit, einen Durchsuchungsbefehl zu beantragen, um an diesen verflixten Server heranzukommen.« Schütte nuschelte in seine noch immer gegeneinandergelegten Hände. Es klang dumpf.

»Kriegen wir nie im Leben.« Bea wirkte ausgesprochen resigniert. »Das bedeutet einen Durchsuchungsbefehl nicht nur für die Exapta, die den Rechner betreut, sondern auch von Krippenhagen&Goll, deren Datenbank das ist.«

»Sagt mal, habt ihr eigentlich der Schmiedenberg mal auf den Zahn gefühlt? Die verhält sich irgendwie komisch, finde ich.« Ich berichtete von meinen Gesprächen in der Firma.

»Vergiss es« Bea gähnte. »Die Dame hat ein bombensicheres Alibi. Als sie nach ihrer Abendschicht im Büro endlich nach Hause kam, stellte sie fest, dass sie ihren Wohnungsschlüssel vergessen hatte. Bei der Nachbarin wartete sie fast drei Stunden auf den Schlüsseldienst. Der kam dann schließlich um ein Uhr vierzig.«

»Hmm.« Diese Information gefiel mir gar nicht. »Wie außerordentlich praktisch für sie. Habt ihr sie mal überprüft?«

»Bei diesem Alibi? Das können wir nicht. Es liegt absolut nichts gegen sie vor.«

»Was habt ihr eigentlich zu diesem seltsamen Einbruch in der Paschkeschen Villa herausbekommen?«

»Nichts«, antwortete Schütte resigniert. Dann grinste er schwach. »Nur Ihr Konterfei ist auf allen Videokameras der umliegenden Häuser deutlich zu sehen. Die schwarze Gestalt hingegen bleibt nebulös.«

»Fehlt denn was in der Villa?«

»Das können wir nun wirklich nicht mit dir erörtern.« Müde fuhr sich Bea über die geröteten Augen.

»Was haben wir denn schon dabei zu verlieren, Bea!«

Überrascht sah ich Schütte an. Mit einem Mal fiel mir auf, wie übernächtigt auch er aussah. Und gar nicht mehr wichtig.

»Wir kommen nicht weiter«, wandte er sich an Bea. »Keinen einzigen Zentimeter. Unser Team arbeitet fast rund um die Uhr. Unsere Leute können nicht mehr, und wir auch nicht. Es war bisher nicht doof, was deine Freundin gemacht hat, und mit den Dateien hat sie uns die einzige vielversprechende Spur geliefert. Vielleicht kommt ihr ja eine Idee, die uns weiter bringt.«

Völlig perplex sah ich zwischen Bea und Schütte hin und her. Eine solche Wendung hätte ich nicht für möglich gehalten.

»Warum nicht …«, sagte Bea schließlich gedehnt. Ein breites Grinsen zog über ihr Gesicht. »Wir können bloß unseren Job verlieren. Und der hängt mir zur Zeit sowieso ziemlich zum Hals raus.«

»Ich heiße Reinhold«, sagte Schütte zu mir.

Zögernd schüttelte ich die Hand, die er mir entgegen streckte. »Toni«, sagte ich schroff. »Und wehe, du nennst mich Antoinette!«

Es war einer dieser Tage, an denen es gar nicht richtig hell werden will. Die dichte, graugrüne Wolkendecke hing so tief, dass ich instinktiv den Kopf einzog. Einzelne Fragmente schwirrten in meinem Kopf herum, während ich durch das nasskalte Dämmerlicht nach Hause ging. Schmiedenberg. LAfRW. AlDo. Paschke. Echsenstein… Paschke und Echsenstein… Echsenstein… Paschke… Ein unausgegorener Gedanke zirkulierte in meinem Hirn.

Geistesabwesend erledigte ich meinen Wochenendeinkauf und erreichte, eine schwere Tasche an jeder Hand, endlich meine Wohnung. Beim Verstauen der Einkäufe überlegte ich, ob ich drüben im Büro den Anrufbeantworter abfragen sollte. Dann aber ließ ich es. Max wollte sich erst morgen melden, und so, wie ich ihn einschätzte, würde er es auch erst morgen tun. Alles andere konnte warten.

Paschke… Echsenstein… Es ging mir nicht aus dem Kopf. Was deshalb also nicht aufgeschoben werden sollte, war eine weitere Fahrt nach Dortmund.

Ein Blick auf die Uhr am Herd zeigte mir, dass es bald vierzehn Uhr war. Schnell griff ich zum Telefon. »Ist der Echsenstein heute noch im Haus?«, erkundigte ich mich bei Nicole Rudolf.

»Ja«, sagte sie. Wir haben gleich noch eine kurze Betriebsratsbesprechung, die letzte in diesem Jahr.«

»Halte ihn bitte auf, bis ich da bin«, drängte ich. »Ich muss unbedingt mit ihm sprechen. Ich mache mich jetzt auf die Socken.«

Ich hörte, wie Nicole Luft holte, als wolle sie etwas sagen.

»Danke«, sagte ich rasch und legte auf.

Schnell ging es nicht. Obwohl erst vierzehn Uhr, schien alle Welt auf dem Ruhrschnellweg unterwegs zu sein. Die Essener machten Einkäufe in Bochum, die Bochumer schienen alle nach Dortmund zu wollen, die Dortmunder wiederum schoben sich auf der Gegenfahrbahn um Bochum herum. Eine Anzahl von Wohnmobilen kündete vom Beginn der Weihnachtsferien, und LKW-Fahrer drückten in der üblichen Freitagsmanier auf die Tube, um noch rechtzeitig vor Beginn des Wochenendfahrverbotes ihre Fernziele zu erreichen.

Seit mir ein Fernfahrer aus dem Bekanntenkreis mal davon erzählt hatte, wusste ich, was hier los war. Mirko fuhr die Strecke nach Ungarn jede Woche. Jede Woche einmal hin und einmal zurück! Er war damals mit einer Freundin von mir zusammen, und jeden Samstag bewegte die beiden die bange Frage, ob Mirko es bis Mitternacht schaffen würde. Es begann bereits mit dem Aufladen der Ware für den Rücktransport. Ging es glatt oder gab es Probleme dabei? Und dann die Fahrt: Schon die ersten fünfhundert Kilometer waren entscheidend. Die Kontrollen an den Grenzen – flott oder nicht flott. Baustellen. Und schließlich der übliche Freitagabendstau. Alle drückten sie wie bescheuert auf die Tube, weil sie heim wollten. Die Aussicht auf einen Sonntag auf einer Autobahnraststätte war wenig verlockend.

Arme Teufel! Trotzdem gingen sie mir mal wieder ganz gewaltig auf die Nerven mit ihrem zum Wochenende hin immer agressiver werdenden Fahrstil. Es war schon halb vier, als ich fluchend auf den Parkplatz der Exapta einbog.

»Na endlich«, sagte Nicole vorwurfsvoll. »Wird aber auch Zeit. Wir sind seit zwanzig Minuten fertig. Er wollte noch ein paar Telefonate führen, aber länger hätte ich ihn jetzt nicht mehr aufhalten können. Er ist noch im Besprechungsraum.« Mit dem Kinn nickte sie zur geschlossenen Tür.

»Hör zu«, forderte ich sie auf. »Ich lasse die Tür angelehnt. Könnte sein, dass das interessant für dich ist, was ich mit ihm zu klären habe. Aber lass dich da drin nicht blicken.«

Echsenstein war schon im Mantel, als ich den Raum betrat.

»Hallo«, lächelte ich ihn an. »Schön, dass Sie noch hier sind. Ich hätte da einige Dinge zu klären.«

Fragend hob er seine Augenbraue.

»Toni Blauvogel«, half ich ihm aus. »Eine von denen, die

jetzt dazu genötigt werden, das Unternehmen zu verlassen.«

»Ah, Frau Blauvogel«, seufzte er. »Was kann ich für Sie tun so kurz vor Weihnachten?«

Aufmerksam musterte ich ihn. Der Kerl hatte etwas ungemein Arrogantes an sich, und ich fragte mich, was genau es eigentlich war. Ein markantes Gesicht mit einer edel gekrümmten Nase und dichtem, graumeliertem Haar. Eine für diese Jahreszeit untypische Bräune. Ein Lächeln, das eine Reihe etwas zu weißer, zu perfekter Zähne zeigte und das die Augen nicht zu erreichen schien. Ein falsches Lächeln also. Mein Blick blieb an der großen Warze auf seiner Wange hängen, aus der zwei dunkle Borsten sprossen.

Ich gab mir einen Ruck und legte los. »Vielleicht können Sie mir erklären, warum Sie als Betriebsratsvorsitzender der Dortmunder Sektion der Entlassung von weiteren zehn Mitarbeitern zugestimmt haben, obwohl das Gremium einen anderen Beschluss gefasst hat.«

Wer mich kennt, weiß, dass dieser samtweiche, leise Ton, in dem ich diese Frage formulierte, nichts Gutes verheißt. Er kannte mich nicht.

»Liebe Frau Blauvogel, wie kommen Sie denn auf so eine absurde Idee?«, fragte er gespielt überrascht. »Ich versichere Ihnen, dass ich mich immer an die Beschlüsse meines Gremiums gehalten habe!«

»Sie scheinen recht gut bekannt mit Herrn Paschke zu sein.« Ich lächelte immer noch freundlich, während ich das Thema wechselte. »Ich meine, warum duzt sich ein Herr Geschäftsführer der Exapta mit dem Herrn Betriebsratsvorsitzenden des Unternehmens? Kennen Sie sich privat?«

»Wir sind – waren Parteigenossen.« Echsenstein räusperte sich steif. »Sagen Sie mir doch bitte, worauf Sie hinauswollen.« Demonstrativ sah er auf die Uhr.

»Aah, Parteigenossen! Das hätte ich mir denken können. Aber egal. Das ist eigentlich nicht der Punkt, den ich mit Ihnen besprechen wollte.« Ich lächelte wieder. Dann schlug ich zu. »Was hatte Herr Paschke gegen Sie in der Hand, dass Sie die Beschlüsse Ihres Betriebsrates so vollkommen ignorieren?«

Für einen kurzen Moment war es absolut still. »Was erlauben Sie sich!«, sagte er schließlich steif.

»Ich erlaube mir, Ihnen die Frage zu stellen, womit Herr Paschke Sie erpresst hat.« Mein Tonfall war jetzt hart.

»Bitte?« Grimmig blickte er mich an. »Ich weiß beim besten Willen nicht, wovon Sie sprechen!«

»Nein?« Ebenso grimmig erwiderte ich seinen Blick. »Dann werde ich Ihrem Gedächtnis mal auf die Sprünge helfen. Ich spreche von der letzten Betriebsversammlung, der im November. Sie haben dort mit Herrn Paschke auf dem Flur ein interessantes kleines Gespräch gehabt, sehr aufschlussreich…«

»Das werde ich mir nicht länger anhören.« Energisch steuerte Echsenstein auf die Tür zu.

»Ich kam gerade vom Klo«, fuhr ich fort. »Sie beide standen an der Garderobe und haben mich nicht gesehen.«

Er blieb stehen, ohne sich umzudrehen. Seine angespannte Haltung verriet mir jedoch, dass er genau zuhörte.

»Paschke sagte, dass Sie sich an die getroffene Vereinbarung halten sollten, sonst passiere etwas sehr Unangenehmes, und Sie, Herr Echsenstein, wüssten ja sehr genau, was.« Ich baute mich vor Echsenstein auf. »Er hat Ihnen ganz eindeutig gedroht. Womit?«

»Das ist Verleumdung! Dafür haben Sie keinerlei Beweise!«, brüllte Echsenstein plötzlich los.

»Aber ich habe es gehört«, sagte ich kühl. »Und da ich erst vor kurzem realisiert habe, wer Sie sind, und da mir von Ihrem sonderbaren Abstimmungsverhalten auf der Gesamtbetriebsratssitzung berichtet wurde, finde ich diese Frage nicht weiter verwunderlich. Ist das vielleicht auch der Grund, warum Sie sich in Sachen einer Abfindung für mich und meine Kollegen so wenig einsetzen wollten? Mein Anwalt ist da übrigens ganz anderer Ansicht, was den Anspruch auf Abfindung betrifft.«

In seinen Augen flackerte es unruhig. Aber er hatte sich wieder unter Kontrolle. »Sie sind ja wirklich vollkommen durchgedreht. Erfreulicherweise weiß das auch jeder seit der Betriebsversammlung!« Abrupt schob er mich beiseite und riss die Tür zum Flur auf.

»Paschkes Tod muss Ihnen ziemlich gelegen gekommen sein in einer solchen Situation«, rief ich ihm hinterher. »Aber er scheint sein Wissen über Sie mit jemandem zu teilen, sonst würden Sie sich ja anders verhalten können, jetzt, nach seinem Tod.«

»Unterstehen Sie sich«, brüllte Echsenstein und knallte die Tür hinter sich zu.

Die Tür zum Nachbarzimmer schwang langsam auf. Vorsichtig schob sich Nicole Rudolf durch den Spalt. Mit großen Augen sah sie mich an.

»Ich habe mir das nicht ausgedacht, Nicole«, sagte ich leise. »Aber ich fand, dass du das wissen solltest. Ein erpressbarer Betriebsrat ist kein guter Betriebsrat.«

Sie nickte langsam.

»Schöne Weihnachten«, wünschte ich ihr und ging.

Für heute hatte ich wirklich genug. Ich wollte ruhig und still in meinem Sessel sitzen und die Dunkelheit hereinbrechen sehen. Ich wollte den Tag verdauen und mit ihm diese seltsame Verbrüderung, die zwischen Schütte und mir stattgefunden hatte. Ich wollte die vielen Informationen sortieren, die ich von Schütte und Bea erhalten hatte und die nun in meinem Kopf zirkulierten. Ich wollte über das Gespräch mit Echsenstein nachdenken und über die Fragen, die Bea mir gestellt hatte. Ich wollte mir eine sinnvolle weitere Vorgehensweise überlegen. Und ich wollte mich auf Max freuen und darauf, dass wir uns morgen sehen würden.

Ich machte mir Früchtetee und ein paar belegte Brote und trug alles nach oben. Der meditative, klare Gesang der Rainbirds entspannte mich und reduzierte meine Gedanken auf assoziative Fetzen.

Two Faces – Zwei Gesichter… Es war nichts gestohlen worden in der Villa… *Houdinis Loughing…* die trauernde Witwe erbt ein nicht unerhebliches Vermögen… sie sitzt selbst fest im Sattel, stellvertretende Leiterin irgendeines Amtes für Wirtschaftsförderungen… *This is another world…I never had to learn it…* Paschke war erpresst worden… die Schlaf- und Beruhigungsmittel, die er intus hatte, gibt es rezeptfrei in jeder Apotheke zu kaufen… sie hätten ihn nicht umgebracht, es war die Kälte… taking a ride on this mystery train…

Er hatte am Ende der Tagesbaustelle geparkt, die im Bochumer Tunnel begann und ein paar Meter hinter dem Tunnel endete. Ein Autofahrer hatte gemeldet, dass dort, schon hinter dem Tunnel, jenseits der Absperrung auf der linken Spur gegen etwa 1:45 in dieser Nacht ein Wagen im Dunkeln gestanden hatte. Er fand nur, es sei ein seltsamer

Zeitpunkt, um die Baustelle zu inspizieren, hat sich jedoch nichts weiter dabei gedacht. Ob jemand im Auto gesessen hat, konnte er nicht sagen.

Vermutlich hatte sich der Täter bei der makaberen Transportarbeit auf dem Mittelstreifen flach auf den Boden gelegt, sobald er ein Fahrzeug kommen hörte. Paschke war dort hingebracht worden, fünfzig Meter weit über den Mittelstreifen, lebend, aber wahrscheinlich ziemlich hinüber von Alkohol und Tabletten. Und da er stattliche dreiundachtzig Kilo auf die Wage brachte, bedeutet dies, dass es eine extrem starke oder aber zwei Personen gewesen sein mussten, falls er nicht doch selber gelaufen ist, was zwar möglich, aber relativ unwahrscheinlich war.

Ein starker Mann, wie Echsenstein? Ich war verwirrt. So weit hatte ich noch gar nicht gedacht. Die abschließenden Worte bei meiner Konfrontation mit dem Betriebsratsvorsitzenden waren ganz von selbst über meine Lippen gekommen. Ich musste den Gedanken schon gehabt haben, ohne dass er mir klar und bewusst gewesen war.

Zum Schluss hatte Bea den Finger auf meinen wunden Punkt gelegt. »Die Frage ist nicht, wer dir diesen Drohbrief geschickt hat, sondern warum er dir geschickt wurde«, so lautete ihr strenger Kommentar. Wenn ich diese Frage beantworten könne, sei ich der anderen um einiges näher.

Lange dachte ich über diese neue Fragestellung nach. Leider kam ich zu keinem Ergebnis.

Samstag, 21. Dezember

Nach der obligatorischen Bearbeitung der eingegangenen Anfragen in Sachen Tauschbörse nahm ich mir noch einmal das Diagramm an der Wand vor. Stück für Stück erweiterte ich das Bild.

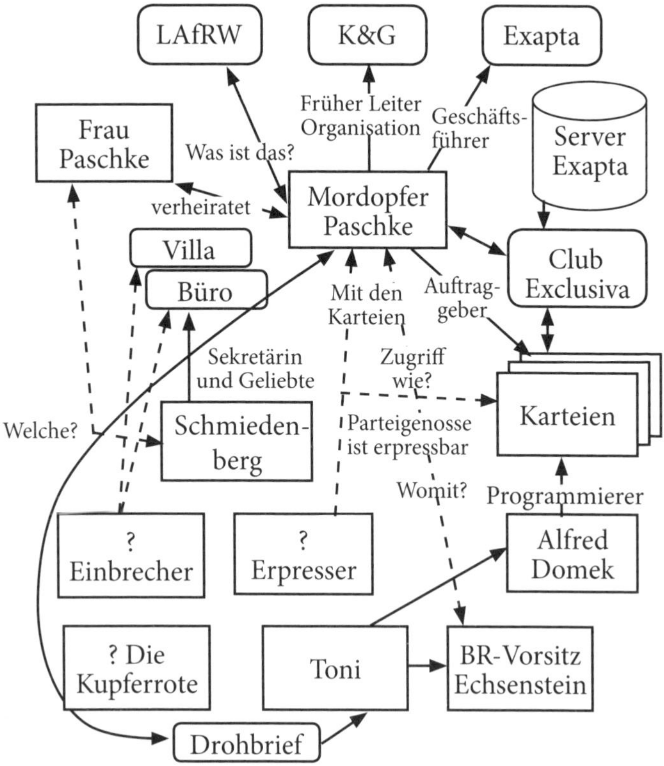

Keine gesicherten Antworten. Dafür jede Menge weiterer Fragen. Je länger ich das Chaos betrachtete, desto unklarer wurde mir das Ganze. Vorsichtig rollte ich meinen Kopf hin und her, um meinen schmerzenden Nacken zu entspannen.

Als das Telefon klingelte und Max sich wie versprochen meldete, war ich erstaunt. Tatsächlich schon kurz nach zwei. Wir verabredeten uns zum Essen im Giradetzentrum.

»Und danach?«

»Uns wird schon was Angenehmes einfallen«, lächelte ich. »Da bin ich ganz sicher.« Diesmal kam ich mir nicht blöd dabei vor.

Dann starrte ich erneut auf meine Skizze. Was nutzte mir das ganze systematische Arbeiten, das strukturierte Vorgehen, das ich mal gelernt hatte? Nichts!

Unruhig trommelte ich mit meinen Fingern auf die Schreibtischplatte und versuchte, mich zu konzentrieren. Da mir nichts Besseres einfiel, sah ich noch einmal die Datensätze durch, die ich mir vom Server heruntergezogen hatte, dieses Mal unter einem anderen Aspekt.

Vier Hostessenservices waren regelmäßig in den Bewegungsdaten der Paschkeschen Datenbank zugeordnet worden. Club Roswita, Escortservice Exclusiva, Privatclub Penelopé, Club Privé/Privatsauna Angela. Leider hatte ich mir die zugehörigen Stammsätze nicht aus der Datenbank geholt.

Ich fluchte und überlegte, wie ich nun an die Adressen kommen konnte. Die Herren würden nicht Fahrten quer durchs Ruhrgebiet machen, um irgendeinen Escortservice in Anspruch zu nehmen. Die Bosse der Führungsgesellschaft saßen in Köln und in Essen. Vermutlich würden dort auch die Festessen stattfinden. Die häufige Anmietung des renommierten Essener Schloss Hugenpoet als Tagungs- und Festaktsrahmen bestätigte meine Theorie. Also loggte ich mich im Internet ein. Über die gelben Seiten suchte ich in den einzelnen Städten nach den vier Club-Adressen. Aber ich fand sie nicht, weder unter dem Stichwort Club noch Sauna noch Eskort noch Hostessen. Auch im Örtlichen Telefonbuch war nichts zu machen. Über die Homepage der Stadt Essen kam ich ebenfalls keinen Schritt weiter. Meine Stichworte waren dort nicht bekannt.

Wie zum Teufel kam man an die einschlägigen Adressen ran. Ich wippte auf meinem Sitzball hin und her und überlegte, wie ich vorgehen würde, wenn ich Druck hätte. Meine Hand und ein bisschen Phantasie, dachte ich flüchtig und lächelte.

Privatsauna.de tippte ich versuchsweise ein. Jede Menge bunte Angebote poppten in einschlägigen Posen über den Bildschirm. Automatisch wurde die Seite ichfickdich.de geöffnet. Überrascht sah ich die verschiedenen Links. FeuchtePussy.de, dominanz.de, fetisch.de, sexspiele.de, onanieren.de, fuesse.de, sexgeil.de undsoweiterundsofort. Ich klickte mich durch. Runde Pos wurden mir entgegen gestreckt, Mädels pressten volle Brüste, Zungen leckten in Richtung Fuß oder Muschi.

Und überall stieß ich sofort auf die Anmeldesperren. Ich musste Mitglied werden, um weiter zu kommen. Personalausweisnummer oder E-Mail-Adresse, sonst schien man keine Zugangsberechtigung zu bekommen. Heiß gemacht und kalt gestellt. Die Kapitalisierung der Körper hübsch anonym übers Netz. Fast war ich versucht, es zu tun. Ich war neugierig geworden. Aber ich wollte mich nicht registrieren lassen. Ein Blick auf die Uhr am PC sagte mir außerdem, dass ich bald los musste.

Er saß bereits an einem Tisch im Café Cult.

Wie schon beim ersten Mal, als wir uns trafen, war ich ein wenig befremdet. Unauffällig. Klein. Rundlich. Fusseliges, etwas zu langes Haar. Nicht mein Typ, eigentlich. Aber er hatte was, was auch immer es war. Da war diese unerschütterliche Ruhe, die er ausstrahlte. Und das Leuchten, das über sein Gesicht zog, als er mich sah, war unvergleichlich schön.

Ich umarmte ihn. Sein Körper war kuschelig und weich. Es fühlte sich gut an. »www.PussyInNot.de«, murmelte ich in sein Ohr.

»Ist es so schlimm?«, fragte er überrascht und lachte. »Ich würde gern vorher noch was essen.«

Ich lachte auch. »Ich auch! Deswegen bin ich doch hier.«

Wir studierten die Karte. Ich bestellte ein Steinpilzrisotto mit Bärlauch, Max entschied sich für den Lachs mit Blattspinat und Kartoffelgratin.

Während des Essens erzählte ich ihm ausgiebig von meiner Internetaktion.

»Und ich dachte schon, du wärest einfach nur scharf auf mich.« Max versuchte, ein betrübtes Gesicht zu machen. Es gelang ihm nicht.

»Enttäuschend, nicht wahr?« Ich schenkte mir aus der Literflasche Wasser nach.

»Wann sind die vier Wochen um?«, erkundigte er sich beiläufig. »Es ist bestimmt lustig, mit dir zu trinken.«

»Silvester ist ausgenommen. Danach noch eine Woche.«

Ich seufzte. »Ich hätte jetzt gerne ein Glas Wein, das kannst du mir glauben.«

»Dann bestell dir doch was.«

»Das gibt eine weitere Woche!«

»Mach es doch so«, schlug er vor, »heute Abend trinkst du was, Silvester auch. Dann die Woche nicht, und dann nur am Wochenende. Freitag und Samstagabend. Die übrigen Tage nicht. Bis Ende Januar.« Dann wurde er ernst. »Nein. Besser nicht. Sonst bist du noch sauer auf mich.«

»Quatsch«, sagte ich. »Dein Vorschlag ist sehr verlockend. Und ob ich ihn annehme, entscheide schließlich ich selbst.« Ich nahm noch einen großen Schluck Wasser. Dann winkte ich der Kellnerin zu. »Ein Glas von dem Rioja, bitte«, rief ich. Und grinste wie ein Schuljunge, der gerade erfolgreich einen Apfel geklaut hat.

Sonntag, 22. Dezember

Warum er immer noch da war, war mir eigentlich nicht so recht klar. Wir hatten gefrühstückt. Wir waren lange spazieren gegangen, eine Tätigkeit, in der Max nicht allzu geübt schien, die er jedoch klaglos mitmachte. Wir waren wieder im Bett gelandet. Und nun standen wir gemeinsam in meiner kleinen Küche und werkelten an einem Abendessen herum. Irgendwie gefiel mir das.

»Warum glaubst du eigentlich, dass das alles nur Männer sind in der Kartei? Die Vornamen sind doch gar nicht immer ausgeschrieben.«

Verblüfft unterbrach ich meine Tätigkeit, Zwiebeln klein zu hacken.

»Oder meinst du, Frauen machen so was grundsätzlich nicht?«, bohrte Max weiter.

»Doch«, sagte ich nachdenklich. »Ich weiß, dass Frauen sich auf Rhodos oder in Ghana zum Beispiel Männer kaufen können, eine Art Rundum-Betreuung für den Urlaub. Und dass sie es auch tun. Da gab es mal einen Bericht im Fernsehen. Hat mich zwar etwas überrascht, aber die Tendenz ist wohl steigend.«

»Eben. Wenn es da also offensichtlich auch für Frauen einen Markt gibt, warum nicht auch auf dieser Chefetagen-Geschenke-Ebene?«

»Irgendwas in mir sträubt sich dagegen, mir vorzustellen, dass Frauen in dieser Hinsicht den Männern nacheifern«, sagte ich vorsichtig. »Es ist… nicht so typisch.«

»Was heißt hier nacheifern?«, fragte Max. »Haben sie nun solche Bedürfnisse oder nicht? Regt dich die Vorstellung an, dir einen Körper zur Lustbefriedigung zu kaufen oder tut es das nicht? Jemanden, der vollkommen willfährig ist, dich befriedigt, wie du es dir vorstellst, und dann unkompliziert und leise wieder abhaut, weil du ihn bezahlt hast? Ist das nicht bequem?«

»Doch. Natürlich ist das bequem.« Ich wand mich ein bisschen und suchte nach der richtigen Formulierung. »Die Vorstellung macht mich schon an«, sagte ich zögernd, »so rein abstrakt betrachtet jedenfalls. Nur glaube ich nicht, dass das funktionieren würde, verstehst du?«

Nachdenklich sah Max mich an. »Warum nicht?«

»Weil zur Lust viel mehr gehört. Ein Draht zu der entsprechenden Person, eine Annäherung durch Worte, der Geruch, ein Blick, Berührung, etwas, das Begehren auslöst. Und das Gefühl, selbst begehrt zu werden. Dieser Punkt ist sehr wichtig. Das Schönste an der Lust ist die Gegenseitigkeit. Und die ist schlichtweg ausgeschlossen, wenn ich jemandem einen Schein hinlege.«

»Stimmt. Trotzdem gibt es doch auch so was wie eine abstrakte Lust. Hat dich das abgestoßen oder eher angetörnt, als du dich auf den einschlägigen Seiten im Internet rumgetrieben hast?«

»Eher angetörnt«, gab ich zu. Das Gespräch war mir peinlich, aber ich wollte ehrlich sein. »Ich habe mir Pussies und Schwänze angesehen, rasierte und unrasierte. Ich sah ein Foto, wo ein Mann eine Frau leckt und ihr gleichzeitig einen Dildo in den Arsch schiebt, und es hat mich erregt. Das war irgendwie abstrakt. Die Form ihrer gespreizten Pobacken, die Zunge, die rasierte Möse, der Dildo, das war scharf. Deutliche, scharfe Ausschnitte, auf den Punkt gebracht, die Person selbst war völlig unwichtig. Ganz massiv gestört hat mich aber das Gesicht, das betont geil in die Kamera stierte. Es war viel zu konkret.« Ich zögerte und sah ihn an. »Menschen, die man sich zu diesem Zweck kauft, haben ein Gesicht. Einen Geruch. Ich aber kaufe ihre Dienstleistung, sonst nichts… obwohl doch alles zusammen gehört.« Ich wurde ärgerlich. »Sowas in der Art, ich kann das nicht besser ausdrücken.«

Max ließ die Kartoffel los, die er gerade in Scheiben schnitt, und zog mich dicht an sich heran. »Deine Lust macht mich total an, und sie hat ein sehr konkretes Gesicht«, flüsterte er. Dann ließ er mich los und wendete sich wieder der Kartoffel zu. »Dennoch musst du zur Kenntnis nehmen, dass die Prostitution genau davon lebt, dass es auch anders gehandhabt werden kann.«

»Ja«, knurrte ich. »Und viele gehen immer wieder zur gleichen Prostituierten. Oder – Beispiel in dem Film – heiraten ihren Strichjungen dort in Ghana, weil sie endlich mal jemanden gefunden haben, der nett zu ihnen ist. Dabei vergessen sie leider, warum er nett ist. Weil er arm ist und ihr beschissenes Geld braucht. Für mich ist das traurig und irgendwie krank, weil es keine gleichberechtigte Beziehung ist. Die Liebe ist durch Geld erkauft.«

»Ich kenne etliche Menschen, deren ›normal gleichberechtigte‹ Beziehung ich nicht geschenkt haben möchte.« Max schaufelte die Kartoffelscheiben in die brutzelnde Butter.

»Stimmt.« Ich lächelte. Eine Weile schob ich Kartoffeln und Zwiebeln in dem heißen Fett hin und her. »Sag mal, wie würdest du es anstellen, wenn du einen Puff suchen würdest?«

Irritiert schüttelte er den Kopf. »Ein Bordell? Keine Ahnung. Ich suche keines.« Er überlegte. »Im Dohmannskamp gibt es so einen Saunaclub. Aber vermutlich nichts für Frauen. Hast du etwa Bedarf?«

Ich schmunzelte. »Momentan eher nicht. Aber mal im Ernst. Wie kommt man an solche Adressen ran? Ich habe ziemlich viel versucht zu dem Thema und bin nicht fündig geworden.«

»Frag doch mal einen Taxifahrer.«

»Taxifahrer?« Leise pfiff ich durch die Zähne. »Guter Tipp. Die müssen es nun wirklich wissen.« Ich gab noch mehr Butter in die Pfanne. Ein köstlicher Geruch machte sich in der Küche breit.

»Wie viel Fett machst du denn noch da dran?«, fragte Max staunend.

»Das muss so sein«, protestierte ich. »Mein Vater hat früher Sonntags immer aus den Resten der Mittagskartoffeln Bratkartoffeln gemacht. Das war eine fast heilige Handlung. Er gab Unmengen Fett dazu. Nicht irgendein beliebiges Fett, sondern Butter. Er nahm nur Butter. Und briet die Scheiben knusprig braun. Jede einzelne. Und dann, und das war die Krönung, bekamen mein Bruder und ich eine kleine Portion davon ab. Knusprig braune, krosse, buttrig salzig pfeffrige Bratkartoffeln. Tierisch lecker. Und dann haben wir zusammen Bonanza gesehen.«

Montag, 23. Dezember

»Fehlanzeige.« Bea wirkte schon morgens ausgesprochen müde. »Wir haben unser Team auf das Thema Erpressung angesetzt. Sie haben deine Namen aus den Karteien abgeklappert, die vom User KGPO01 angefasst wurden. Keiner der hohen Herren wurde erpresst.«

Schwungvoll stellte ich drei Becher mit Presskaffee und Milchschaum auf meinen Stehtisch. »Wie glaubwürdig ist das?«

Schütte zuckte mit den Achseln. »Wir haben die Kontenbewegungen überprüft. Sieht nicht so aus, als hätte einer gelogen. Hast du Zucker?«

Ich reichte ihm die Keramikdose von der Fensterbank, in der ich die bunten Zuckerpäckchen aufbewahre, die ich überall aus Restaurants und Cafés mitnehme. »Wozu sieht dann jemand ausgerechnet diese Karteien an? Wer benutzt dieses verflixte Login KGPO1?«

»Ich weiß es nicht. Auf jeden Fall müssen wir die Spur aufgeben. Wir haben keinerlei Handhabe, da weiter zu machen.« Auch Schütte war grau im Gesicht vor Müdigkeit.

Irgendwie sah er anders aus als sonst. Er gefiel mir besser trotz dieses übernächtigten Aussehens. Ich betrachtete ihn aufmerksam.

»Ist was?«, fragte er. Sein Gesicht bekam eine rosige Färbung.

Da fiel es mir auf. »Siehst gut aus ohne dieses komische

Bärtchen«, sagte ich anerkennend. »Nicht so affektiert.«

»Ach, das …« Verlegen strich er sich über die nun glatte Oberlippe.

Bea lächelte und zwinkerte mir verstohlen zu.

Ich verkniff mir das Grinsen und holte ein paar Kekse aus der Küche.

Eine Weile saßen wir schweigend da, rührten in unseren Tassen und kauten krachend.

Plötzlich schoss mir ein Gedanke durch den Kopf.

»Sagt mal?«, fragte ich vorsichtig, »ist mittlerweile eigentlich bekannt, wer den Paschke so zugerichtet hat mit seinen Nägeln?«

Mit gerunzelter Stirn sah Bea mich an.

»Na, die Kratzspuren, die blauen Flecken. Ich war es ja nun wirklich nicht auf der Betriebsversammlung.« Nachdenklich betrachtete ich meine Nägel. »Oder soll ich es dir beweisen?« Ich beugte mich zu Schütte hinüber.

»Hau bloß ab«, meckerte er, aber er lachte dabei. »Wirklich scheußlich, deine Nägel. Frau Paschke hat recht lange, sehr gepflegte Krallen. So viel zu deiner Frage. Aber natürlich ist sie nicht mit ihrem Mann aneinander geraten.« Er kräuselte seine Lippen.

»Was hat die schöne Gattin eigentlich an dem fraglichen Abend gemacht?«

»Geschäftsessen«, antwortete Bea knapp. »Sie kam um 22 Uhr 53 nach Hause. Mit dem Taxi. Wir haben die Daten der elektronischen Schließanlage des Tores geprüft. Sie hat das Haus nicht mehr verlassen.«

»Sicher?«

»Das Tor wurde nicht noch mal geöffnet. Weggefahren ist sie definitiv nicht mehr.«

Nachdenklich kratzte ich den Milchschaum mit dem

Löffel vom Rand der Tasse. Ich hatte keine Idee mehr. Außer einer. »Für euch müsste es doch ein Leichtes sein, an die Adressen von Puffs ranzukommen. Habt ihr rausgefunden, wo diese vier Etablissements sind, die in den Karteien zugeordnet sind? Über das Internet ist da nicht dran zu kommen.«

»Da waren wir doch schon längst. Unsere Leute haben mit sämtlichen Frauen gesprochen, die dort als Hostessen arbeiten. Gewiss nicht der Durchschnitt in diesem Milieu. Was willst du damit?« Schütte gähnte herzhaft, während er auf den Isenbergplatz hinab sah, der feucht glänzte im steten Nieselregen.

»Ich weiß es selbst nicht so genau. Aber die Damen sitzen doch irgendwie an der Quelle in Sachen Erpressung«, sagte ich langsam.

»Wer in dieser Branche bis dahin gekommen ist, hat es weit gebracht. Das ist kein Billigstrich, sondern Prostitution auf gehobenem Niveau«, schaltete Bea sich ein. »Warum sollte eine, die so weit gekommen ist, das alles riskieren? Die leben doch von der Diskretion.«

Nachdenklich strubbelte ich mir durch mein Haar. »Vielleicht, um ganz auszusteigen?«, schlug ich schließlich vor.

»Möglich.« Bea zuckte mit den Achseln. »Aber wie gesagt, es gab keine Erpressungen. Wir konnten da absolut nichts finden.«

»Außer bei Paschke.«

»Genau. Außer bei Paschke.«

Nachmittag. Ich hatte ein paar Anfragen eingetippt und fünf Kontakte vermittelt. Nebenbei hatte ich zwei Scheiben Brot vertilgt. Mit einem Becher Tee vor mir auf dem Schreibtisch wippte ich nun unruhig auf meinem Sitzball herum. Ich wusste nicht mehr weiter. Nachdenklich knibbelte ich an den rauen Häutchen meiner Nägel herum.

Frau Paschke hat gepflegte lange Nägel... So eine wie die geht doch bestimmt regelmäßig zur Maniküre. Ich loggte mich ins Branchenverzeichnis ein und suchte Nagel- und Kosmetikstudios im Essener Süden heraus. Dann griff ich zum Telefon.

»Hallo. Frau Paschke hat Sie mir empfohlen. Sie meinte, selbst in meinem Fall könnten Sie Wunder wirken? Ach, Sie kennen keine Frau Paschke? Dann habe ich mich wohl im Studio geirrt. Entschuldigung.«

Bei der fünften Adresse wurde ich fündig. »Ach, die Frau Paschke«, antwortete geschmeichelt eine Stimme. »Eigentlich habe ich keinen Termin mehr frei vor Silvester. Aber« – sie zögerte – »wenn eine so gute Stammkundin Sie vermittelt... Heute um neunzehn Uhr könnte ich Sie noch dranhängen.«

Schnell sagte ich zu.

Es war ein kleines Souterrainstudio in einer der Altbauten an der Bredeneyer Straße. *Fußpflege- & Nagelstudio* stand in dezenten Buchstaben auf einem geschwungenen Altbaufenster. Ein fetter, illuminierter Weihnachtsmann aus Plastik verbreitete einen freundlichen roten Schein in der Dunkelheit.

Ich hatte mich in Strümpfe und mein schlichtes blaues Wollkostüm geworfen, das sonst nur beruflich bei Kundenbesuchen zum Einsatz kommt. Außerdem hatte ich viel Zeit in ein dezentes Makeup investiert und meine widerspenstigen Haare sorgfältig nach hinten gegelt. Die kurze Perlenkette und der zugehörige Perlenstecker fürs Ohr, Erbstücke meiner Großmutter, verliehen meiner Erscheinung etwas Distinguiertes, fand ich. Ich kam mir schrecklich verkleidet vor. Aber der Einsatz hatte sich gelohnt. Eine rundliche, sehr gepflegte Frau strahlte mich wohlwollend an.

»Willkommen, ich bin die Frau Kampmann«, sagte sie. »Na, dann wollen wir mal sehen, was ich für Sie tun kann.« Sie dirigierte mich auf einen Stuhl.

»Ich traue mich gar nicht, Ihnen das Desaster zu zeigen.«

Resolut hob sie meine beiden Hände hoch und betrachtete die Fingerspitzen. »Ich habe schon Schlimmeres wieder in Ordnung gebracht«, sagte sie gelassen. »Aber so schnell ist da auf dem natürlichen Weg nichts zu machen. Sie wollen morgen Abend schöne Nägel haben, das habe ich doch richtig verstanden?«

Ich nickte. »Ja, sehen Sie, wir feiern doch alle Weihnachten zusammen. Ich lerne die Eltern meines – äh – Verlobten kennen. Ihn stört es nicht so, schließlich weiß er ja, woher das kommt, aber bei den Eltern, da würde ich mich doch schämen mit diesen Händen.« Die Lügen gingen mir erstaunlich leicht über die Zunge. »Ich habe eine Töpferei, wissen Sie? Und bei der ewigen Arbeit mit dem Ton und den Glasuren reißen mir die Nägel dauernd ein. Also schneide ich sie ganz kurz.«

»Ich kann Ihnen für morgen Kunstnägel machen«, schlug die Frau vor. Sie begann, meine Nagelbetten mit einer Paste einzuschmieren. »Das hier lassen wir jetzt erst mal schön einziehen. Ich werde die Nagelhäute entfernen und die Kanten oben feilen. Dann sehen wir weiter.«

Wieder nickte ich. »Allerdings darf es nicht zu lang sein und soll natürlich aussehen. Aber ich weiß ja, dass Sie Ihr Handwerk verstehen. Frau Paschke haben Sie vor ein paar Wochen ja auch gerettet, nicht wahr?«

»Ja. Da hatte sie sich aber wirklich böse was getan! Drei Nägel eingerissen, zwei richtig abgebrochen. Dabei hat sie doch sonst so schöne Nägel.«

»Das ist jetzt ungefähr einen Monat her«, stimmte ich zu.

Frau Kampmann dachte kurz nach. »Etwas länger. Es war einen Tag vor meinem Geburtstag, dem zwanzigsten November. Ich wollte eigentlich nicht so viele Termine machen, weil ich einkaufen und vorkochen wollte. Da ist sie als Notfall dazwischen geplatzt.«

»Wie haben Sie das repariert?«

»Gerissene Nägel kann man kleben. Und bei den abgebrochenen habe ich künstliche Spitzen drauf gesetzt. Wenn man das dann überlackiert, sieht man den Unterschied zwischen den echten und den künstlichen gar nicht.«

Zufrieden lehnte ich mich zurück und ließ sie arbeiten. Ich hatte erfahren, was ich wissen wollte.

Von Bredeney aus wanderte ich über die Rüttenscheider Straße wieder zurück, vorbei am Girardetzentrum, die Müller-Breslau überquerend und dann die Von-Einem-Straße immer geradeaus. Es war fast neun, als ich am Moltkeplatz ankam. In der Schnellpizzeria Capello Rosso an der Ecke gönnte ich mir die leckere Pizza mit Zucchini und Auberginen, eine Kombination, die ausgesprochen genial ist. Immer wieder musste ich auf meine Hände schauen. Sauber gefeilte Nägel, zwar kurz gehalten, aber dennoch mit gleichmäßig hellen Monden über den Fingerkuppen. Sah entschieden besser aus, das musste ich zugeben. Sehr ungewohnt. Und sehr teuer. Flüchtig überlegte ich, ob die neue Pracht wohl der Arbeit mit den Steinen standhalten würden. Wir würden sehen.

Da ich schon mal unterwegs war, machte ich noch einen Abstecher ins Sancho Panza nebenan. Ich würzte meinen Tomatensaft mit Tabasco, Salz, frischem Pfeffer und einem Spritzer Zitrone und trank ihn langsam in kleinen Schlucken. Das schmeckte so gut, dass ich ein weiteres Glas bestellte. Es war halb elf, als ich endlich zu Hause ankam. Ich stieg in den Montagskrimi im ZDF ein und verfluchte das Wasser, das ich schon wieder trank.

Dienstag, 24. Dezember

Frau Hellebrosch und Herr Schütte hätten über Weihnachten frei, teilte mir der Pförtner im Polizeipräsidium mit.

»Danke«, sagte ich enttäuscht und legte auf. Gern hätte ich mit meiner Entdeckung geprahlt. Dann drang das Stichwort ›Weihnachten‹ in mein Bewusstsein. Zwei Feiertage, und ich hatte noch nicht eingekauft. Schnell lief ich hinüber zum Supermarkt.

Es war unglaublich voll. Die Leute kauften, als würden sie mindestens zwei Wochen in Quarantäne gehen. Einkaufswagen, in denen sich die Lebensmittel bis zum Gitterrand türmten. Schreiende Kinder, genervte Mütter, noch genervtere Verkäuferrinnen. Und ich mitten drin. Obergenervt! Ich brauchte eine halbe Stunde, um mich an der Wursttheke mit Serranoschinken zu versorgen, und stand eine weitere viertel Stunde an der Käsetheke an. Bei den Milchwaren war eine Tüte Milch geplatzt, und Obst und Gemüse waren schon reichlich dezimiert. Als ich den Laden endlich verließ, hatte ich Kopfschmerzen. Ein frühlingshaft fönartiger Wind wehte über die Straße. Es war plötzlich merkwürdig warm geworden.

Ich fuhr nach Bredeney zur Paschke-Villa. Was ich dort eigentlich wollte, war mir selbst nicht ganz klar. Vielleicht lag es daran, dass ich weder Bea noch Schütte hatte erreichen können. Und die Sache mit den Nägeln ging mir einfach nicht aus dem Kopf. Also fuhr ich hin.

Eine Weile saß ich im Auto und betrachtete meine sauber manikürten Hände. Dann griff ich zum Fernglas. Den Fehler würde ich nicht noch einmal machen, wieder vor die Videokamera zu treten.

Ich richtete das Glas auf die kiesbestreute Einfahrt. Dort stand ein Auto links neben der Garage. Ein blauer Kleinwagen. Frau Paschke hatte Besuch.

Langsam suchte ich die erleuchteten Fenster der Villa ab. Kein Mensch war zu sehen. Also verließ ich den Wagen und folgte der Grundstücksgrenze bis zu dem Pfad, auf dem ich neulich angesprungen worden war. Unangenehme Erinnerung. Etwas flau im Magen folgte ich dem gewundenen Pfad im düsteren Licht des späten Nachmittags, immer wieder nervös nach oben blickend. Aber keine schwarz gekleidete Gestalt hockte auf irgendeiner Mauer.

Als ich mich auf der Höhe der Villa wähnte, betrachtete ich die Bäume neben mir am Waldrand. Einer hatte tief am Stamm angesetzte Äste. Vorsichtig kletterte ich hinauf, bis ich über die Mauer sehen konnte. Es war Paschkes Villa. Ich richtete mein Fernglas auf die erleuchteten Fenster. Hinter einem machte ich eine Bewegung aus und stellte scharf.

Auf einem Sofa, die Beine malerisch angewinkelt, saß die dunkelhaarige Frau, die ich bereits bei der Beerdigung gesehen hatte. Jetzt war sie unverschleiert. Ihre Kleidung war dunkel, ein knielanger Rock und ein eng anliegendes Top, in dem es silbern glitzerte. Das Haar, ebenfalls dunkel, fiel ihr weich auf die nackten Schultern herab. Ein loderndes Feuer im Kamin ließ Schatten über ihre helle Haut züngeln.

»Schneewittchen«, murmelte ich. »Schwarz wie Ebenholz, rot wie Blut, weiß wie Schnee. Spieglein, Spieglein an der Wand…«

Diese Frau war zweifellos sehr schön.

Eine zweite Gestalt löste sich aus dem Schattenbereich neben dem Kamin. Sie war so hell wie die andere dunkel war. Weißblondes Haar, zu einem perfekten Pagenkopf geschnitten. Eine elfenbeinfarbene Hose, ein mit perlmuttfarbenen Pailletten besticktes Shirt.

Leise pfiff ich durch die Zähne, als sie mir das Gesicht zuwandte. Züge, so makellos glatt und rein wie Milch und Honig. Es war Frau Schmiedenberg. Alles an ihr funkelte und reflektierte das Licht der tanzenden Flammen, während sie den Raum durchquerte und Schneewittchen ein Glas mit rubinrot schimmerndem Wein reichte. Sie war nicht minder schön.

Die Szene hatte etwas Märchenhaftes, Surreales. Schneeweißchen, dachte ich. Nicht Schneeweißchen und Rosenrot. Schneeweißchen und Schneewittchen. Alles falsch, die Märchen vertauscht.

Schneewittchen trank einen großen Schluck aus dem Glas. Schneeweißchen beugte sich hinab. Sanft nahm sie Schneewittchen das Glas aus der Hand. Die Schwarze lehnte den Kopf zurück an die Sofakissen und schloss die Augen, während die Weiße ihr ein paar Tropfen Rotwein vom Kehlkopf über das Brustbein zwischen die Brustansätze rinnen ließ. Ebenso vorsichtig stellte sie das Glas auf dem Couchtisch ab, kniete nieder und malte zarte Schnörkel über die Haut. Weinschnörkel. Ihre Hände schoben sich unter den Rock und entblößten die breiten Spitzenborten halterloser Strümpfe.

Das ist privat, dachte ich. Das geht dich nichts an. Aber

ich sah nicht weg. Wie paralysiert beobachtete ich, wie Schneeweißchen mit den Lippen die Träger des Tops über die Schultern schob und eine runde Brust freilegte. Sie spielte mit der Brustwarze, während ihre Hände immer noch unter dem Rock verschwunden waren. Schließlich versteifte sich die Dunkle, spannte sich an und atmete eine Weile schwer, mit geschlossenen Augen, den Kopf immer noch an den Rücken des Sofas gelehnt. Dann erhob sie sich anmutig. Sie nahm die Perlmuttfarbene bei der Hand und zog sie auf den flauschigen Teppich vor dem Kamin hinunter.

Es war endgültig dunkel geworden, als ich leise von meinem Baum hinunter stieg. Ich schämte mich. Nicht wegen dem, was ich da gesehen hatte. Ich schämte mich, weil ich nicht aufgehört hatte zuzugucken.

Nachdem ich längere Zeit den Weihnachtsbaum angestarrt hatte, der durch die Anordnung der eingeschalteten Lichter in den Turm des RWE gestanzt worden war, nachdem ich verarbeitet hatte, dass ich wie ein Spanner von einem Baum aus einer Szenerie beigewohnt hatte, die zwar hochinteressant war, mich im Detail nun aber wirklich nichts anging, nachdem ich all dies in meinem Kopf sortiert und zurecht gerückt hatte, ging ich zu fortgeschrittener Stunde noch einmal hinaus.

Schon lange gehe ich Heiligabend ins Süd. Früher, als meine Mutter noch lebte, kam ich, wenn die alte Dame müde geworden war, dort hin. Heute hatte ich niemanden mehr, den ich besuchen mochte. Ich hätte zu meinem Bruder nach München fahren können, aber mir lag nichts daran. Nicht zu Weihnachten und erst recht nicht mit diesen stoffelnden Teenagern, in die sich die drei Kinder meines Bruders verwandelt hatten.

Und überhaupt: Die Vorweihnachtsstimmung ödete mich an, die Hektik, der Kaufrausch, der Rummel. Das bigotte Einmal-im-Jahr-in-die-Kirche-Rennen ödete mich an. Und die Statistiken, die besagten, dass sich an kaum einem anderen Abend im Jahr so viel Gewalt in den Familien entlud wie am Heiligen Abend. Natürlich nach der Kirche, dem Baum und dem Festessen, dem ganzen gottverdammten Heiliggetue, den Spenden und dem ‚Frieden auf Erden'. Halleluja. Das kotzte mich wirklich an.

Dennoch, und das ist das Paradoxe daran, ist es mir bislang nicht gelungen, diesen Abend einfach nur als einen von vielen anderen zu betrachten. Allein zu Hause sitzen mochte ich nicht. Ein paar Mal hatte ich mit Freunden zusammen gekocht. Aber irgendwie war auch das dann zu einer alternativen Weihnachtsfeier ausgeartet. Nicht mit Krach, aber doch mit Geschenken und vorangehendem Stress und Hektik wegen des Festessens. Also ließ ich es. Das Süd war mir an diesem speziellen Abend noch die Beste der Alternativen.

Der Bahnhof war komplett mit Kerzen ausgeleuchtet und ohne die Deckenbeleuchtung dunkler als sonst Ein seltsames Gemisch aus Leuten fand sich Heiligabend dort ein. Zwischen denen, die aussahen wie immer, schoben sich Gestalten, die man wegen der Festtagskleidung kaum zuordnen konnte, obwohl man sie schon etliche Male dort gesehen hatte. Denn ein Teil des Publikums verändert sich nicht im Süd. Es wächst mit, altert gewissermaßen. Natürlich macht sich auch Jungvolk dort breit, aber etliche Leute dort kenne ich seit zwanzig Jahren, und sei es nur vom Sehen.

Ich gesellte mich zu ein paar Freunden an das Ende der Theke und beeilte mich, einen Milchkaffee zu bestellen, bevor mir das obligatorische Glas Pinot Grigio hingestellt werden konnte. Eine Weile plauderte ich mit Annelie, Holger, Conny und Bertold, der sich in seinem dunklen Anzug seltsam bieder ausmachte. Die meisten waren bei ihren Eltern gewesen.

Dann zog Günni ins Süd ein, wie üblich in Frack und Zylinder. Dieses Mal hatte er ein Fernsehteam des WDR im Schlepptau. ›Heiligabend in der Kneipe‹ lautete das Thema. Und Günni, unsere lokale Berühmtheit mit dem Akkordeon. Seit zwanzig Jahren zog er hier durch die Szene, und heulte mit seiner mit der Patina durchsoffener Nächte und tausender von Zigaretten belegten Stimme immer die gleichen schaurigen Lieder. Natürlich gehörte er dazu. Zu Essen. Zum Viertel. Dennoch war es mir lieber, wenn er nicht sang. Das jedoch sagte ich nicht. Ich drehte dem Fernsehteam den Rücken zu, fühlte mich in meiner Heiligabendstimmung gestört und ärgerte mich darüber, dass es überhaupt eine Heiligabendstimmung gab, die mir vermiest werden konnte.

Mittwoch, 25. Dezember

Bea hatte immer noch frei, ebenso Schütte. Ich überlegte, ob meine beiden Entdeckungen wichtig genug waren, Bea privat zu stören. Ja doch, dachte ich. Aber sie hatte so gestresst ausgesehen in der vergangenen Woche. Gestresst und – ablehnend. Letzteres hatte ich ihr noch nicht verziehen. Deshalb rief ich nicht an.

Das regnerische Schmuddelwetter der letzten Wochen war einem kalten, sonnigen Tag gewichen. Zu Fuß lief ich durch das Walpurgistal hinüber ins Atelier nach Rellinghausen. Normalerweise hatten wir feste Zeiten, wann wir uns mit unseren Materialien ausbreiten und arbeiten konnten, aber an den Feiertagen waren vermutlich nur wenige dort. Meine Rechnung ging auf.

Bedauernd betrachtete ich meine immer noch ungewohnt gepflegt aussehenden Hände, als ich den Meißel in die Hand nahm. Fünfundsiebzig Euro für gerade mal anderthalb Tage!

Eitel geworden, Toni, höhnte ich. Dann schlug ich zu. Während ich den Speckstein bearbeitete, überlegte ich, wie ich weiter vorgehen sollte. Der Stein nahm die Form eines in sich verschlungenen Paares an. Roh, nackt, wild und sexy. Mit Sandpapier schmirgelte ich die Oberfläche, bis sie ganz glatt war. Etwas zum Fühlen. Ob es auf Max oder auf meine Spannerei vom Vortag zurückzuführen war, mochte ich nicht entscheiden.

Auf dem Fußmarsch zurück durchs Walpurgistal festigte sich die Idee, die ich beim Bearbeiten des Steines gehabt hatte. Zu Hause angekommen aß ich deshalb nur schnell eine Kleinigkeit und stürzte einen halben Liter Wasser in mich hinein. Dann nahm ich mir die Adressen der Etablissements vor, die ich von Schütte bekommen hatte, und studierte den Ruhrgebietsplan. Hustend erwachte der Ford zum Leben, als ich ihn startete. Er schätzte es gar nicht, so lange stehen gelassen zu werden.

Das Haus befand sich in einer der ruhigen Wohnstraßen in Steele, dort, wo die Bebauung großzügig und die Häuser maximal in zwei Hälften aneinander gepackt waren. Eine gepflegte Altbauvilla, die ich gewiss nicht ablehnen würde, wollte sie mir jemand schenken, verströmte das Flair eines englischen Clubhauses. Einzig ein diskretes Schild an der Eingangstür verwies darauf, dass hier Exclusiva beheimatet war. Ein dezenter Gong ertönte, als ich auf den Klingelknopf drückte. Im Haus rührte sich nichts.

Eine Weile stand ich ratlos herum. Dann ging ich den Fahrweg neben dem Haus entlang. In einem relativ großen Garten war an der Seite ein Streifen zum Parken abgeteilt. Der Garten wirkte in der Sonne ebenso gepflegt wie das Haus. Eine Terrasse zog sich über die gesamte hintere Front. Langsam stieg ich die Treppe hinauf. Ein großes Sprossenfenster reichte fast bis zum Boden hinunter und gab den Blick frei auf eine Art Salon mit schweren Clubsesseln und Sofas. Die Bar befand sich an der Stirnseite des Raumes. Kein Mensch war zu sehen.

Am hinteren Ende der Terrasse stand eine Tür offen. Also musste doch jemand da sein. Ich zögerte, klopfte an und ging hinein. Der breite Flur durchschnitt die gesamte Front des Hauses. Eine Flügeltür öffnete sich zum Salon hin, zwei weitere Türen zeigten mit den typischen Emblemen, wo die Jungs und die Mädels pinkeln gehen sollten. Ein weiterer Raum erwies sich als Küche. Ein Aufzug schien nach oben zu führen.

»Ei was mache Sie dann hier, Kindsche?«

Heftig zuckte ich zusammen. Ich hatte niemanden gehört. Mein Herz schlug mir bis zum Hals. Langsam drehte ich mich um. Dann blinzelte ich überrascht. Die Erscheinung, die mich hier in breitestem Hessisch angesprochen hatte, erwies sich als dicke türkische Mammi mit Kopftuch und einem Staublappen in der Hand. In einem Puff, in den ich nach anfänglichem Klopfen an der Tür einfach hinein spaziert war. Dämlicher hätte es nicht sein können.

»Sinn Se neu hier? Isch hab Sie hier noch nie gesehe.«

Ich räusperte mich. »Wie lange arbeiten Sie denn schon hier im Haus?«, fragte ich. Etwas Besseres fiel mir nicht ein.

»Fast zehn Jahr«, antwortete sie stolz. »Dess is hier eine Vertrauensposission, gelle! Abba, wenn Se net von hia sinn, was wolle Se dann überhaubt?«

»Ich suche meine Schwester«, platzte es mir so heraus. »Sie ist vor ein paar Jahren einfach weggegangen. Neulich habe ich gehört, dass sie öfter als Callgirl für Gesellschaften der Koppenreiter&Goll Unternehmensgruppe angefordert worden ist, und darüber bin ich auf dieses Haus hier gestoßen.« Scheiße, dachte ich. Was zum Teufel mache ich hier!

Zweifelnd sah mich die türkische Mammi an. »Isch weiß net. Sie sehe net so aus wie eine von dena Mädels hia. Gar kei Ähnlischkeit. Zudem dass die viel jünger sann als Sie.«

»Sie ist aus der zweiten Ehe meines Vaters«, log ich. »Er

liegt im Sterben. Er möchte uns alle noch mal sehen.«

»Ei, des is ja wecklisch traurisch.« Bedauernd schnalzte die Türkin mit der Zunge. »Abba die Mädscher sinn doch gar net hier um dera Zeit. Ab Heilisch Abnd, da is Familie angesacht. Da hat keina Zeit, hier do her zu kumme. Un wenn Se sisch net mal sischer sinn, dass das Mädel hier abbeide tut, dann kann isch escht nix mache. Abber, um des amal anzuspreche. Warum gugge Se net ins Indanet?«

»Ins Internet?«, wiederholte ich dämlich.

»Ei da fonne an die Anmeldung is doch die Computer-Adress von die Einrischtung hia. Da sinn die Moddells doch all uffgeführt, die wo es hier im Angebot gäbbe dut. Dann könne se sisch sischa sein mit Ihra Schwester, ob die hier abbeide dut.«

Der Escortservice Exclusiva hatte tatsächlich eine eigene Homepage. Langsam baute sich die Seite vor mir auf. Auf edel getrimmte Schriftzüge zogen über den Bildschirm. *Wenn Sie unsere Begleiterinnen sehen wollen, klicken Sie bitte hier.* Ich klickte. Interessiert betrachtete ich die ersten Bilder. Dezente Porträtfotos à la Hamilton blickten mich an. *Die schwarze Sarah. Die rote Zora. Die zarte Iris. Die sexy Sady. Die Lady in Black. Die verspielte Lisa.* Ein kleines Logo signalisierte, dass es noch einen weiteren Link zu jedem Foto gab. Ich verzweigte. Die verspielte Lisa zeigte ihre Verspieltheit durch einen kurzen, ausgestellten Rock, Kniestrümpfe und einen großen Stoffbären, den sie im Arm trug. Ihr langes Haar war seitlich am Oberkopf zu zwei Zöpfen zusammengefasst, ihre Magerkeit unterstützte das kindliche Bild. Vom Gesicht her musste sie mindestens an die zwanzig sein. Sie suchte ihren Daddy, der seinem kleinen Mädchen mal richtig was zeigt. Au weia! Ich klickte mich zurück und blätterte die nächste Porträtreihe auf. *Die rassige Carmen.* (Gähn…). *Die süße Cindy. Die dralle Maike. Die freche Coco…* So blätterte ich mich durch eine Reihe von in Weichzeichner gehüllte glatte Gesichter, bis ich die letzte Seite erreichte.

Moment mal. Ich stutzte. Das vorletzte Bild kam mir bekannt vor. *Die kluge Helena.*

Die kluge Helena? Schnell klickte ich das Foto zur Vergrößerung an. Kein Zweifel möglich. Die Frisur war anders, aber ansonsten… Leise pfiff ich durch die Zähne. Ich war verdammt noch mal ziemlich fündig geworden. Was ich davon allerdings halten sollte, war mir kein bisschen klar.

Nachdenklich starrte ich auf mein Organigramm an der Wand. Ich malte ein neues Kästchen, schrieb den Namen Escortservice Exclusiva hinein und zog eine Verbindungslinie zwischen dem Kästchen, das die Karteien darstelle, und dem Escortservice. Mit einer weiteren Linie verband ich es auch mit Helena Schmiedenberg. Eine Weile dachte ich nach. Dann setzte ich eine gestrichelte Linie zwischen Helena Schmiedenberg und die Karteien und machte ein dickes Fragezeichen daneben.

Zu guter Letzt ersetzte ich die gestrichelte Linie, die Frau Paschke mit Helena Schmiedenberg verband, durch eine durchgezogene Verbindung und das Fragezeichen mit dem Begriff Liebespaar.

Der lange Spaziergang, den ich trotz des feuchten Schneeregens einschob, half mir wenigstens, den Kopf frei zu bekommen. Ich ging die Moltkestraße entlang, bis ich auf das

Siepental stieß. Dem Tal folgte ich bis zur alten Zechenbahntrasse, die vor einigen Jahren als Fahrrad- und Spazierweg ausgebaut worden war und sich in ostwestlicher Richtung durch den Essener Süden zog, und wanderte die Trasse zurück bis zur Witteringstraße, von der aus ich schnell wieder ins Südviertel eintauchte. Mittlerweile war es dunkel geworden, und die Lichterketten in den Fenstern ließen das Bild von knusprigen Gänsen, schwerem Rotwein und Kaminfeuer vor meinem inneren Auge entstehen.

Damit würde es zwar nichts werden, aber ich beschloss, mir einen Gemüse-Nudelauflauf mit viel Käse zu gönnen, einen Fruchtsaftpunsch mit Hagebuttentee, Holundersaft, Orangenschale, Zimtstange und Nelken zuzubereiten und es mir mit dem dritten Band von Harry Potter gemütlich zu machen. Harry Potter, jawohl. Der Sohn einer Freundin hatte mich auf dieses Pferd gesetzt. Ich hatte nicht Nein sagen mögen, als mir der elfjährige Schlunz, der mir sehr ans Herz gewachsen ist, seinen größten Schatz anvertrauen wollte. Und siehe da: Nach dem ersten Band war ich tatsächlich gespannt darauf, wie es weitergeht. Ich lieh mir den zweiten Band und verschlang ihn an einem Wochenende. Das ist Kinderkram, sagte ich mir und besorgte mir dann doch den dritten Band. Und der, befand ich, war nun gerade das Rechte für einen langen Winterabend.

Zufrieden setzte ich meinen Plan in die Tat um.

Donnerstag, 26. Dezember

Bertolds Bude zwang mich mal wieder zum frühen Aufstehen, das ich mir mittlerweile eigentlich ganz gut abgewöhnt hatte. Im Süd hatte ich ihn gefragt, ob er den Kiosk über die Feiertage überhaupt normal öffnen wollte. Leider wollte er. Es wurde höchste Zeit, dass ich hier einen Ersatz für mich fand. Aber die Anfragen in der Tauschbörse hatten sich über die Festtage gen Null reduziert. Kein Ersatz weit und breit. Also musste ich runter.

Lächelnd dachte ich daran, wie ich am vergangenen Donnerstag frühmorgens durch den strömenden Regen zur Bude gerannt war. Und damit war ich bei Max. Gern hätte ich mit ihm über die Entwicklung der letzten Tage gesprochen. Ich vermisste seine flapsigen, trockenen Kommentare. Dabei wollte ich ihn doch nicht vermissen. Ich musste vorsichtiger sein.

Freitag, 27. Dezember

Ein Brief von den grünen Freunden und Helfern. Das bedeutet nie was Gutes. Mal wieder im Halteverbot gestanden? Aber ich hatte schon lange nicht mehr den üblichen Wisch an der Scheibe gehabt. Regierungsbezirk Arnsberg? Neugierig riss ich den Umschlag auf.

Unscharf hinter der Windschutzscheibe und dennoch deutlich erkennbar blickte mir mein Konterfei aus dem Foto entgegen. Scheiße, ich war geblitzt worden. Knapp 30 km/h mehr als erlaubt.

Dortmund, Westfalendamm? Wann sollte das denn gewesen sein? Da war ich doch seit Wochen im Dunkeln nicht mehr hergefahren. Ich warf einen Blick auf Datum und Uhrzeit. 04.12., 02:04. 65 Euro! Resigniert seufzte ich. Wer rechnete denn schon mitten in der Nacht mit einer mobilen Radarfalle?

Mitten in der Nacht… genau! Leise pfiff ich durch die Zähne. Keiner rechnete mitten in der Nacht mit einer mobilen Radarfalle!

Bea war immer noch nicht im Büro, und auf ihrem Handy ging nur die Mailbox an.

»Wo zum Teufel steckst du!«, blaffte ich los, als der Piep ertönte. »Ich habe tausend Sachen herausgefunden, durch die ihr vielleicht endlich mal aus dem Quark kommen könntet, und du schaltest einfach dein Handy ab. Ruf halt an, wenn du mal wieder Zeit für ein paar neue Ideen hast.«

Dann eben nicht, dachte ich verärgert und ging hinüber in mein Büro.

Über das Örtliche suchte ich nach der Adresse. Keine Schmiedenberg in Dortmund vorhanden. Das überraschte mich. So ungewöhnlich fand ich den Namen gar nicht. Im Postleitzahlengebiet 4 fand ich immerhin sieben Einträge. Die Männer schieden schon mal aus. Blieben zwei. Eine Corinna in Herne und eine H. in Hattingen. H für Helena? Also Hattingen. Herne passte ohnehin nicht zu ihr.

Das Haus stand mitten in der Hattinger Altstadt. Ein Hexenhäuschen, ganz windschiefes Fachwerk. Ich war etwas irritiert. Es schien mir nicht zur schillernden Eisbergfassade zu passen. Dennoch. Der Name stimmte. Ich drückte auf die Klingel.

Sie trug schlichte Röhrenjeans und ein helles T-Shirt. Eine der Frauen, die in jedem Outfit toll aussahen, wie ich etwas neidisch registrieren musste.

»Sie haben ja vielleicht Nerven, hier einfach so aufzukreuzen.« Feindlich verschränkte die Schmiedenberg ihre Arme vor der Brust. »Was wollen Sie!«

»Sollen wir das nicht lieber drinnen erörtern? Hattingen ist bis weit nach Essen hinein bekannt für seine Spießbürger.«

Sie verstand den Wink.

Ich betrat einen Flur, in dem man kaum aneinander vorbei kam. Die hintere Tür führte in ein Wohnzimmer, das erstaunlich groß für dieses kleine Haus wirkte. Vermutlich war eine Wand zwischen zwei Räumen entfernt worden.

Die Schmiedenberg ließ mir jedoch keine Zeit für weitere Betrachtungen. »Also. Was wollen Sie?« Mit immer noch verschränkten Armen blieb sie vor mir stehen.

Ich beschloss, sofort in die Offensive zu gehen. »Sie haben mir die Bullen auf den Hals gehetzt.«

Sie zuckte mit keiner Wimper. »Wie meinen Sie das?«, fragte sie.

»Sie haben versucht, Frau Paschke mit einer Falschaussage zu schützen. So viel habe ich begriffen. Ich wüsste nur gerne, warum ich als Sündenbock herhalten sollte. Schließlich fand die Auseinandersetzung zwischen Frau Paschke und ihrem Mann ja bereits zehn Tage vor dem Mord statt.«

»Wie kommen Sie denn darauf?«, fragte sie kalt. »Ich habe der Polizei bereits gesagt, dass ich keinen Grund sehe, von meiner Aussage abzuweichen. Sie haben Herrn Paschke auf der Betriebsversammlung angegriffen, genau so, wie Sie mich aus heiterem Himmel angegriffen haben.«

Langsam wurde ich ungeduldig. »Jetzt hören Sie mit den Spielchen auf, verdammt noch mal! Sie wissen so gut wie ich, dass das nicht stimmt. Warum ist Frau Paschke mit ihrem Mann so heftig aneinander geraten, dass ihr zwei Nägel abgebrochen sind und er eine Prellung und tiefe Kratzspuren davon behalten hat?«

»Wenn Sie so überzeugt davon sind, warum fragen Sie sie dann nicht selbst?« Frau Schmiedenberg zupfte ein welkes Blatt von dem üppigen Christstern, der auf der Fensterbank stand.

»Weil ich jetzt Sie frage«, sagte ich aufgebracht. Ihre Gelassenheit ging mir auf die Nerven. Ich wollte diese glatte Fassade ankratzen, die sie mir bot. Ich wollte sehen, wie ihre Selbstsicherheit in sich zusammenbrach, wie sie zusammenzuckte, wie sie sich wand. »Ich habe mit der Frau gesprochen, die ihr die Maniküre macht. Und ich weiß, dass Sie ein Verhältnis mit Frau Paschke haben. Ich habe Sie zusammen gesehen, und das war mehr als eindeutig!«, schleuderte ich ihr entgegen.

Sie zuckte nicht. Sie sah mich nur an, als ließe sie die Worte auf sich wirken, nachdenklich, vielleicht auch etwas erstaunt. »Ist das verboten?«, fragte sie schließlich und lächelte ironisch.

Resigniert hob ich die Schultern. »Nein. Natürlich nicht. Es ist mir auch egal. Ich frage mich nur, wie Herr Paschke damit zurecht gekommen ist, wo Sie doch auch ein Verhältnis mit ihm hatten.«

»Ein Verhältnis mit Herrn Paschke? Ach so…« Sie wirkte amüsiert. »Herr Paschke war kein eifersüchtiger Mann, das können Sie mir glauben. Außerdem hat sich die« – sie schien nach dem passenden Wort zu suchen – »Beziehung mit Frau Paschke erst jetzt ergeben. Die Frau braucht Wärme und Trost. Der Tod ihres Mannes hat sie schwer getroffen.«

»Und Sex braucht sie auch«, fügte ich trocken hinzu. Irgendwie war es schwer zu glauben, dass ausgerechnet diese so kühle Frau so etwas wie Wärme geben konnte.

»Sex kann in einer solchen Situation durchaus ein Trost sein, insbesondere«, sie lächelte schon wieder ihr schönes Lächeln, »weil ich doch eine Frau bin. Vielleicht kann sie sich darauf ohne Schuldgefühle einlassen, gerade jetzt, wo sie – trauert.«

Nachdenklich trat ich ans Fenster und starrte in das beginnende Dämmerlicht hinein. Möglich war das. Und irgendwie sogar plausibel. Ich war verunsichert. Frau

Schmiedenberg wirkte so unangreifbar. Sie stritt nichts ab, sie gab es einfach freundlich zu, indem sie mir offensiv ein paar hinterfragende Kommentare präsentierte. Ich wusste definitiv nicht, wie ich weiter machen sollte, ohne mich lächerlich zu machen.

Ein Geräusch, so, als würde jemand leise eine Tür schließen, riss mich aus meinen Gedanken. Ich meinte, eine Bewegung im Garten wahrzunehmen, aber ich war mir nicht sicher.

Frau Schmiedenberg hatte sich nun doch gesetzt, die Hände um ein hochgezogenes Knie geschlungen, und beobachtete mich. »Ist das alles?«, unterbrach sie die Stille. Sie wirkte immer noch amüsiert.

»Nein«, sagte ich. Obwohl sie mir nach wie vor keinen Platz angeboten hatte, ließ ich mich auf dem kleinen Sessel mit dem smaragdgrünen Bezug nieder. Erst jetzt bemerkte ich, dass die Armlehnen verschlissen und abgegriffen waren. »Vielleicht können Sie mir sagen, in welcher Beziehung Herr Paschke zu Herrn Echsenstein stand.«

»Der Betriebsratsvorsitzende?«

»Ja. Genau der. Ich habe den Eindruck, dass sie sich näher kannten. Mir ist aufgefallen, dass sie sich geduzt haben.«

»Das stimmt. Weshalb genau, kann ich nicht sagen. Ich glaube, sie waren beide in der SPD aktiv.«

»War Herr Paschke denn noch aktiv? Ich meine, er hatte doch als Geschäftsführer bestimmt sehr viel zu tun?«

»Ich denke, er hat sich weitestgehend aus der Parteipolitik zurückgezogen. Termine dieser Art habe ich jedenfalls nicht für ihn verwaltet.«

»Dennoch kannte er den Echsenstein ziemlich genau«, bohrte ich nach. »Das heißt, er kannte ihn immerhin so genau, dass er ihn manipulieren konnte.«

»Manipulieren?« Frau Schmiedenberg runzelte die Stirn. »Was meinen Sie damit?«

»Es ging um die geplanten Entlassungen. Die Exapta hat doch vorgehabt, hundertzwanzig Leute freizusetzen.«

»Ja. Eine Auflage der Unternehmensgruppe. Hundertzwanzig Mitarbeiter sollten gehen, so schnell wie möglich und wie auch immer. Herr Paschke hat mit dem Leiter des Personalbüros der Exapta darüber verhandelt. Als der sagte, dass er keine große Erfahrung darin hätte, Leute freizusetzen, wurde ein externer Berater hinzu gezogen. Worauf wollen Sie hinaus?«

Jetzt, da es nicht um sie selbst oder ihre Beziehung zu den Paschkes ging, wirkte sie geradezu aufgeschlossen.

»Die Zustimmungspflicht des Betriebsrates ist zwar nur eine Formsache, aber dennoch kann er sich in solchen Situationen kooperativ verhalten oder ziemlich große Steine in den Weg legen.«

»Sie müssen mir keine Lehrstunde in Sachen Betriebsverfassungsgesetz verpassen«, sagte sie ironisch.

»Zufällig habe ich mitbekommen, dass Herr Paschke Herrn Echsenstein gedroht hat. Womit, Frau Schmiedenberg?«

»Ach, das meinen Sie!«, lachte sie los.

Ich hatte noch nie gesehen, wie sie lachte. Überrascht sah ich, wie sich ihr Gesicht in ein kleines fröhliches Faunsgesicht wandelte und das Lachen einen Kranz von Falten um Augen und Mund zauberte. Sie musste um einiges älter sein, als ich bisher vermutet hatte. Fehlurteil, dachte ich. Diese Frau kann sehr wohl Wärme geben, wenn sie nur will. Plötzlich fand ich sie sehr viel sympathischer.

»Eigentlich ist es gar nicht komisch«, sagte sie. »Aber ein

Betriebsratsvorsitzender sollte sich nun mal nicht von seiner Geschäftsführung erwischen lassen, wenn er sich während der Arbeitszeit auf den einschlägigen Seiten im Internet herumtreibt. Und er sollte auch nie die Möglichkeiten der Kontrolle solcher Aktivitäten unterschätzen. Fakt ist, dass Herr Echsenstein hier nicht nur einmal erwischt wurde, sondern auch danach sehr aktiv war.«

»Pornos?«

Frau Schmiedenberg nickte.

Leise pfiff ich durch die Zähne. »Das erklärt einiges. Damit ist ein Betriebsratsvorsitzender ziemlich erpressbar. Wer wusste davon?«

»Ich weiß, dass Herr Paschke mit Herrn Eibus, dem Chef des Personalbüros, darüber gesprochen hat.«

»Dann sollte Herr Eibus vielleicht aufpassen, dass er nicht auch auf dem Mittelstreifen landet«, sagte ich trocken.

»Nicht doch.« Frau Schmiedenberg lachte wieder. In ihren Augen funkelte es vergnügt. »Aber jetzt müssen Sie wirklich gehen«, sagte sie bestimmt und erhob sich.

Ich folgte ihr durch den engen Flur zur Tür.

Erst, als ich Hattingen hinter mir gelassen hatte, fiel mir auf, dass ich den Escortservice Exclusiva überhaupt nicht erwähnt hatte.

Freitag, früher Abend, und das Viertel war voll. Kein Parkplatz in Sicht. Nachdem ich fünfzehn Minuten herumgekreist war, fuhr ich fluchend zu Kaisers und stellte den Wagen dort ab. Es nieselte stetig. Schnellen Schrittes überquerte ich den großen, unbeleuchteten Parkplatz in Richtung des Hinterausgangs an der Von-Seeckt-Straße.

Ich hatte Max versprochen, mich zu melden. Und ich war spät dran.

Irgendein Idiot brachte seinen Wagen hinter mir in einer Art Kavaliersstart mit quietschenden Reifen auf Touren.

Prolos! Kopfschüttelnd eilte ich weiter und zog schützend die Schultern gegen die kaltfeuchte Witterung hoch. Das Motorengeräusch hinter mir schwoll innerhalb von wenigen Sekunden zu einer bedrohlichen Lautstärke an.

Instinktiv riss ich den Kopf herum. Aus den Augenwinkeln heraus sah ich, wie ein rotes Auto auf mich zu schoss. Ich warf mich beiseite. Der Kotflügel erwischte mich im Fall und schleuderte mich im hohen Bogen durch die Luft. Für einen kurzen Moment setzte mein Herzschlag aus, um dann schmerzhaft wieder einzusetzen. Scheiße, dachte ich. Verdammte Scheiße! Ich hörte, wie der Wagen mit quietschenden Reifen zum Stehen kam. Ein Gang wurde krachend reingehauen, dann heulte der Motor im Rückwärtsgang auf mich zu. Der Kerl wollte mich überrollen! Panisch robbte ich in Richtung eines der parkenden Autos.

»Na, wat is denn hier los«, hörte ich eine gutmütige Stimme hinter mir. »Hat der se denn noch alle? He da!«

Ich wendete den Kopf.

Mit ausgebreiteten Armen stellte sich ein älterer Mann dem anrollenden Wagen mitten in den Weg. «He!” , brüllte er wieder, um dann fluchend beiseite zu springen.

Dennoch kam das Auto kurz vor mir schlingernd zum Stehen. Für einen kurzen Moment sah ich das Nummernschild. EN-VM 6633. Dann schoss das Auto in Richtung Rellinghauser Straße davon. Mir wurde schwarz vor Augen.

Helles Licht. Viel zu hell. Etwas hing an meinem Arm. Ich versuchte, meinen Blick zu fokussieren und erkannte eine Flasche, die an einem Gestell neben mir baumelte. Durch einen dünnen Schlauch tropfte gleichmäßig Flüssigkeit. Ich folgte der Linie des Schlauches. Sie führte in leichtem Bogen zu mir direkt in meine Vene. Die Augen fielen mir wieder zu. Gedämpfte Geräusche um mich herum, ein paar Menschen. Kopfschmerzen. Tierische Kopfschmerzen. Und auch sonst tat mir einiges weh.

Jemand fragte mich nach meinem Namen. Ob ich mich erinnern könnte, was passiert wäre.

»Auto«, murmelte ich. »Direkt auf mich zu… Absicht.«

Ich wurde vorsichtig abgetastet. Abgehorcht. Geröntgt. Getestet. Verklebt. Gespritzt. Eine Frau stach in meinem Gesicht herum. Keine Ahnung, wie lange es dauerte.

»Alles nicht so schlimm«, sagte jemand, der das abschließende Wort zu haben schien. »Nur ein paar Prellungen, Platzwunden und eine gebrochene Rippe. Leichte Gehirnerschütterung. Sie haben Glück gehabt. Wir behalten Sie ein paar Tage hier zur Beobachtung.«

Nicht so schlimm? dachte ich. Dann war ich wieder weg.

Ich wurde in einen Aufzug gerollt.

»Wie spät ist es?« Meine Zunge, pelzig und ungefähr zehn mal so dick wie normal, gehörte nicht so recht zu mir. Dennoch schien die Frage verständlich gewesen zu sein.

»Gleich einundzwanzig Uhr«, informierte mich eine Frau in weißem Kittel. Sie lächelte mich an. »Jetzt werden Sie erst mal schön schlafen. Und morgen geht es schon viel besser.«

»Mein Handy!« Es war mehr ein Lallen, was ich da von mir gab. Was für Zeug hatten die mir bloß gespritzt!

»Ich muss dringend telefonieren.«

»Morgen«, sagte die Schwester freundlich. »Sie bekommen ein Telefon, wenn Sie wollen. Mobiltelefone sind hier nicht erlaubt.«

Störrisch sah ich sie an. Ich kam mir schrecklich hilflos vor.

Sie legte meinen Rucksack auf den Nachttisch.

»Jetzt schlafen wir erst mal schön.« Damit ging sie.

Kommt gar nicht in Frage. Ich tastete in meinem Beutel herum, bis ich mein Handy fand, und schaltete es ein. »Hallo Max«, murmelte ich auf seine Mailbox. »Tut mir leid, dass ich dich versetzen muss. Aber ich kann morgen nicht. Etwas indisponiert. Nichts Schlimmes, nur ein paar Tage Klinikum. Ich melde mich, wenn es wieder besser geht.« Erleichtert schaltete ich das Ding wieder aus. Dann sackte ich weg.

Samstag, 28. Dezember

Warum, zum Teufel ließ mich keiner schlafen! Die alte Dame im Nachbarbett führte Dauertelefonate. Menschen in weißen Kitteln wuselten um mich herum. Ein Arzt testete mit einem Hämmerchen meine Reflexe. Ich musste mit den Zehen wackeln, die ausgestreckten Fingerspitzen gegeneinander bewegen, bis sie sich trafen, mir auf die Nasenspitze tippen und zum Schluss auch noch aufstehen.

»Vorsichtig, hübsch langsam«, hörte ich jemanden sagen, dann fühlte ich zupackende Hände, und weg war ich.

Irgendwann saß dann Bea neben mir und verwirrenderweise auch Schütte. Sie fragten mich ein paar Sachen, die ich, so gut es ging, beantwortete. »Ennepetal, VM und irgendwas mit sechs und drei. Rotes Auto. Könnte das von neulich gewesen sein…«

Mittags bekam ich etwas zu essen. Die Frau aus dem Nachbarbett packte ihre Tasche und wurde von ihrem Sohn abgeholt. Endlich Ruhe! Ich schlief wieder ein.

Als ich aufwachte, schien Max' rundes, freundliches Gesicht dicht über mir zu schweben. Aber ich war mir nicht sicher.

Sonntag, 29. Dezember

Ich schlug die Augen auf. Nun saß Schütte auf einem Stuhl neben meinem Bett. »Der schon wieder«, grunzte ich und drehte mich zur Seite. Es tat nicht mehr ganz so weh. »Kann man denn nicht mal hier seine Ruhe haben«, nörgelte ich.

»Eindeutig auf dem Wege der Besserung! Na Toni, verteilst du schon wieder Komplimente?«

»Hallo Bea!« Ich versuchte, zu grinsen. Ein Stich schoss mir durch die genähte Backe.

»Wir dachten, es interessiert dich vielleicht, was wir herausgefunden haben. Aber wir können auch wieder gehen. Eine Frau sollte man nie bei ihrem Schönheitsschlaf stören.«

Wie schaffte Schütte es nur, mit seinen Kommentaren immer so haarscharf daneben zu greifen! Mühsam richtete ich mich auf. »Los schon«, verlangte ich.

Bea und Schütte erzählten abwechselnd. Sie hatten den Halter des Fahrzeugs ermittelt, mit dem ich umgemangelt worden war. Vielmehr die Halterin. Vivianne Malenkow. Bea legte mir Fotos vor, einmal mit, einmal ohne Sonnebrille.

Ich versuchte, durch die Zähne zu pfeifen und nickte bestätigend. Es war die Kupferrote.

Quietschende Reifen. Rote Blitze. Ich warf mich zur Seite. Und flog. Plötzlich hatte ich einen Besen zwischen die Beine geklemmt, einen Nimbus 2000, das Supermodell, auf das die ganze Zauberschule scharf war. Ich war Harry Potter, und ein Klatscher flog hinter mir her. Der Klatscher heulte und quietschte bösartig. Ich wusste, dass es das rote Auto war. Ein Gesicht mit runden Brillengläsern schob sich besorgt in mein Blickfeld. Aus dem Weg, schrie ich. »Ei seie se doch net so unfreunlisch, isch tu Ihna doch nix«, nuschelte das Gesicht und verwandelte sich. Die dicke türkische Mammi mit dem dunklen Flaum auf der Oberlippe verknotete ihr Kopftuch unter dem Kinn, schwang sich auf ihren Besen und schnitt dem Klatscher den Weg ab. Der Klatscher wurde blutrot vor Wut, schoss auf sie zu und schleuderte sie mit einem bösartig matschig klingenden Geräusch von ihrem Besen. Wieder zischte er hinter mir her.

Ich wachte auf, weil ich schrie.

Montag, 30. Dezember

»Hi, Toni!« Bea schob sich durch die Tür.

»Wie geht es dir?«

Vorsichtig rappelte ich mich hoch.

Sie schob mir ein Kissen in den Rücken. Dann winkte sie Schütte heran.

Schwungvoll stellte er ein Notebook auf meinem Nachttisch auf. Er schwenkte den beweglichen Teil des Tisches über mein Bett.

»Teures Equipment bei euch im Polizeipräsidium«, murmelte ich anerkennend.

»Ein IBM mit integriertem DVD-Player und, und, und.« Stolz schwang in Schüttes Stimme mit, als sei es sein persönlicher Verdienst.

»Reinhold ist auf die Idee gekommen«, sagte Bea verlegen. »Er meint, es wäre schon in Ordnung, wenn du dir das ansiehst. Schließlich wären wir ohne dich nicht so schnell an diesen Punkt gekommen. Neben der reinen Audioaufzeichnung testen wir zur Zeit den Einsatz von Camcordern bei Verhören.«

»Wir haben ein JVC GR-DX25E mit USB-Schnittstelle«, erläuterte Schütte begeistert und schob eine DVD in das Laufwerk des Notebooks.

Ächzend schob ich mich noch ein Stückchen höher.

Ein nüchterner, trister Raum, dem auch der zartgelbe Anstrich nichts Freundliches verleihen konnte. An einem Tisch saßen Bea und Schütte, schräg von hinten zu sehen. Ihnen gegenüber, im Dreiviertelprofil aufgenommen, saß eine zierliche Person.

Nachdenklich betrachtete ich die Frau, die mich hatte überfahren wollen. Eine breite Stirn unter kupferroten Locken, mandelförmig geschnittene große Augen über hohen, mongolisch wirkenden Backenknochen, eine feine Nase, üppige Lippen und ein schmales, spitzes Kinn.

Rosenrot, murmelte ich.

»Was?«, fragte Schütte.

Ich winkte ab.

»Sonntag, 29.12., 10 Uhr 20«, ergriff Bea das Wort.

»Frau Malenkow, ich muss Sie darauf aufmerksam machen, dass das Gespräch mit Video aufgezeichnet wird. Sie haben das Recht, einen Anwalt hinzuzuziehen oder die Aussage zu verweigern. Möchten Sie von Ihrem Recht gebrauch machen?«

Vivianne schüttelte den Kopf.

»Die Zeugin verzichtet darauf, einen Anwalt anzurufen«, kommentierte Bea. »Sie sind Russin?«

»Ich habe eine Aufenthaltsgenehmigung.«

»Wie lange sind Sie schon hier?«

»Seit fast fünfzehn Jahren.«

Daher die perfekte Aussprache. Nur eine leichte Härte bei den Konsonanten verriet, dass Deutsch nicht ihre Muttersprache war.

»Sie wohnen in Hattingen, Emscherstrasse 3?«

Auch in Hattingen? Verblüfft sah ich zu Bea hinüber, die auf meiner Bettkante Platz genommen hatte. Das wurde ja richtig spannend.

»Ich wohne dort zur Untermiete.«

»Sind Sie mit Frau Schmiedenberg befreundet?«, mischte Schütte sich ein.

»Frau Schmiedenberg? Nein.« Abwehrend schüttelte die Frau den Kopf. »Ich kenne niemanden namens Schmiedenberg.«

Nicht nur mir fiel auf, dass das Nein etwas zu schnell gekommen war. Ich erkannte es an der klaren Geste unter der Tischkante, mit der Bea Schütte signalisierte, nicht weiter nachzubohren.

»Sie arbeiten als Hostess«, übernahm Bea wieder das Gespräch. Es war keine Frage, sondern eine Feststellung.

Wieder pfiff ich leise durch die Zähne.

Fast unmerklich nickte die Frau. Ihr Gesicht blieb seltsam starr und reglos. »Ja. Ich habe als Hostess gearbeitet.« Sie sah auf ihre Hände, die in cremefarbenen feinen Wildlederhandschuhen steckten.

»Arbeiten Sie nicht mehr in diesem Beruf?« Bea war ebenfalls die Vergangenheitsform aufgefallen.

»Das geht nicht mehr«, sagte Vivianne bitter. »Ich hatte einen Unfall.«

Einen Unfall? Ich räusperte mich unwohl. Plötzlich tat mir wieder alles weh.

Bea ließ es dabei erst einmal bewenden. »Am vergangenen Freitag, das war der 27.12, wurde mit Ihrem Auto eine Frau auf dem Parkplatz eines Supermarktes in Essen Süd angefahren. Der Fahrer beging Fahrerflucht. Waren Sie das?«

Wieder blickte die Kupferrote auf ihre behandschuhten Hände, die sie sorgsam nebeneinander auf die Tischkante gelegt hatte. Dann sah sie hoch. Sie hatte wunderschöne, traurige Augen. »Es war dunkel auf dem Parkplatz. Ich habe die Frau nicht gesehen. Plötzlich tauchte sie vor mir im Scheinwerferlicht auf. Ich konnte nichts mehr tun.«

»Sie wollte mich noch mal überrollen«, zischte ich aufgebracht.

Begütigend legte Bea mir ihre Hand auf den Arm.

Ich konzentrierte mich wieder auf den Monitor.

»Ein Zeuge sagt aus, Sie seien noch einmal zurückgesetzt. Es sah so aus, als wollten Sie die Frau ein zweites Mal überrollen.«

»Das ist nicht wahr.«

»Und warum sind sie dann geflüchtet, anstatt sich um die verletzte Frau zu kümmern?«

Gespannt beugte ich mich vor.

Sie ließ sich Zeit mit der Antwort. »Ich bin nur eine russische Nutte«, sagte sie schließlich hart. »Ich hatte Angst, meine Aufenthaltserlaubnis zu verlieren.« Sie sah hoch. Ihre Augen schimmerten feucht, obwohl ihr Gesicht nach wie vor seltsam starr blieb.

»Was war das für ein Unfall, der Sie Ihren Job gekostet hat?« Schütte gab sich sichtlich Mühe, eine neutrale Formulierung zu finden.

»Ein Verkehrsunfall. Mein Körper ist nicht mehr besonders… ansehnlich. Bei einer Arbeit wie meiner« – sie hob die Mundwinkel zu einem unschönen Lächeln – »ist das Aussehen sehr wichtig.«

»Jedenfalls in Ihrer Kategorie.« Beas Stimme klang sanft. »Sie sind keine einfache Strichnutte. Sie sind eine Edelprostituierte für gehobene Ansprüche. Es muss ein sehr schwerer Unfall gewesen sein, wenn er solche Spuren hinterließ, dass Sie in Ihrem Beruf nicht mehr arbeiten können.«

»Ich möchte nicht darüber sprechen.«

Ihr Tonfall war schroff, und ich entdeckte Wut in ihren Augen.

»Na gut. Sie wissen sicher, dass wir das auch so ziemlich schnell heraus bekommen können, wenn es hier in Deutschland passiert ist. Wie heißt das Etablissement, das Sie damals vermittelt hat?«

»Darüber gebe ich keine Auskunft.«

»Kennen Sie eigentlich Werner Paschke?«, fragte Bea beiläufig.

Für einen kurzen Moment hielt die kupferrote Frau die Luft an. Dann atmete sie langsam aus. »Ich möchte jetzt doch einen Anwalt sprechen.« Plötzlich sah sie sehr müde aus.

»Gut«, sagte Bea. »Sonntag, 29.12., 10 Uhr 56. Die Vernehmung wird ausgesetzt. Frau Malenkow bekommt die Gelegenheit, sich mit einem Anwalt in Verbindung zu setzen.«

Schütte nahm die DVD aus dem Laufwerk.

Mit gerunzelter Stirn blickte ich zwischen Bea und ihm hin und her. »Ihr habt sie gehen lassen?«, fragte ich ungläubig. »Die Frau hat mich absichtlich angefahren und wollte mich noch einmal überrollen, und ihr lasst sie laufen?«

»Reg dich ab!«, sagte Bea. »Wir haben ihr Gelegenheit gegeben, sich mit einem Anwalt in Verbindung zu setzen. Mehr nicht. Und jetzt pass auf. Wir haben noch einiges mehr auf Lager.«

»Na, dann ist ja gut«, sagte ich besänftigt.

Mit einem lauten, sehr mechanisch klingenden Schrappen lief die nächste DVD im Laufwerk an.

Am Tisch saß nun Frau Schmiedenberg.

Auftritt von Schneeweißchen, dachte ich und folgte den obligatorischen, einleitenden Worten der Vernehmung.

»Frau Schmiedenberg«, begann Bea schließlich. »Sie haben sieben Jahre lang im Escortservice Exclusiva gearbeitet. Zur gleichen Zeit war dort eine Russin beschäftigt, Vivianne Malenkow.«

»Ach nee!«, sagte ich dümmlich.

Schütte legte die beiden Fotos von Vivianne vor Frau Schmiedenberg auf den Tisch.

»Ja, ich erinnere mich an sie.« Frau Schmiedenberg wirkte freundlich und kooperativ.

»Sind Sie nicht miteinander befreundet?«, fragte Schütte lauernd.

Die Schmiedenberg zucke mit den Achseln. »Was heißt denn schon befreundet. Natürlich haben wir das eine oder andere Mal miteinander geredet. Aber das verliert sich doch auch wieder. Ich bin schon seit über einem Jahr nicht mehr dort gewesen.«

»Sie meinen, seitdem Sie Paschkes Sekretärin spielen, sind Sie nicht mehr anschaffen gegangen.« Bea verpasste ihr diese Breitseite.

»Passen Sie auf, was Sie sagen«, sagte Frau Schmiedenberg eisig. »Da gibt es nichts zu spielen. Ich bin Sekretärin. Mit entsprechendem Abschluss. Sie sind sicher in der Lage, das nachzuprüfen.«

Klar, das erklärt einiges, dachte ich. Sonst hätte das ja auch gar nicht funktioniert. Die Sekretariate der Chefetagen hatten schließlich immer sehr viel zu tun.

»Das werden wir. Wenn das stimmt, was Sie da sagen, wie kommt es dann dazu, dass Sie im Angebot sind? Ich meine, Paschke hat Sie doch als sein persönliches Sahnehäubchen engagiert, als er Geschäftsführer der Exapta wurde. Warum kann man Sie immer noch beim Hostesservice buchen.«

»Das kann man nicht!« Ihre Überraschung wirkte echt. »Ich bin seit über einem Jahr nicht mehr dort gewesen!«

»Gucken Sie mal ins Internet. Die kluge Helena. Das sind eindeutig Sie. Allerdings mit einer anderen Frisur. Länger und lockig. Sieht sehr sexy aus.« Schütte grinste dieses Grinsen, das ich so unausstehlich an ihm fand. Ohne sein Bärtchen sah es nicht mehr ganz so mies aus.

»Genug jetzt!« Helena Schmiedenberg schlug mit der flachen Hand auf den Tisch.

Ich zuckte zusammen. Wie viel unterdrückte Wut in dieser beherrschten Frau steckte! Doch sie hatte sich augenblicklich wieder unter Kontrolle. Irgendwie bewunderte ich sie.

»Die haben das Bild offensichtlich nicht rausgenommen«, sagte sie in gelassenem Tonfall.

»Aber aufschlussreich war es trotzdem«, mischte Bea sich wieder ein. »Es gibt da diese Links. Verzweigungen, über die eine weitere Bildschirmseite aufgerufen werden kann.«

»Ich weiß, was ein Link ist, danke!«, sagte Frau Schmiedenberg trocken.

»Jede der abgebildeten Frauen hat eine solche Verzweigung. Dort wird – wenn auch etwas verklausuliert – auf die Spezialität der einzelnen Dame verwiesen. Die kluge Helena spielt manchmal gern zu dritt, und auch Frauen mag sie gern…«

Für einen Moment blieb mir der Mund offen stehen. Diesen Link hatte ich nicht aktiviert, als ich auf ihr Bild im Netz gestoßen war. Ich war so froh über den Fund gewesen, dass ich mich sofort ausgeloggt hatte. Gespannt hielt ich den Atem an und wartete auf die Reaktion.

»Ist das verboten?«, fragte Helena Schmiedenberg spöttisch. Dennoch war sie sehr weiß im Gesicht.

»Nein, natürlich nicht«, sagte Bea gelassen. »Jeder nach seiner Fasson. Ich sagte lediglich, dass ich es – aufschlussreich fand.«

»Und was schließen Sie daraus?« Helena Schmiedenberg wirkte jetzt genau so amüsiert wie bei den Fragen, die ich ihr in ihrem Haus gestellt hatte. »Ist das nun unmoralischer, als sich von Daddy den Po versohlen zu lassen? Für jede Lust eine käufliche Spielart, so geht das doch in dieser Gesellschaft.«

»Geschenkt«, winkte Bea ab. »Haben Sie und Vivianne manchmal zusammen gearbeitet – bei einem Kunden?«

»Ja.«

»Und obwohl Sie öfter zusammen gearbeitet und laut Ihrer eigenen Auskunft auch häufig miteinander geredet haben, haben Sie den Kontakt zu ihr verloren? Und das, obwohl Frau Malenkow ebenfalls in Hattingen wohnt, in der Altstadt wie Sie selbst, kaum vierhundert Meter entfernt oder – wenn man hinten den Fußweg durch die Gärten nimmt, keine zwei Minuten?«

Mir fiel das Geräusch ein, das ich im Haus von Helena Schmiedenberg gehört hatte, und ich dachte an den Schatten, den ich im Garten zu sehen gemeint hatte. Tonlos pfiff ich vor mich hin.

»Davon weiß ich nichts«, sagte Frau Schmiedenberg langsam.

»Ich glaube Ihnen nicht, Frau Schmiedenberg«, mischte sich Schütte freundlich ein. »Noch etwas anderes: Wie lange sind Sie eigentlich schon mit Frau Paschke zusammen?

Wie vertrug sich das denn so in diesem seltsamen Dreiecksverhältnis? Sie mit ihm, Sie mit ihr?«

Frau Schmiedenberg sprang so heftig auf, dass der Stuhl, auf dem sie saß, mit lautem Knall auf den Boden schlug. Sie stützte sich mit beiden Händen auf der Tischplatte auf und beugte sich zu Bea und Schütte hinüber. »Wie sich das verhielt, wollen Sie wissen?«, fauchte sie. »Wie sich das verhielt? Frau Paschke war meine Kundin. Und jetzt lassen Sie mich in Ruhe!«

Zischend ließ ich die Luft ab. Der Eisberg zeigte erstmals Risse. Die Frage war nur, warum.

»Wie Sie wollen«, sagte Bea gelassen. »Sonntag, 29.12., 13 Uhr 16. Die Vernehmung der Zeugin Helena Schmiedenberg wird zu einem späteren Zeitpunkt fortgesetzt.«

»Sie war als Zeugin da«, sagte Bea entschuldigend. »Freiwillig, sozusagen.«

»Ja ja, was ihr so freiwillig nennt. Wo doch alles so schrecklich wichtig ist«, grinste ich. Ein Stich schoss mir durch die Backe dort, wo sie genäht worden war. »Hartnäckig wie ein Pittbull, der sich in einem Bein verbissen hat! Und wehe dem, man folgt der Aufforderung nicht … insbesondere der da.« Mit dem Kinn nickte ich in Richtung von Schütte, der gerade die nächste DVD ins Laufwerk schob.

Verblüfft sah er hoch und bedachte mich mit einem verständnislosen Blick. »Ich? Ein Pittbull? Wieso?« Für einen kurzen Moment sah er richtig beleidigt aus.

Bea brach in ein hexenhaftes Kichern aus, das Grübchen auf ihre Wangen malte. »Du hast einen wirklich bleibenden Eindruck bei Toni hinterlassen, Reinhold. Richtig wichtig«, lachte sie.

»Du Zecke!« Schütte packte Bea im Genick und schüttelte sie leicht. Aber er lachte ebenfalls.

Kompliment, dachte ich. Bea hat Recht behalten. So langsam wird der wirklich!

»Kann ich sonst noch etwas Wichtiges tun, bevor wir mit dem nächsten Verhör beginnen? Ein Bier vielleicht, Toni? Wie wär's?«

»Es würde dir sowieso nicht gelingen, es an der gestrengen Oberschwester vorbei zu schmuggeln. Aber vielleicht kannst du uns Kaffee besorgen«, schlug ich vor.

Schütte nickte und verschwand.

»Halt jetzt bloß dein Schandmaul«, feixte Bea. »Sonst musst du wieder lachen, und dann tut dir nur die Backe weh.«

»Ich bin ganz still. Aber wirklich, alle Achtung. Gute Arbeit!«

Bea strahlte.

Ein paar Minuten später waren wir mit Kaffee und einem Plätzchenteller versorgt, der mit einer roten Serviette und Tannengrün geschmückt war.

»Sonntag, 29.12., 15 Uhr 05.« Diesmal war es Schütte, der die Vernehmung begann.

Am Tisch saß nun Frau Paschke. Die dunklen Haare zu einer strengen Frisur hochgesteckt, verströmte sie in ihrem schlichten, aber trotzdem teuer aussehenden dunklen Wollkostüm ein Flair von Unantastbarkeit. Auch sie war allein gekommen. Als sie darüber aufgeklärt wurde, dass das Gespräch aufgezeichnet würde, zuckte sie nur gleichgültig mit den Schultern. Aber ihre Augen suchten den Raum ab. Schließlich blieb ihr Blick an der Kamera hängen. Für einen kurzen Moment schien sie mir direkt in die Augen zu sehen. Ich sah etwas in ihrem Blick, was ich zunächst nicht deuten konnte. Angst, erkannte ich dann. Die Frau hatte Angst.

»Vielen Dank, dass Sie gekommen sind«, sagte Bea freundlich.

»Ich habe nicht viel Zeit.« Unruhig spielte Frau Paschke mit dem Ring an ihrer Hand. Ich sah ihre gepflegten, gleichmäßig geformten, langen Nägel.

»Wir werden uns bemühen, uns kurz zu fassen. Aber schließlich geht es darum, den Tod Ihres Mannes aufzuklären. Etwas Zeit sollte Ihnen das doch wert sein.«

»Selbstverständlich«, sagte sie in steifem Tonfall, der ein ›nun fangt schon endlich an‹ implizierte.

»Frau Paschke, wie gut kennen Sie eigentlich Frau Schmiedenberg?«

»Frau Schmiedenberg? Wieso… ich verstehe nicht ganz?«

»Beantworten Sie bitte einfach meine Frage«, sagte Schütte höflich. Dann veränderte sich sein Tonfall. »Oder wollen Sie sie nicht beantworten?«

»Doch, nein, natürlich. Ich kenne die Sekretärin meines Mannes seit etwa einem Jahr. Sie fing zeitgleich mit ihm bei der Exapta an, glaube ich.«

»Und wie haben Sie sie kennen gelernt?«

»Gott, das weiß ich doch nicht mehr!« Nervös strich sich Frau Paschke den Rock glatt. »Bei irgendeinem Vorstandsessen vielleicht? Ab und zu bat mein Mann sie auch zu uns nach Hause, wenn er dort etwas arbeiten wollte.«

»Frau Paschke. Wissen Sie, dass Frau Schmiedenberg als Hostess gearbeitet hat, bevor sie bei Ihrem Mann als Sekretärin angefangen hat?«

Frau Paschke zuckte zusammen. Unruhig flackerte ihr Blick zur Kamera hoch. »Hostess?«, fragte sie langsam. »Eine – Prostituierte? Das kann ich mir nicht vorstellen.«

»Die Frage lautet nicht, ob Sie sich das vorstellen können, sondern ob Sie das wissen«, fuhr Schütte barsch dazwischen. »Also?«

»Ich – nein, das wusste ich nicht«, sagte Frau Paschke tonlos.

»Überlegen Sie gut, was Sie jetzt sagen, Frau Paschke«. In Beas ruhiger Stimme schwang eine leise Drohung mit. »Hören wir doch auf, um den heißen Brei herumzureden. Wir wissen, dass Sie selbst Kundin von Frau Schmiedenberg sind.«

»Das ist nicht wahr!«, sagte Frau Paschke wütend.

»Aber Sie haben eine intime Beziehung. Wollen Sie das etwa leugnen?«

»Ja, nein … aber doch nicht gegen Bezahlung! Wer behauptet denn das?« Beschwörend sah sie zwischen Schütte und Bea hin und her.

Einen kurzen Moment herrschte Schweigen.

»Frau Schmiedenberg«, sagte Bea langsam. »Frau Schmiedenberg selbst hat das gesagt.

»Helena? Wie kann sie…« Frau Paschke war nun sehr blass. In ihren Augen glitzerte es feucht, während sie langsam den Kopf schüttelte. Dann atmete sie tief durch und lachte zittrig. »Wie peinlich.« Sie schluckte. »Natürlich hat Helena Recht. Ich bezahle sie. Wer gibt so was schon gerne zu?«

»Hat es Sie nicht gestört, dass sie gleichzeitig die Beine für Ihren Mann breit gemacht hat?«, fragte Schütte brutal. »Sie war seine Geliebte. Auch hierfür gibt es Zeugen.«

Nachdenklich betrachtete Frau Paschke den Tisch. Dann gab sie sich einen Ruck. Sie sah von Schütte zu Bea. »Hure, nicht Geliebte«, sagte sie hochmütig. »Er hat natürlich bezahlt für ihre Dienste.«

»Vielleicht ja auch als flotter Dreier, so in ehepartnerschaftlicher Gemeinschaft mit einer bezahlten Nutte im Haus? Hat Ihre Beziehung wieder in Schwung gebracht, oder?« Schütte trug wieder sein schmieriges Grinsen zur Schau.

»Nein!«, rief sie und schlug sich beide Hände vor den Mund. Dann fasste sie sich wieder. »Ich werde zu diesem Thema keine Auskunft mehr geben.«

»Sagt Ihnen die Bezeichnung LAfRW etwas?«, wechselte Bea das Thema.

Ich runzelte die Stirn bei diesem plötzlichen Themenwechsel.

»LAfRW?« Frau Paschke machte einen verwirrten Eindruck. »Nein. Sollte es?«

»Sie sind selber berufstätig, Frau Paschke«, stellte Bea fest. »Können Sie uns sagen, was Sie machen?«

»Ich bin angestellt beim Land Nordrhein-Westfalen. Beim Amt für Wirtschaftsförderung.«

»In welcher Funktion sind Sie dort tätig?«

»Ich bin die stellvertretende Leiterin«, sagte sie vorsichtig.

»Fast jedes Amt hat eine Abkürzung. Hat Ihre Dienststelle auch eine Kurzbezeichnung?«

Mit einem Blick Marke ›verwundetes Reh‹ sah Frau Paschke Schütte an.

»Sie wissen, dass wir das jederzeit prüfen können, Frau Paschke. Also können Sie es uns auch gleich sagen.«

»LAfWF-NRW«, sagte sie leise. »Das ist die Abkürzung für meine Dienststelle.«

Es klickte bei mir. »LAfWF-NRW«, murmelte ich. »Na klar! Also hat Max doch recht gehabt.«

»Wer ist Max?«, fragten Bea und Schütte wie aus einem Mund.

»Schscht, ist nicht so wichtig«, sagte ich schnell und deutete auf den Bildschirm.

»Waren Sie in dieser Funktion auch zu diversen Festakten der Führungsgesellschaft von Krippenhagen&Goll eingeladen?« Beas Stimme war samtig und schmeichelnd.

»Ja«, sagte Frau Paschke gedehnt. »Ich weiß allerdings wirklich nicht, was das alles mit dem Tod meines Mannes zu tun haben soll.«

»Oh«, sagte Schütte fröhlich. »Haben Sie denn noch nie von den Karteien gehört? Den Karteien über die Freunde und Geschäftspartner der großen weiten Krippenhagen&Goll-Familie? Über Geschenke und Festessen und Vorlieben und Sex und so?«

»Ich…« Frau Paschke hob flehentlich die manikürten Hände, während ihr das letzte bisschen Farbe aus dem ohnehin schon sehr blassen Gesicht wich.

Dann straffte sie sich. »Ich bestehe darauf, Kontakt mit meinem Anwalt aufzunehmen«, sagte sie, plötzlich wieder sehr hochmütig.

»Sonntag, 29.12., 15 Uhr 23«, beendete Bea die Aufzeichnung. »Die Zeugin unterbricht die Vernehmung, weil sie Kontakt mit ihrem Anwalt aufnehmen möchte.«

Frau Paschke erhob sich steif. Sie wirkte gar nicht mehr anmutig.

»Apropos!« Bea stand ihr plötzlich im Weg. »Worum ging es eigentlich in dem Streit, den Sie mit Ihrem Mann gehabt haben, zwei Wochen, bevor er starb?«

Nervös warf Wanda Paschke den Kopf herum. Eine Strähne ihres dunklen Haars löste sich aus ihrer Frisur. »Wie kommen Sie denn darauf, dass ich Streit mit ihm gehabt habe?«

»Ach, nur so«, sagte Bea kühl.

»Puuh«, stöhnte ich, als Schütte die DVD aus dem Laufwerk nahm. »Das war nicht schlecht. Übrigens ist Frau Paschke eindeutig mit ihrem Mann aneinander geraten. Am Tag nach der Betriebsversammlung war sie bei ihrer Maniküre. Zwei abgebrochene Nägel und zwei eingerissene…«

»Woher willst du das denn wissen?«, fragte Bea skeptisch.

Mit versonnenem Blick betrachtete ich meine immer noch erstaunlich gepflegt aussehenden Hände. »Versucht es doch mal im Nagelstudio Hannelore«, sagte ich harmlos. Dann gab ich ihnen eine Kurzversion des Besuchs und nannte die Adresse in Bredeney.

Bea schüttelte nur den Kopf und schrieb die Adresse in ihr Notizbuch.

»Woher wusstet ihr eigentlich, dass die beiden ein Verhältnis haben? Die Schmiedenberg und die Paschke, meine ich.«

»Wir wussten es nicht«, gab Bea zu. »Reine Kombination. Zuerst hatten wir die Malenkow. Dank deiner Angaben zum Autokennzeichen war das relativ leicht. Wir fanden es zunächst einfach nur seltsam, dass sie in unmittelbarer

Nähe von Helena Schmiedenberg wohnte. Ihr letzter registrierter Arbeitgeber war…«

»…der Escortservice Exclusiva«, beendete ich den Satz. »Und der kam euch bekannt vor.«

»Verdammt bekannt«, sagte Bea. »Und die Schmiedenberg fanden wir dann auf der Homepage des Clubs. Und plötzlich fiel bei mir der Groschen. W. Paschke, der Stammsatz, verstehst du? Das war nicht Werner Paschke. Das war Wanda Paschke.«

»Die kluge Helena steht auch auf Frauen…«, sagte Schütte gedehnt. »Jetzt lass uns aber den Rest noch sehen.« Damit schob er die letzte DVD ins Laufwerk.

Eine weitere Aufnahme. Neben Vivianne Malenkow saß nun noch eine Frau im dezenten grauen Hosenanzug.

»Sonntag, 29.12., 18 Uhr 32«, moderierte Bea. »Das Verhör von Frau Malenkow wird fortgesetzt im Beisein ihrer Anwältin Kerstin Ruhloff. Wollen Sie uns vielleicht von sich aus etwas sagen, Frau Malenkow?«

»Meine Mandantin möchte zunächst Stellung zu dem Unfall beziehen, den sie vor zwei Jahren gehabt hat.« Aufmunternd nickte die Anwältin Vivianne zu.

»Es ist bei einem dieser Festessen passiert, beziehungsweise danach«, begann Vivianne zögernd. »Mein Begleiter wollte ins Hotel. Und er wollte unbedingt selber fahren. Er war sehr betrunken. Ich habe mich geweigert, mitzufahren.« Eine vereinzelte Träne löste sich aus ihren feucht schimmernden Augen und rollte langsam über dieses seltsam starre Gesicht.

»Und?« In Beas Stimme schwang so etwas wie Mitgefühl mit.

Jetzt weinte sie richtig. »Er hat mich gezwungen einzusteigen. Dabei war der Mann doch so schrecklich betrunken. Wie konnte er ihn denn noch Auto fahren lassen! Er hat mir gesagt, dass ich nicht nur das Geld für den Abend vergessen könnte, wenn ich nicht spuren würde, sondern dass ich komplett raus wäre aus dem Geschäft.«

»Er – damit meinen Sie Paschke, richtig?«

Langsam nickte Vivianne. »Ja«, sagte sie bitter. »Paschke!«

Paschke, der über den gelungenen Verlauf des Abends wachte wie ein Regisseur über sein Ensemble. Ein kleiner Regiefehler. Vermutlich hatte er den Grad der Trunkenheit unterschätzt.

»Vor knapp zweieinhalb Jahren stand es in der Zeitung«, mischte sich die Anwältin ein. »Einer der drei Geschäftsführer des Hildolin-Konzerns kam bei einem tragischen Unfall ums Leben…« Sie schnaubte. »Frau Malenkow wurde gar nicht erwähnt. Fakt ist jedoch, dass sie es überlebte. Schwere Verbrennungen, ihre Kleider hatten sich teilweise tief in die Haut eingebrannt, als sie sich aus dem Auto retten konnte. Arme, Beine, Bauch. Am übelsten hat es aber ihre Hände getroffen. Zeigen Sie ihnen Ihre Hände, Vivianne, bitte. Es ist besser so, glauben Sie mir.«

Vivianne Malenkow begann wieder zu weinen, als sie die cremefarbenen Handschuhe abstreifte. Beruhigend legte die Anwältin den Arm um sie. Dann streckte Vivianne ihre Hände vor in Richtung der Kamera.

Mich schauderte.

Die linke Hand sah schon übel genug aus mit dieser vernarbten, zusammengezogenen Haut. Die rechte Hand jedoch war klauenmäßig verformt, und an Stelle der Fingernägel befanden sich nur verschrumpelte Stumpen.

»Gottverdammte Scheiße«, sagte ich erschüttert.

»Paschke hat Frau Malenkow damals eine Entschädigung gezahlt, damit sie den Mund hält«, sagte die Anwältin. »Ein ganz großzügiger Betrag, der jedoch bei Weitem nicht ausreichte, die hohen Arztkosten zu bezahlen. Das reichte gerade mal für die Gesichtschirurgie. Es müssten jedoch noch etliche weitere kosmetische Operationen durchgeführt werden. Die besten plastischen Chirurgen auf diesem Gebiet gibt es in Toronto.«

Gesichts-Chirurgie. Daher dieser seltsam unbewegt wirkende Ausdruck. Ich sah Skalpelle blitzen, quadratische Hautstücke, den inneren Seiten der Oberschenkel entnommen, in endlosen Prozeduren angesetzt, Stück für Stück und nur langsam anwachsend. Die Frau musste unglaubliche Schmerzen durchstanden haben. Mich fröstelte erneut.

»Und dafür fehlte es an Geld«, sagte Bea schließlich langsam. »Keine Krankenkasse der Welt bezahlt so etwas. Es tut mir leid.«

»Meine Mandantin hat Herrn Paschke um mehr Geld gebeten«, sagte die Anwältin von der Seite her. »Er ließ sie eiskalt abblitzen. Und wissen Sie, mit welchen Worten?«

Bea schüttelte den Kopf. »Sagen Sie es uns, Frau Malenkow.«

Vivianne hatte sich wieder beruhigt. Nur ihre Augen schimmerten noch feucht.

Ich sah, wie Hass in ihre Augen trat.

»Ich bin kein Unterstützungsverein für abgehalfterte Nutten«, sagte sie hart.

»Das hat er gesagt?« Schütte sah reichlich angewidert aus. Das machte ihn mir richtig sympathisch.

»Genau das hat er gesagt. Mit exakt diesem Wortlaut.«

Vivianne blickte von Bea zu Schütte. Dann begann sie, sich ihre Handschuhe wieder überzustreifen.

»So ein Arschloch«, kommentierte ich verächtlich. Ich dachte an die Unsummen, die bei Festivitäten dieser Art verpulvert, an den Aufwand und die Gelder, die investiert wurden zur Pflege der Geschäftsbeziehungen. Ich dachte an die unglaublichen Schmerzen, die diese Frau ausgestanden haben musste, und sah die verstümmelten Finger vor mir. Mir wurde übel vor Zorn.

»Also haben Sie beschlossen, dass er sterben muss«, stellte Bea fest.

»Ja«, sagte Vivianne langsam. »Das habe ich beschlossen. Eine zeitlang habe ich ihn erpresst. Aber dann wollte er nicht mehr zahlen. Er hat mich bedroht. Da habe ich ihn umgebracht.«

Ungläubig schüttelte ich meinen Kopf.

»Wie haben Sie das gemacht?« Interessiert beugte sich Bea nach vorne.

»Ich bin in seine Firma gefahren, habe ihn mit Beruhigungsmitteln betäubt, die ich in Alkohol aufgelöst hatte, habe ihm Jackett und Schuhe ausgezogen, seine Kleider nass gemacht, ihn ins Auto gepackt und dort auf die Autobahn gelegt.«

»Allein?«, fragten Bea und Schütte gleichzeitig. Ich hörte die Skepsis in ihren Stimmen.

»Ich bin stärker, als man denkt.« Ihre Mundwinkel hoben sich zu einem spärlichen Lächeln.

»Das glaube ich Ihnen nicht«, sagte Bea trocken. »Wie sind Sie nachts in das Gebäude gekommen?«

Vivianne schwieg.

»Und warum haben Sie Frau Blauvogel überfahren?« Schütte übernahm wieder das Gespräch.

»Das allerdings würde mich auch interessieren«, sagte ich.

»Das mit Frau Blauvogel tut mir leid«, sagte Vivianne. »Es war eine Kurzschlusshandlung. Sie hat weiter herumgestochert, obwohl wi – ich sie gewarnt habe mit dem Brief. Plötzlich sah ich sie in Hattingen« – sie zögerte kurz – »auf der Straße, wie sie an einem der Häuser klingelte, so, als würde sie nach mir suchen! Da bin ich durchgedreht und ihr hinterher gefahren. Das war dumm, und es tut mir wirklich leid. Bitte, das müssen Sie mir glauben!«

Ich glaubte ihr, dass sie in Panik geraten war. Was ich ihr nicht abkaufte, war der Grund, den sie dafür nannte.

Obwohl es nun ohne das bläuliche Licht des Monitors noch dunkler im Raum war, schaltete keiner das Licht an. Eine ganze Weile saßen wir schweigend da.

»Nun! Was denkst du?«, fragte Schütte schließlich gespannt.

»Das passt nicht«, sagte ich nachdenklich. »Im Leben nicht hat Vivianne den Paschke alleine zur Strecke gebracht. Aber sie behauptet es. Warum?«

»Um jemanden zu schützen«, schlug Schütte vor. »Warum meinte Vivianne Malenkow eigentlich, du seiest in Hattingen aufgetaucht?«

»Richtig. Das könnt ihr ja noch gar nicht wissen!« Ich erzählte, wie und warum ich Helena Schmiedenberg in Hattingen aufgesucht hatte.

Bea warf mir einen bösen Blick zu.

»Was guckst du denn so?«, fragte ich.

»Das weißt du ganz genau!«, blaffte sie mich an. »Hatten wir nicht mal ein hübsches kleines Gespräch zum Thema

Amateurdetektiv?!« Sie zog die Augenbrauen zusammen, so dass sie einen geraden, dunklen Strich bildeten. »Du müsstest jetzt nicht hier liegen, wenn du auf mich gehört hättest.«

»Du klingst wie meine Mutter«, grummelte ich. »Schütte, ist das wichtig? Ich meine, ist das jetzt wirklich von Belang? Bringt es uns irgendwie weiter, wenn die sich wie meine Mutter aufführt?«

»Du hättest draufgehen können!«, polterte Bea los.

Dieses Mal war es Schütte, der Bea das Wort mit einer Handbewegung abschnitt. Seltsamerweise wirkte es. Bea zuckte resigniert mit den Schultern.

Mit einem Gefühl von Achtung zwinkerte ich ihm zu.

Er grinste zurück. »Darf ich noch mal zusammenfassen? Du bist also in den Puff gegangen, hast dich mit einer türkischen Mammi unterhalten, die dir die Internetadresse des Schuppens verraten hat, und hast dort das Konterfei der klugen Helena entdeckt. Das hat dich dazu veranlasst, sie zu besuchen.« Anerkennend nickte er mir zu. »Ist dir irgendwas aufgefallen bei diesem Besuch? Ich meine, du hast ihr andere Fragen gestellt als wir. Wie passen ihre Aussagen zusammen?«

Ich zögerte. »Erst mal sind da viele Gemeinsamkeiten. Es war genau wie bei euch im Verhör. Man rannte mit seinem Wissen offene Türen ein. Sie wirkte nicht beschämt, sie wirkte nicht in die Ecke getrieben. Sie stellte die gängige Sichtweise einfach in Frage, und ich kam mir vor wie ein dummes kleines Mädchen, weil ich überhaupt gefragt hatte.« Ich zögerte wieder.

»Keine Widersprüche?«

Ich dachte nach. »Doch«, sagte ich schließlich langsam. »Als ich bei ihr war, hat sie es irgendwie so dargestellt, als wäre ihre Beziehung zu Wanda Paschke erst nach dem Tod von Paschke zustande gekommen. Aber es klang nicht so, als wäre es geschäftlicher Natur. Ich habe den Eindruck, sie lügt, was Zeitraum und Art ihrer Beziehung betrifft.«

»Fragt sich nur, was richtig ist«, sagte Schütte.

»Ich glaube nicht, dass Frau Paschke sie für ihre Dienste bezahlt«, sagte ich zögernd. »Jedenfalls heute nicht mehr.« Ich dachte an die Szene, die ich am ersten Feiertag in der Villa beobachtet hatte.

»Woraus schöpfst du diesen Glauben?«, fragte Bea sarkastisch. »Noch ein paar kleine Unternehmungen, die du vor uns verheimlichst?«

Ich wurde rot. Augenblicklich ging ich in die Offensive. »Wenn du, verehrte Frau Kommissarin, dein verdammtes Handy nicht dauernd ausschalten würdest, wüsstest du darüber schon längst Bescheid«, zischte ich sie an. »Zufälligerweise habe ich die beiden beobachtet. Sie wirkten wie ein vertrautes Paar auf mich. Wie ein gut eingespieltes Liebespaar, meine ich. Es wirkte – irgendwie ebenbürtig«, sagte ich unsicher, »und keineswegs einseitig.«

»Du willst damit sagen, dass du zufälligerweise auf einem Baum hinter der Paschkeschen Villa gesessen und ganz zufälligerweise durch dein Fernglas beobachtet hast, wie die Schmiedenberg und die Paschke es miteinander getrieben haben?«, fragte Bea ungläubig. »Das ist jetzt nicht dein Ernst. Und wenn, dann bist du verdammt viel schräger drauf, als ich bisher angenommen habe.«

Unter ihrem strengen Blick schoss mir die Röte wieder verräterisch ins Gesicht.

Schütte kam mir erneut zu Hilfe. »Lass mal, Bea«, sagte er begütigend. »Ist doch gut, dass sie sich so was traut. Unschätzbare Einblicke, würde ich sagen.« Er lächelte mich an. »Also ein Paar«, sagte er leise. »Das würde auch erklären, warum die Paschke so verwirrt wirkte, als es um das Thema Bezahlung ging. Sie hat die Kurve dann ja noch gekriegt und die Aussage von Helena bestätigt, aber sie wirkte irritiert und irgendwie auch ein bisschen verletzt, als wir ihr Helenas Darstellung präsentierten.«

»Ja«, nickte ich. »Den Eindruck hatte ich auch. Sie sind ein Paar. Und das schon länger als erst seit Paschkes Tod. Aber wie passt Vivianne da ins Bild?«

»LAfRW«, assoziierte Schütte. »W. Paschke. Der manipulierte Stammsatz in den Karteien. Sie stand auf flotte Dreier… die kluge Helena macht es auch mit Frauen und auch gerne mal zu dritt, oder so ähnlich. Und mit Vivianne hat sie manchmal zusammen gearbeitet. Das hat sie selber bestätigt.«

»Ich weiß nicht«, sagte ich skeptisch. »Das klingt ein bisschen weit hergeholt.«

»Aber Vivianne kann den Paschke unmöglich alleine ins Auto verfrachtet und fünfzig Meter über den Mittelstreifen der Autobahn geschleppt haben. Und wie soll sie ohne Ausweis ins Gebäude gekommen sein?«

Schütte stand auf und begann, nervös hin und her zu laufen. »Die Paschke hängt da mit drin, da könnt ihr sagen, was ihr wollt!«

»Wir brauchen Beweise.« Beas Stimme klang dumpf hinter ihren Händen.

Da fiel es mir wieder ein. »Ruft doch mal bei der Verkehrspolizei an«, sagte ich.

»Warum?«, fragten die beiden wie aus einem Mund.

Ich erklärte es ihnen.

Dienstag, 31. Dezember

Bei der Visite überzeugte ich den Oberarzt, dass es mir besser ging, und bestand darauf, entlassen zu werden.

»Kann Sie jemand abholen? Und sind Sie überhaupt versorgt zu Hause?«, fragte er zweifelnd. »Sie leben doch allein.«

»Ich nehme ein Taxi«, sagte ich energisch. »Und schließlich gibt es Pizzaservice und dergleichen mehr.«

Endlich war ich draußen. Noch ein bisschen wackelig auf den Beinen, aber an der frischen Luft. Die klimatisierten Räume des Klinikums hatten mir das übliche Gefühl von ›zu wenig Sauerstoff‹ gegeben, das Klimaanlagen generell in mir auslösen. Dankbar sog ich die kalte, klare Luft ein.

Eine Krankenschwester begleitete mich zum Taxi. Mit strengem Blick wartete sie, bis ich eingestiegen war. Ich schickte einen stillen Fluch gegen sie los. Aber sie hatte natürlich recht. Ich wäre zu Fuß nach Hause gegangen. Und insgeheim musste ich zugeben, dass ich mich damit sehr wahrscheinlich übernommen hätte.

»Das kann ich allein«, knurrte ich den Taxifahrer an. Mühsam hievte ich mich aus dem tiefen Sitz des Mercedes heraus.

»Ist ja gut! Wenn Sie meinen.« Beleidigt zog er sich zurück. Erst jetzt registrierte ich, dass er Türke war.

»Entschuldigung«, beeilte ich mich zu sagen. »Es ist nur – ich bin das nicht gewohnt. Vermutlich sehe ich schlimmer aus, als es ist. Danke!« Ich versuchte, ihn anzulächeln. »Und einen guten Rutsch! Oder müssen Sie arbeiten heute Nacht?«

»Ich feiere mit meiner Frau und meinen Kindern.«

Versöhnt lächelte er zurück. »Sie sollten besser auf sich aufpassen, Frau!«

Ich winkte ihm zu. Langsam hinkte ich die Einfahrt zum Hauseingang hinunter.

»Du solltest besser auf dich aufpassen, Frau!«, tönte es mir entgegen. Bea lachte. »Recht hat er. Höre auf diesen Mann.«

Auch ich musste lachen. Ein Stich schoss durch meine genähte Wange. »Ich werde es mir zu Herzen nehmen. Was willst du hier?«

»Dich erst mal nach oben bugsieren. Gib mir den Schlüssel.«

Widerstandslos ließ ich zu, dass Bea die Post aus meinem Kasten holte, die Haustür aufschloss, mich behutsam am Ellenbogen fasste und den langen Weg nach oben stützte.

»Natürlich hättest du das auch alleine gekonnt«, sagte sie, als ich mich vorsichtig auf das Sofa setzte.

»Natürlich«, grinste ich anerkennend. »Gibt es da irgendeinen Zweifel?«

»Nein! Warum auch? Kann ich dir sonst noch mit irgendwas behilflich sein, das du bestimmt auch alleine kannst?«

»Du könntest mir helfen, die Haare zu waschen. Der Blick in den Flurspiegel war ziemlich demoralisierend.«

»Ich wollte dir eigentlich nur erzählen, was sich heute ergeben hat«, sagte Bea schließlich, als sie sich neben mir auf dem Sofa niederließ. Ich war frisch gewaschen und in meinen seidigen, dunkelblauen Lieblingspyjama gehüllt. »Wir haben uns die drei heute früh noch mal vorgeknöpft. Die Paschke hat weitestgehend ausgepackt.«

»Das schwächste Glied in der Kette«, nickte ich zufrieden.

»Du hattest Recht. Sie sind ein Paar, und das schon seit geraumer Zeit.«

»Und warum hat dann die Schmiedenberg das Angebot von Paschke angenommen, für ihn als Sekretärin zu arbeiten?«

»Er hatte sie bereits längst für sich reserviert bei den Festivitäten. Als er Geschäftsführer der Exapta wurde, war er raus aus dem Geschäft. Raus aus der Organisation dieser Festakte, meine ich. Er wollte sich einfach den Zugriff auf sie sichern, so erklärt die Schmiedenberg das jedenfalls. Außerdem war es ihr recht, dass sie dadurch aus der Branche aussteigen konnte. Sie hat ihm erzählt, dass sie ausgebildete Sekretärin ist, und er hat ihr die Stelle vermittelt.«

»Warum ist sie nicht einfach so ausgestiegen? Dieses Dreiecksverhältnis muss doch für alle Beteiligten belastend gewesen sein.«

»Na ja, wo es doch heutzutage so einfach ist, sich einen neuen Job zu suchen! Vor allem ohne nachweisbare Berufspraxis…«, sagte Bea sarkastisch.

»Stimmt«, gab ich zerknirscht zu. »Das war wirklich eine blöde Frage.«

»Außerdem hat Paschke einmal in ziemlich besoffenem Kopf mit seiner Idee vor ihr herumgeprahlt, diese Karteien EDV-technisch zu verwalten. Da war er noch bei der Obergesellschaft beschäftigt. Daher wusste sie von der Existenz dieser Daten und wollte Vivianne das Material liefern, mit dem sie Paschke erpressen konnte. Also kam ihr die Position als Sekretärin doppelt recht. Sie hatte vor, Nachforschungen darüber anzustellen.«

»Was sie ja auch getan hat«, sagte ich trocken. »Also hat sie auf der Betriebsfeier Alfred nicht nur das Userlogin AlDo abgeluchst, sondern auch KGPO1.«

»Nur KGPO1. Ich bin mir ziemlich sicher, dass Paschke selbst am Abend vor seinem Tod die Firmenbezeichnung von LAfWF-NRW in LAfRW geändert hat. Eine Reaktion auf die Erpressungen, denen er ausgesetzt war und die er nicht mehr mitmachen wollte. Es war tatsächlich nicht sein Stammsatz, sondern der seiner Frau. W. steht für Wanda, Wanda Paschke, stellvertretende Leiterin des Landesamtes NRW für Wirtschaftförderungen. LAfWF-NRW. Das war es, was er vertuschen wollte. Die einzige Sache, mit der man ihn in seiner jetzigen Position bei der Exapta wirklich erpressen konnte. Das hätte ihm geschadet. Der Rest konnte ihm eigentlich relativ egal sein.«

»Du meinst, er hat über seine Frau für die Exapta Fördergelder vom Land eingestrichen?«, fragte ich ungläubig.

»Nicht nur für die Exapta. Frau Paschke hat ausgesagt, dass er das auch schon für die Obergesellschaft gemacht hat. Was die Sache nicht besser macht. Auf jeden Fall war sie, Wanda Paschke, in dieser Kartei der Krippenhagen&Goll Unternehmensgruppe angelegt als eine der Freunde und Geschäftspartner«, stellte Bea fest. »Uns wundert nur, warum Paschke den Stammsatz nicht komplett gelöscht hat.«

»Das kann ich dir sagen. Stammsätze kann man nicht so einfach löschen, wenn sie bereits in Statistiken und laufenden Bewegungssätzen eingebunden sind. Jedenfalls nicht, wenn es sauber programmiert ist.«

»Das klingt logisch.« Bea stand auf und sah aus dem Fenster. »Anfänglich sind wir davon ausgegangen, dass das alles nur Männer sind, die in den Karteien stehen«, fuhr sie fort. »Aber das war falsch. Auf diesem Wege hat Frau Paschke die Schmiedenberg kennen gelernt, und über sie dann auch Vivianne.«

»Darauf bin ich auch erst reingefallen«, murmelte ich versonnen.

Fragend zog Bea ihre Augenbrauen in die Höhe.

»Auf die Sache mit den Männern und den Karteien. W. für Werner.« Ich versuchte ein Lächeln. Die genähte Backe tat ziemlich weh. »Ein flotter Dreier mit Helena und Vivianne? Immerhin stand in diesem Stammsatz über die sexuellen Gepflogenheiten, dass sie darauf steht.«

Bea schüttelte den Kopf. »Nein. Vivianne war zu der Zeit schon nicht mehr dabei. Der flotte Dreier, so hat sie mit viel Erröten zugegeben, bezog sich auf sie und ihren Mann. Es war seine Idee, und damit sicherlich auch ein für ihn akzeptabler Weg, seine Frau in diese Festivitäten mit einzubinden und sie selber ein Stück weit erpressbar zu machen.«

»Das wird mir jetzt zu hoch«, sagte ich.

»Na ja.« Bea räusperte sich. »Frau Paschke hat ausgesagt, dass sie in diese Situation hineingerutscht ist. Ihr Mann hat das arrangiert. Sie war ziemlich betrunken und fand sich dann in diesem Bett mit ihrem Mann und eben Helena wieder. Sie wusste damals nicht, dass Helena das persönliche Sahnehäubchen ihres Mannes war. Für ihn war es wahrscheinlich eine geile Idee, sich mit seiner Frau und seiner Freundin gleichzeitig zu vergnügen.«

»Sie muss es auch geil gefunden haben.« Ich lächelte. »Schließlich ist sie darüber ja auf den Geschmack gekommen.«

»Der Schuss ging in der Tat nach hinten los.« Bea kicherte ihr hexenhaftes Kichern, das die Grübchen in die Wangen zauberte.

»Also haben Helena und Vivianne den Paschke erpresst«, stellte ich fest. »Kommen wir nun zu Schneewittchen, Frau Paschke meine ich. Was hat sie bei dem Spiel zu suchen, bei der Erpressung? Eifersucht? Geldgier?«

»Liebe. Wie gesagt, Helena hat sie zwar auf einem der Festakte kennen gelernt. Aber es wurde ganz schnell eine private Beziehung daraus. Und Geld hat sie eigentlich selbst genug. Außerdem wäre sie beim Motiv Geldgier mit der Erpressung ihres Mannes nicht einverstanden gewesen. Nein. Ihr Motiv war Liebe. Denn Paschke hat von ihr verlangt, sich von Helena zu trennen, als er herausbekommen hat, dass die beiden ein Verhältnis hatten. Daher auch die Kratzspuren und Blutergüsse bei ihrem Mann. Die Auseinandersetzung fiel nämlich sehr tatkräftig aus. Sie selbst hat einen kräftigen Tritt in den Bauch bekommen.« Nachdenklich wickelte sich Bea ihren Zopf ums Handgelenk. Dann sah sie mich verschmitzt an. »Fakt ist auf jeden Fall, dass sie am Abend des Mordes in Dortmund war. Sie ist mit Vivianne dort hingefahren.«

»Frau Paschke? Aber du hast doch gesagt, sie hätte das Haus nicht mehr verlassen, ganz zweifelsfrei, weil der Schließmechanismus des Tores nicht mehr bewegt wurde.«

»Stimmt.« Bea nickte bestätigend. »Das Tor wurde nicht mehr geöffnet. Aber von ihrem Geschäftsessen ist sie mit dem Taxi nach Hause gekommen. Ihren Wagen hatte sie gar nicht in der Garage stehen. Deshalb wurde das Tor auch nicht noch einmal geöffnet. Sie hat das Grundstück hinten über die Mauer verlassen und ist auf diesem Weg auch wieder zurückgekehrt.«

Gespannt wartete ich darauf, dass Bea fortfuhr.

»Dein Tipp war verdammt gut. Der Wagen von Frau Paschke wurde in Dortmund auf dem Westfalendamm stadtauswärts geblitzt, kurz nach dem Abzweig zur B 54, und zwar exakt um 1 Uhr 38. Sie saß am Steuer, neben ihr Vivianne. Vermutlich haben sie es nicht mal gemerkt.«

Eine Weile hingen wir beide schweigend unseren Gedanken nach.

»Also war es eine Art Hinrichtung«, stellte ich schließlich fest. »Drei Frauen. Schneewittchen liebt Schneeweißchen und verachtet den Mann, mit dem sie verheiratet ist. Schneeweißchen verachtet alle Männer und findet so etwas wie Geborgenheit bei Schneewittchen. Und sie will Rosenrot helfen, die durch Paschkes Scheißspiel übel entstellt wurde. Erst versuchen sie es mit Erpressung. Sie konfrontieren ihn häppchenweise mit dem detaillierten Wissen über einzelne Karteien: entweder Paschke zahlt oder sie erpressen die illustren Gäste. Und das wäre ziemlich fatal für's Geschäft. Zunächst lässt Paschke sich darauf ein, weil er denkt, das Wissen der Erpresser sei Zufall. Er kommt nicht auf die Idee, dass jemand Zugriff auf die Karteien hat. Als er mit immer neuem Material konfrontiert wird, streikt er. Er will nicht mehr zahlen. Mittlerweile hat er auch geahnt, dass Vivianne dahinter steckt, und sie bedroht. Vielleicht vermutet er auch, dass Helena nicht ganz unbeteiligt daran ist. Auf jeden Fall wird es unangenehm. Dann kommt er auch noch hinter die Beziehung zwischen Wanda und Helena und verlangt, dass das aufhört.

Schließlich sind sie beide seine ganz privaten Sahnehäubchen. Was er sich herausnimmt, dürfen sie noch lange nicht, denn sie gehören ihm. Beide. Und was ihm gehört, darf nicht einfach eigene Wege gehen.«

»Mach weiter«, forderte Bea mich auf. »Du liegst sehr richtig damit.«

»Also beschließen die drei: Paschke muss weg. Die Schmiedenberg mischt ihm Barbiturate in die Getränke, die sie ihm zubereitet. Sie löst sie in Alkohol auf, vermutlich etwas Hochprozentigem, damit er das Zeug nicht so schmeckt. Vielleicht hat er auch Kopfschmerzen und sie gibt ihm ein paar Tabletten dagegen, ganz nach Art der guten Sekretärin. Dann geht sie, verabschiedet sich beim Pförtner und inszeniert die Show mit dem Schlüsseldienst bei ihrer Nachbarin. Damit hat sie ein bombensicheres Alibi. Irgendwo auf dem Heimweg übergibt sie Frau Paschke die Chipkarte ihres Mannes, mit der man unbemerkt ins Gebäude kommt. Auf jeden Fall hat Paschke schon einige Schlaftabletten intus, als seine Frau im Büro aufkreuzt. Er ist erstaunt, aber nicht beunruhigt. Schließlich ist sie ja seine Frau, Auseinandersetzung hin, Auseinandersetzung her. Sie erzählt ihm dass sie sich nach ihrem Geschäftsessen hier hat absetzen lassen. Vermutlich legt sie eine kleine Verführungsszene hin, bietet ihm einen Friedenstropfen an, irgendwie so was. Wie kann Paschke da widerstehen, zumal sie ihn ja nach Hause chauffieren kann. Sie also gibt ihm den Rest in Form von Alkohol, in dem noch ein paar Tabletten aufgelöst sind. Er hatte eine halbe Flasche Whisky im Blut. Dann packt sie ihn mit Vivianne in ihr Auto, zieht ihn aus bis auf Hemd und Hose, und die beiden inszenieren seinen Tod auf der Autobahn. Die Hinrichtung eines Herrschers. Tod dem Pharao.«

»Ungefähr so«, stimmte mir Bea zu. Sie griff ans Ende ihres dicken Zopfes und zog das breite Gummi ab, das den Zopf zusammen hielt. »Ungefähr so war es.«

»Sie tun mir leid, die drei Frauen«, sagte ich langsam. »Natürlich war das Selbstjustiz. Aber die eigentlichen Sauereien sind doch die, die Paschke begangen hat. Nur dass die als vollkommen normal gelten. Ein ganz normales Geschäftsgebaren eben.«

»Ja. Ich habe auch ein schales Gefühl bei dieser Sache. Darüber darf ich aber nicht ernsthaft nachdenken, sonst könnte ich meinen Job nicht machen.« Bea drehte sich wieder zum Fenster und beobachtete die Schneeflocken, die vereinzelt vor dem Fenster tanzten.

Eine Weile hingen wir unseren Gedanken nach. Dann brach ich das Schweigen. »Und was hat es mit dem Einbrecher während Paschkes Beerdigung auf sich?«

»Ach das. Das war so abgesprochen. Es war Vivianne. Sie sollte eine falsche Spur legen und zur Verwirrung beitragen.«

»Was ihr auch gelungen ist«, murmelte ich. »Ich zumindest war sehr verwirrt.«

»Das erklärt übrigens auch, warum Vivianne sich von dir so verfolgt fühlte. Erst tauchst du bei der Villa von Paschke auf, als sie dort gerade den Scheineinbruch inszeniert, dann stocherst du in der Firma herum und belästigst die Schmiedenberg, und zuletzt scheuchst du sie trotz einer anonymen Drohung auch noch bei der Schmiedenberg zu Hause auf. Da ist Vivianne durchgedreht, ohne Wissen von der Schmiedenberg. Die hätte sie garantiert daran gehindert.«

Ich nickte. »Ich habe Schwein gehabt«, gab ich zu.

Behutsam nahm Bea mich in die Arme. »Ja, das hast du.

Und ich hab's jetzt eilig, heimzukommen. Guten Rutsch, Toni!« Sie drückte mir einen Kuss auf die Stirn und schüttelte ihre prachtvollen Haare auseinander. Ihr Blick hatte plötzlich etwas Strahlendes.

Ich ließ es mir nicht nehmen, sie zur Tür zu begleiten. Wie ein junges Mädchen sprang sie die Treppen hinunter. Plötzlich war ich sicher, dass jemand auf sie warten würde. »Schönen Abend, und grüß den Schütte von mir«, rief ich ihr hinterher.

Vorsichtig ließ ich mich auf dem Sitzball hinter meinem Schreibtisch nieder. Die geklebte Rippe schmerzte und die malträtierten Muskeln in den unteren Körperregionen protestierten, als der Ball federnd nachgab. Die Naht auf meinem Wangenknochen juckte. Aber ich war wieder zu Hause. Mir war nichts Ernsthaftes passiert. Das Leben war wunderbar!

Natürlich blinkte der Anrufbeantworter. Elf Ansagen in den vergangenen drei Tagen. Ich seufzte. Acht Anrufe in Sachen Tauschbörse. Dann Schütte, der sich einen »Guten Rutsch, noch mal gute Besserung und frohes Neues« abrang. Der Kerl nahm richtig Manieren an.

Und noch einmal Schütte. »Ach ja, ehe ich es vergesse: Noch ein kleiner Tipp am Rande«, sagte er. »Du musst die Tauschbörse als Verein für nachbarschaftliche Hilfe anmelden. Deine Idee ist zwar gut, aber leider nicht einzigartig. Tschüss dann…«

Also so machte man das. Na gut, dann würde ich eben einen Verein für Nachbarschaftshilfe gründen, VNH oder so.

Mein Herz machte einen kleinen Satz, als ich schließlich die klare, helle Stimme des letzten Anrufers erkannte, viel zu jung klingend für das tatsächliche Alter. »Erst wachst du nicht auf, wenn ich an deinem Bett sitze, um Händchen zu halten, und dann bist du plötzlich ausgeflogen«, beschwerte er sich. »Die im Krankenhaus haben mir gesagt, du wärest entlassen worden. Ich nehme mal an, du bist noch nicht so ganz in Fetenlaune heute Nacht. Ich komme vorbei und leiste dir Gesellschaft, wenn du nichts dagegen hast. Was zum Essen bringe ich mit. Wenn du das nicht möchtest, musst du mich abbestellen.«

Vergnügt begann ich zu pfeifen. ›Strangers in the night‹ pfiff ich, während ich mein Mailfach öffnete, fünf weitere Anfragen dort vorfand und schließlich alles in die Tauschbörse eintrug. Vorsichtig wippte ich auf dem Sitzball. Mein geprellter Unterleib schien schon nicht mehr ganz so weh zu tun.

Ich dachte an die Turbulenzen der vergangenen Tage. Von der Verdächtigten über die Ermittelnde zur Aufklärenden. Das Krankenhaus klammerte ich bei diesem Gedanken elegant aus.

Aus einer Laune heraus tippte ich einen weiteren Eintrag in die Tauschbörse ein.

Suche stundenweise Aushilfe für leichte Bürotätigkeit, biete detektivische Fähigkeiten für leichte Ermittlungsarbeiten.

»Willst du nicht doch lieber richtig feiern gehen?«, fragte ich besorgt.

»Nächstes Jahr. Nächstes Jahr gehen wir beide aus. Und nun lass mal sehen.«

Ich lüpfte die Jacke meines blauen Seidenpyjamas und schob die Hose mit dem ausgeleierten Gummi ein Stück nach unten.

Behutsam fuhr Max mit den Fingerkuppen über die gigantisch große, bläulichbraune Verfärbung, die sich unterhalb meines weiß verklebten rechten Rippenbogens bis hinunter zum Oberschenkel ausbreitete.

»Frankensteins Lady«, murmelte er. Es klang zärtlich.

Die Naht, die die aufgeplatzte Wange zusammenhielt, spannte, als ich lächelte.

Wir lagerten auf dem Fußboden vor dem großen Fenster. Mein ausgebreitetes Oberbett war mit sämtlichen Kissen drapiert, die meine Wohnung zu bieten hatte. Ein paar Kerzen gaben ein dezentes Licht, der RWE-Turm strahlte in Festtagsglanz. Neben der Decke lagen die Reste von einer Unmenge von Tapas, spanischem Weißbrot und Käse. Max schenkte Sekt nach und suchte neue Musik aus meinem CD-Regal. »Was hörst du denn alles für Zeugs, ich kenne hier ja nichts!«, beschwerte er sich.

Ich schmunzelte über die gespielte Empörung in seiner Stimme. »Muss ja grässlich für dich gewesen sein neulich Nacht«, flachste ich. »Unbekannte Wohnung mit halsbrecherischer Treppe, unmäßige Mengen fremdländischen Essens, grausliche Musik, die kein Schwein kennt…«

»Genau. Absolut schrecklich!« Sorgsam deckte er das andere Oberbett über mich. Aus den Boxen wehte leise die Stimme von Marla Glen zu uns herüber. Ich muss wohl eingeschlafen sein, denn ich erwachte vom Geläut der Glocken.

»Frohes Neues Jahr«, prostete Max mir zu, als die ersten Raketen ihre leuchtenden Muster in den dunklen Himmel zeichneten. Weich drückte er mir einen Kuss auf den Mund.

Ich sah in sein rundes Gesicht mit den ewigen Bartstoppeln, das mir mittlerweile schon so seltsam vertraut war. »Mal sehen, wie es wird«, antwortete ich.

»Wahrscheinlich werde ich ja hübsch reich durch den Verein für Nachbarschaftshilfe und muss meine Millionen in Luxemburg unterbringen.«

Ich drehte mich vorsichtig auf den Rücken.

»Magst du zu mir unter die Decke kommen? Vielleicht geht ja doch ein bisschen was...«

Nachbemerkung

Die in »Ruhrschnellweg« erzählte Geschichte ist, wie jeder Zeitungsleser ahnt, zeitlos. Ich habe diesen Roman 2002 geschrieben, und seitdem hat sich in der Essener Szene eine ganze Menge verändert. Drei der beschriebenen Kneipen sind 2003/2004 eingegangen bzw. existieren nicht mehr: das Liebling, das Haferkamp und das Antiko. Letzteres zog nach Borbeck um und läuft jetzt als Restaurant mit gehobener Cuisine unter anderem Namen.
Günni mit dem Akkordeon ist vor einiger Zeit gestorben und wurde standesgemäß vom Viertel verabschiedet; viele Kneipiers sind zu seiner Beerdigung gegangen.

Dank

An dieser Stelle möchte ich mich ganz herzlich bei meiner Mutter (Muschan), meinen Freunden, meinem Mann und meiner Schwiegermutter bedanken, aber auch bei all denen, die ich kaum oder gar nicht kenne und die von sich aus mit mir in Kontakt getreten sind. Ihr alle habt mir viel Resonanz gegeben, viel mehr, als ich erwartet habe. Und auch, wenn ich in erster Linie aus Spaß und für mich selbst schreibe: Eure Rückmeldungen, eure Kritik und eure Neugier haben mir sehr geholfen. Insbesondere gilt mein Dank Andrea R., Andreas F., Michael K. und Einhard F. Mit viel Kritik, Fachwissen und Ideen habt ihr der Geschichte den letzten Schliff gegeben. Für all das danke ich euch sehr!

Ursu Sternberg

Der vorliegende Roman ist ein Werk der Phantasie.
Jede Ähnlichkeit mit tatsächlichen Personen oder
Gegebenheiten wäre zufällig.

Lektorat: Ulli Langenbrinck
Umschlaggestaltung: Hansen
Umschlagfoto: Ursula Sternberg
Druck und buchbinderische Verarbeitung:
freiburger graphische betriebe, Freiburg
Printed in Germany

ISBN 13 978-3-938834-21-3